講談社文庫

メイクアップ デイズ

椰月美智子

JN267705

講談社

目次

メイクアップ　デイズ――5
解説　齋藤薫――350

メイクアップ　デイズ

主な登場人物

秋山箱理《あきやまはこり》……化粧品メーカー・雪見堂《ゆきみどう》の研究部、ファンデーションチームに勤める27歳のＯＬ。

タコリ……他人には見えないゆでダコ。幼い箱理をなにかと助けてくれた、かつての親友。

ヨシエさん……箱理の祖母。強烈な白塗り化粧の理由は謎に包まれている。

秋山今理《いまり》……箱理の姉。職業はライター。家では裸族のヘビースモーカー。

秋山万理《ばんり》……箱理の弟。自動車メーカーに勤めるナイスガイ。

二木玖紀子《にきくきこ》……万理の恋人。車いすのシステムエンジニア。

安藤《あんどう》さん……箱理の同僚。商品開発部に所属する。

ゆきのさん……箱理の先輩。研究部アイシャドウチームのリーダー。

香織《かおり》ちゃん……箱理の年下の同僚。研究部ファンデーションチームに所属。

吹石《ふきいし》部長……箱理の上司。研究部の部長であり、口紅チームのリーダー。

西小路《にしこうじ》さん……箱理の上司。研究部ファンデーションチームのリーダー。

沼田《ぬまた》工場長……雪見堂の工場長。カラオケが得意。

シクロペンタシロキサン。
シクロヘキサシロキサン。
シクロメチコン、ジメチコン。
トコフェロールに酸化チタン。
シロシロクビハダ。
白首肌。
白い化粧に首は肌色。
シロシロクビハダ。
白塗り化粧。

1

秋山箱理《あきやまはこり》は、天然色である。

不思議ちゃん、エキセントリック、などと言われたこともあるが、いちばん近いのは、電波系という称号かもしれない。頭のなかに、誰かからの声や指示が届くというあれだ。


箱理は、酸化チタンをスパチュラですくいとってボウルに計り入れながら、タコリが右の肩に座っているような気がしてならなかった。

先日、ヨシエさんの家でひさしぶりに思い出したタコリのことだ。

「そういえば、タコリちゃんはお元気？」

と、突然ヨシエさんにたずねられたのだった。

幼い頃から慣れ親しんでいる、ヨシエさん宅の広く瀟洒《しょうしゃ》なリビングだった。高い天井、職人技が際立つシャンデリアに重厚な柱時計。箱理たちは、姉弟そろって訪れていた。

　ヨシエさんはティーカップの細い取っ手をしっかりとつまんで紅茶をひと口飲み、目を細めて箱理を見た。ヨシエさんに見据えられると、メデューサに石にされるような緊張状態となるのは昔からだ。

　ヨシエさんというのは、今理、箱理、万理の父方の祖母である。世の中のすべての人に、自分のことをヨシエさんと呼ぶよう徹底させている。

「昔、ハコちゃんはなにかっていうと、タコリちゃんタコリちゃんだったもんね」

　と、姉の今理が言い、

「おれ、実は当時、ちょっと怖かった」

　と、弟の万理が言った。

　タコリというのは、箱理のかつての親友であった、ゆでダコの名前だ。

　箱理が小学一年生の頃、家族で三河湾に浮かぶ小さな島へ旅行に行ったことがあった。そのときの夕食の膳に、野球ボールほどの頭のゆでダコがまるまる一匹あがった。短くて太い八本の足がくるんと外側にはねていて、見ようによってはかわいらしかった。

ゆでダコはあっという間に切り分けられ、家族それぞれの胃袋におさまったが、どういうわけか箱理の脳裏には、いつまでもゆでダコの残像が焼き付いていた。

だから宿泊先の大浴場の鏡に、ゆでダコが映っているのを発見しても、箱理はさほど驚かなかった。ゆでダコは箱理の肩に腰かけて、鏡越しに手を振った（足のうちの一本だ）。箱理はゆっくりと鏡から視線を外して、実際に自分の右肩を見た。

肩には本当にゆでダコが座っていて、箱理に向かってそう言った。

「はじめまして、ハコちゃん」

箱理は、そのゆでダコを「タコリ」と命名し、一年生から五年生になるまでの四年間を共に過ごした。

タコリは、たいてい箱理の右肩に腰かけていて（足の付け根あたりをやわらかく折り曲げて）、必要に応じて、正面に現れたり空中を飛んだりした。

本来、生物学上のタコの目は足の付け根のところにあるが、タコリの目はもっと上にある。頭と思われがちな野球ボール大の場所が実際は胴部分だが、タコリの二つの黒い目は、デフォルメされたマンガのようにそこにあった。

タコリは、箱理の姉のような存在だった。本物の姉である五歳年上の今理《いまり》は、幼い頃、妹というものにほとんど興味を示さなかった。今理はいつでも自分のことにひどく忙しく、また奔放すぎるきらいがあった。

それに加え、ひとつ年下の弟の万理《ばんり》はおそろしくやんちゃで、まったく言うことを聞かない子どもだった。母は、姉と弟にかかりきりだった。

いつでもびっくりしたような顔で一人遊びをしている箱理は、姉弟《きょうだい》のなかで唯一手がかからない子どもであった。

「この子、魯鈍《ろどん》じゃないだろうか」

と言ったのはヨシエさんだ。両親にとってその言葉は青天《せいてん》の霹靂《へきれき》であり、大きな衝撃とともに活火山のように憤慨もしたが、

「こういう子こそ、将来大物になるのだ」

と擁護《ようご》したのは、ヨシエさんの夫である、禿《は》げ頭で丸顔の祖父だった。

「この子の頭のなかには、凡人が想像できないようなイマジネーションが宇宙的規模で広がっているのだよ」

祖父は箱理の感性を褒《ほ》め称《たた》え、三人姉弟のなかで、特に箱理をかわいがった。

よって両親も、祖父が亡くなったあとに突如出現した、タコリという、目に見えないゆでダコを、親友だと言ってはばからない次女に対しても、

「このイマジネーションはどうだ！　将来はノーベル文学賞作家だな」

などと、どっしりと大きな心で構えていることができた。

タコリはいつでも箱理の味方であったし、応援団長だった。些細《ささい》なミスをして落ち込んでいる箱理を即座に勇気づけて励ましたし、逆にやましい気持ちを伴っての行動についてはぴしゃりと叱って注意を与えた。タコリは箱理にとって、理想的な母であり姉であり、教師であり友人であった。

箱理は、状況というものをうまくつかめない子どもだった。縦笛をみんなで吹いているとき、長縄を跳んでいるとき、漢字の書き取りをしているとき、給食を食べているとき。景色はがちゃがちゃとして統一感を失い、自分という人間が今、はたして本当にこの場所に存在するのかがわからなくなった。

大太鼓とシンバルが鳴り響き、油絵の具のチューブを直接キャンバスに絞ったような世界から、現実の世界へ連れ戻してくれるのはタコリだった。

「ハコちゃん」

と、タコリが耳元でささやくと、景色はぴたりと焦点を合わせ、箱理はすみやかに元の場所に戻ることができた。

決して友達がいないわけではなかった。箱理のまわりには、いろいろなタイプのクラスメイトたちが、花の蜜を吸いにくるミツバチのように、ふらふらと入れ替わり立ち替わり訪れては去って行き、そして戻ってきた。

箱理から率先して働きかけるということはなかったけれど、なにか問われれば誠意を持って答えたし、子どもながらに少なからぬ辛抱強さも持ち合わせていた。

箱理が世の中と程よく折り合いをつけているとき、タコリは存在感を消していた。箱理が右往左往しているときだけ、タコリは言葉をささやき、導いてくれるのだった。

そんな一心同体であったタコリは、五年生の夏休みが終わった翌日、忽然《こつぜん》と姿を消した。朝起きたら消えていたのだった。

あんなに頼っていたタコリの存在だったけれど、実際いなくなって困ることはなにひとつなかった。箱理は四年間のタコリの見守り支援により、現実になじみ、生きてゆく自信を、多少なりとも持つことができるようになっていたからだ。

以来、タコリのことは一度も思い出さなかった。

だからヨシエさんに、

「そういえばタコリちゃんはお元気？」

と、たずねられても、すぐにはピンとこなかった。実のところ、ヨシエさんの身に、加齢に伴うなにかしらの症状が現れたのかもしれないと、不安に思ったくらいだった。

けれど、いったんタコリのことを思い出すと、まるで自分のほうが健忘症にでもなったかのような気持ちになった。

「タコリちゃん、懐しいわ」

ヨシエさんがめずらしく感傷的なことを言ったので、箱理はヨシエさんの顔をまじまじと見つめてしまった。ほんのわずか遠い目をしているような気がした。

ヨシエさんの、まっ白い能面のような化粧は相変わらずだった。昔タコリが、ヨシエさんの顔を見るたびに恐怖で泣き出したことを思い出した。

ヨシエさんはまるで衰えていなかった。白塗り化粧にも年季が入り、年を重ねて、ますます超人的な得体の知れない力をみなぎらせているように見えた。

理学部化学科から同じ専攻の修士課程を修了後、化粧品メーカー雪見堂《ゆきみどう》の研究部に就職した理由には、ヨシエさんの影響もあるかもしれないと、箱理は思う。

それはヨシエさんの白塗り化粧の意味について、なにかしらのヒントが得られるかもという、針の穴ほどの光明だった。

「秋山さん」

と呼ばれたとき、箱理はぼうとした空虚のなかにいたので、ハイ、という返事は妙に甲高《かんだか》く、日の出とともに鳴く野鳥のように裏返ってしまったが、声を出したとたん、さまざまな音と色がつぶさに戻ってきた。

何度も声かけたんだけどね、と口紅チームのリーダーであり、この研究部の部長でもある吹石《ふきいし》さんが言う。部長という肩書きにもかかわらず、吹石部長は現場から離れることを良しとしていない。

「ちょっと唇見せてくれる？」

返事を待たずに、吹石部長が箱理の唇に顔を近づけ仔細《しさい》に観察する。そして、ちょっとイメージの発色と違うかなあ、とつぶやく。箱理がつけているのは、吹石部長の試作品の口紅だ。

その間、箱理は十メートルほど向こうの、壁にかかっている時計に目線を定めながら、声をかけられたときとまったく同じ姿勢を保っていた。「だるまさんが転んだ」という遊びのように、見られている間は、動いてはいけないような気がするのだった。

吹石部長に声をかけられたとき、箱理はなぜか右手の甲を上側にして、左耳の下に中指の先を当てていたので、いわゆる「コレ」を表すジェスチャーみたいな恰好《かっこう》になってしまった。「コレ」というのは、女性らしい趣を得意とする男性を表すしぐさの「コレ」である。箱理は、珍妙なポーズのマネキンみたいに微動だにしないで立っていた。

あらゆる角度から吹石部長に観察されて、つけ心地はどうだったかと問われ、

「多少のびが悪いように感じました」

と箱理は答えた。

吹石部長は、ふうん、と鼻を鳴らし、それから化粧落としのシートを箱理に渡して、ちょっと取ってみて、と言った。箱理は「コレ」の姿勢から解き放たれ、腕をぎくしゃくと動かして、三つ折りにしたシートを唇に押し当てた。

「はい、そこで一回見せて」

吹石部長は、箱理の唇を無遠慮に注視する。

「はい、今度はこすってみて」

言われた通りにシートで唇をこする。はい、見せて。はい、もう一度こすって、はい、こっち見て、続けて拭《ぬぐ》って。箱理は性能のよいロボットのように、指示通り動いた。

「けっこう落ちにくいなあ。ふううん」

吹石部長はさっきより長く鼻を鳴らしたあと、どうもありがと、と言って去っていった。

再び何気なく目にした時計の秒針が、かちっと音を立てたと同時に昼休みのチャイムが鳴った。箱理は子どもの頃から、秒針が12を指すタイミングで、ちょうど時計を見るのが得意だった。多くの場合、脇役である秒針は、今こそが自分の見せ場だと言わんばかりに、12に動くときだけやけに力強く動く。

「ハコリちゃん、お昼にしましょう」

ゆきのさんだ。ゆきのさんはアイシャドウチームのリーダーで、年齢は四十三歳と聞いている。去年までは箱理と同じファンデーションチームの副リーダーだった。

箱理は、前方にではなく、右肩に頬をつけるようにうなずいたので、首を傾げるようなへんなうなずき方になってしまったが、ゆきのさんは気にならないようだった。

それは、右肩にあるタコリの気配を一掃しようと考えてのことだったけれど、もとからただの気配に過ぎなかったので、頬をぐいと押し付けたところでタコリの気配は消えず、変わらずに右肩に、ぼんやりととどまった。

先日、ヨシエさん宅でタコリのことを思い出して以来、箱理の右肩には、タコリの気配が濃厚に漂っているのだった。

箱理は気を取り直して、手に持っていた化粧落としで、唇をぐるりとなぞった。

ハコリちゃんのお母さんはお料理上手ねえ、と毎回言うセリフを、今日もゆきのさんが口にする。父親が弁当持参なので、ついでよ、と母が箱理にも作ってくれるのだった。ゆきのさんの今日のお昼は大きなおにぎり二つと、大きなトマト一個だった。

「おにぎりの具は、焼肉と鮭なの」

そう言って、ぴかぴかのトマトにかじりつく。じゅるるっと、やけに即物的な音がする。今は一年中トマトがあるわね、でもやっぱり夏のトマトがおいしいわよね。そんなことを言いながら、ゆきのさんが大きなトマトをすっかり食べ終わるまでじゅるる音は続き、箱理はその間、オオアリクイが猿の脳みそをストローで吸うという画《え》を想像し、少々粛然とした気分になった。

実験室の隣にある、事務所と呼ばれる部屋だ。机の上には各自のノートパソコンがあり、ここで処方の工程を練ったり、書類作成などの事務作業を行う。

お弁当持参組の箱理とゆきのさんは、いつもここで昼食を食べる。おおかたの職員は社員食堂で食べるが、ゆきのさんは過去に一度カキフライにあたったことがあり、たとえあたったのが自分の体調のせいだったとしても、それはゆきのさんにとって致命的な事件であったので、以来社食に寄ることなく、弁当を持参してきている。

大きな窓からは、ちらちらと白い光の粒子がふんだんにふりそそいでいる。

「ハコリちゃんは若いのにえらいわよう」

ゆきのさんがおにぎりをかじると、程よい焼き色の豚肉が姿を見せた。ちぎり切れないらしい脂身がつらなって、ハンカチが出てくる手品のようにずるずると出てきた。ゆきのさんはほんの少し顔をしかめたあと、意を決したように一気に豚肉を口に入れた。

「今の若い子たちって、試作品の使用評価するの嫌がるじゃない。化粧を落とすのが面倒だとかなんとか言っちゃって。吹石部長も嘆いてたもの。嫌がらずにテストしてくれるのはハコリちゃんぐらいだって」

箱理は、豚肉とごはんを適度な割合で食べられなかったゆきのさんの無念さを、我がことのように感じてみる。

「あっ、それとも、部長自身が嫌なのかしら。中年のおじさん上司に顔中をなめるように見られるのって、そりゃ気持ちいいものじゃないものね」

箱理は少し考えてから、「べつに嫌じゃありません」と答えた。

「吹石部長は、純粋な職務精神にのっとって、試作品をつけた唇を注視しているに過ぎませんから」

ゆきのさんは大仰に目を見開くようにしたあと、あははと笑い、

「ほんとえらいわあ、ハコリちゃんは」

と言った。

雪見堂は化粧品が有名だが、日用品であるトイレタリー商品など幅広く取り扱っていることもあって、日本人の多くはその社名を知っている。箱理が所属する研究部は、商品開発部からの依頼を受け、依頼内容に合うべく原料を調合し、新製品を作る仕事を主とする。箱理は、化粧品研究部のファンデーションチームに所属している。

処方開発した新製品の使い心地はどうか、そのときの肌の具合はどうかなどの使用評価、及び官能評価を行うため、先ほどのように、研究部員自らが試作品をつけ、モニターとなることもある。

「ねえ、ハコリちゃん、ここに来たときのこと覚えてる？　あなた、わたしに『吉田美和じゃないですか』って聞いたのよ、ドリカムの。あのときはほんとびっくりしたわあ」

箱理が入社した三年ほど前、研究部に配属された日のことだ。「吉田です」と自己

紹介したゆきのさんに、箱理は、「吉田って、もしかして、吉田美和じゃないですか」と質問したのだった。

「いいえ、吉田ゆきのです」

ゆきのさんは、表情を変えずに答えた。

そもそもゆきのさんは、吉田美和にぜんぜん似ていなかった。吉田という、ありきたりすぎる姓が同じなだけだった。人気バンド、DREAMS COME TRUEのボーカルである吉田美和が、化粧品メーカー雪見堂の研究部員であるわけがなかった。

「もう、おっかしいんだから、ハコリちゃんは」

箱理はその会話については覚えていたが、自分がなぜにどうして、ゆきのさんに「吉田美和じゃないですか」と問うたのか、その根拠についてはまったく思い出せなかった。名前を知っている、唯一の歌手だったからだろうか。いや、おそらく初対面で緊張して、わけのわからないことを口走ってしまっただけだろう。

「あら、見て」

ゆきのさんが指さした先に、飛行機雲があった。きれいに磨かれた窓ガラスの向こう側、はじまったばかりの春の淡い水色の空に、抜け落ちた猫のひげのような白い線が伸びていた。

「なんだかちょっとこう、子どもの頃のことを思い出す風景だわねえ」

ひとりごとのようなので、箱理は視線を戻して、弁当箱からチーズ入りはんぺんフライを箸でつまみ出した。ゆきのさんは頬杖をついて、先っぽからしずかになじんで消えてゆく飛行機雲を、うっとりしたように眺めていた。


両親と箱理、弟の万理が住んでいるのは、坂の上にある閑静な住宅街だ。亡くなった祖父から譲り受けた土地に、父が家を建てた。姉の今理はここから二駅ほど先で、一人暮らしをしている。

弟の万理は、自動車メーカーでデザインの仕事をしている。万理は子どもの頃から車の絵を描くのが得意だった。幼い頃の才能というのは、ある時点で転換すると聞いたことがあるが（電車の名前を覚えたり、駅名を覚えたりだ）、万理はあの頃からずっと継続して車の絵を描いている。箱理はそのたくましさと才能を、とても好ましく感じる。

大学院を出たのは姉弟のなかで箱理だけだったので、大学卒の一歳年下の万理は、社会人として箱理よりも一年先輩だった。

「食費っていうか、生活費を入れるべきだよ」

と万理に進言されなかったら、家にお金を入れることをいまだに思いつかなかっただろうと箱理は思う。

風呂上がりに温めた牛乳を飲んでいると、万理が帰ってきた。

「やっほー、おかえり、バンちゃん」

いつものように両手を広げて迎える母に、万理は社会人の笑顔で応じる。母は概して明るい。いつでもツーステップを踏むように歩き、ミュージカルのごとく話し言葉に節をつける。

父は前かがみになりながら、液晶画面に上半身が入るくらいの熱心さで、教育テレビに見入っている。「発芽が肝心！ ミニゴボウの栽培」と、画面右上にテロップが出ている。司会者のセリフに対して、「ほう、なるほど」などと、うなる。父は工業大学の教授で、機械知能が専門だ。

「こりゃあ、参考になるぞ。ミニゴボウ、いいじゃないか」

必死にメモを取ってはいるが、父が土いじりをしているところは、これまで一度たりとも見たことがなかった。

「バンちゃん、おかえり」

ラムスデン現象によってできた牛乳の膜を、上唇にくっつけながら箱理が言うと、

「ただいまハコちゃん。タコリちゃんの気配は消えた？」

と、万理にいきなりたずねられた。

ふいを突かれた箱理が、幽霊でも見たかのような四白眼《しはくがん》で見返すと、万理は、ごめんごめん、と手を合わせて、箱理の右肩をササッとはたき、

「これで消えたよ。消滅。バイバイ昔の友達。オーケイ、オーライ、問題なし」

と笑った。

つかの間タコリのことを忘れていたのに、万理のひと言により、タコリの気配は見事に戻ってきてしまった。箱理は、鼻歌を歌いながら洗面所に消えていった弟をうらめしげに見つめた。

新しい朝、箱理は研究部の事務所で「研究依頼書」を改めて眺めていた。見落としている点があるかもしれないと思い、一字一句じっとりと頭に入れて理解を試みる。

ブランド名／moon walk
ターゲット／二十代から三十代前半のＯＬ
対抗商品　／リオンの「ダンデライオン」シリーズ

コンセプト／目を奪われドギマギするような、これまでにない新しいリキッドファンデーション。つけ心地は非常にのびやかでしっとり。多少のマット感でツヤっぽい仕上がり。軽いけれどしっかり。塗り終わったあとはさらさらとした感触。角度によってハッとするような光を放つ（触感はまるで体液のような）。

この他にカラー展開の種類、納期や発売日、原価率や定価などが記載されている。右上がりで、大きく大胆な安藤《あんどう》さんの字だ。

そこに先日の話し合いで書きこんだ、箱理のメモ書きがある。こちらは、小さくて角ばったワープロゴシック的な字体である。

「ドギマギ」「多少のマット感でツヤっぽい仕上がり」「軽いけれどしっかり」「ハッと」の部分には、ピンクの蛍光ペンでラインを引いてある。かっこ書きの「触感はまるで体液のような」に関しては、同じくピンクの蛍光ペンでぐるぐると幾重にも囲んである。

安藤さんというのは商品開発部の三十代の女性で、彼女からの依頼に基づき、研究部員である箱理は、処方を開発して、新製品のリキッドファンデーションを作る。

先週、安藤さんは研究部を訪れ、箱理と打ち合わせをした。

「つけ心地がのびやかでしっとり、ということは、のび重視でよいですか」

箱理はたずねた。

「いいえ。つけたときはものすごくのびて、最終的にはピタリと止まります」

安藤さんが、力強く言い放った。

「マット感とツヤっぽさですと、どちらを強調したいですか」

「だから何度も言ってるじゃないですか。多少のマット感でツヤっぽい仕上がりです」

「マット感とツヤっぽさは、相反するものだと思うのですが」

「そんなのわかってます。もうっ、何度も言わせないでください。多少のマット感、って言っているじゃないですか」

「では、ツヤっぽさ重視ということでいいですね。リオンさんの『ダンデライオン』は非常にツヤっぽいですから」

「違います、多少のマット感も重要なんです！　『ダンデライオン』と同じにしてなんて、誰が言ったんですか！」

「対抗商品の欄に、そう書いてありますので」

「売れ行きに対抗するっていう意味で書いたんですよ！　リオンと同じもの作ったっ

てしょうがないじゃないですか！　秋山さん、あなたそれでも研究部員ですか！」

このあたりから、安藤さんの口角に唾がたまりはじめた。箱理は、なぜ安藤さんが声を荒らげているのかが理解できなかった。

「わたし、今回の『moon walk』に心血を注いでるんですよ！　もっと真剣になってもらわないと困ります！」

安藤さんのオレンジ系の口紅の上に、シロオビアワフキの幼虫の巣のような白い泡がのっかった。箱理は、子どもの頃に夢中で読んだ昆虫図鑑を思い出し、興味深げに眺めた。

「どこ見てるんですかっ！」

安藤さんは、箱理の視線を感じ取ってさらに声を荒らげ、ハンカチで乱暴に唇をぬぐった。きれいに塗られたオレンジ色がうすくなった。

「あの、それと『ドギマギ』と『ハッと』とは、具体的にどういうことを指すのでしょうか」

箱理の問いに、安藤さんは、

「その通りのことです。それ以上でもそれ以下でもありません」

と、禅問答のような答えを返した。

『ハッと』のほうはなんとなくわかるような気がするのですが、『ドギマギ』がわからないのです。心臓が高鳴るということでしょうか」

「そうです」

「それは実質的な身体に関わる変化ではないですよね。ファンデをつけて心臓がドギマギして心拍数があがると命の危険がありますから。よってこれは抽象的な意味合いでの……」

「あなた、わたしをバカにしてるんでしょ！」

安藤さんが大きな声でさえぎった。

「そんなことありません」

箱理の心底驚いたような顔を見て、安藤さんは下唇を大きな前歯でぎりぎりと噛んだ。

「あと、このかっこ書きの『触感はまるで体液のような』というのは、どのような状態でしょうか」

「ねっとりさらさらしている状態ですよっ。体液みたいなシャンプーとかよくあるでしょっ！」

箱理にはまったくわからなかった。

「どういった種類の体液でしょうか。体液というのは、血液、リンパ液、組織液とあります。調べてみたところ、主に唾液、尿、精液などが……」

とそこまで言ったとき、安藤さんは猛然と立ち上がり、

「やっぱりバカにしてるじゃない！」

と机を叩いた。その大きな音と安藤さんの猛々しい表情に、箱理の頭のなかは激しく混乱した。そして、会話の脈絡を推し量ることなく、思わず「はあ」とうなずいてしまった。

その瞬間、安藤さんは、わっ、と顔を覆って崩れ落ちた。それから、えっ、えっ、と、それまでの鋭い声からは想像できないくらいのかわいらしい声で泣きはじめた。

あのときの驚きを、箱理は生涯忘れないだろうと思う。鳩が豆鉄砲を食ったように呆気《あっけ》にとられ、度肝を抜かれ、尻毛を抜かれ、生き胆《ぎも》を抜かれるほどの驚きだった。

そのあとすぐに、異変をかぎつけたゆきのさんが現れて、続いて近くを通りかかった吹石部長がやって来た。ゆきのさんは安藤さんの肩を抱き、別室へと連れて行った。吹石部長は、「秋山さんが泣かせたんだあ」と言った。普段はほとんど表情を変えない吹石部長だったけれど、このときはなんだかニヤニヤしているように見えた。

安藤さんが泣いた原因は、どうやら自分にあるらしかった。箱理の鼓動は大きく波

打った。人様を泣かせたことなど、これまでの人生で一度たりともなかった。ヨシエさんに「魯鈍」と言われるほどの鷹揚《おうよう》さで過ごしてきた箱理である。他人の心のひだに入り込んで涙腺を刺激するなど、想像だにしないことであった。

「とりあえず、安藤さんは帰したわ。ハコリちゃんは大丈夫？」

心臓のどきどきはまったくおさまっていなかったが、だいじょうぶです、と答えた。

「ハコリちゃんは、ぽかんとして見えちゃうのよ。それか、あまりにも堂々としているように見えちゃうの。安藤さんもハコリちゃんもかわいそうに」

ゆきのさんは、切ないような表情で言った。

箱理は先週の一部始終を思い出して、暗澹《あんたん》たる気分になる。

今日は、安藤さんとの再度の打ち合わせがあるのだった。気が重かった。このような心境はこれまで生きてきて、はじめてと言ってよかった。窮屈な孤独感だった。ぎゅうぎゅう詰めのクローゼットに押し込まれ、袖がとんでもない方向に折れ曲がったまま季節が過ぎてゆくのをじっと待つ、真冬のコートみたいな心境だった。

思えば悩みというものと、これまで自分は無縁だったと箱理は思う。高校時代、

「どうしたら友達が多くできるんだろう」と、友人の一人が言ったことがあった。「それがわたしの目下の悩みなの」と。この人は友達を増やしたいのだな、と箱理は思った。大学時代の友人は「彼氏がほしい」と悩みを打ち明けた。

どうやら悩みというのは、叶えたくても容易には叶えられないことを指すらしかった。そうすると今、箱理には悩みがあると断言できる。むろん、安藤さんの依頼のことである。方向性、具体性、明確性に欠けたこの依頼書を頼りに、新しいリキッドファンデーションを処方するのは、至難の業と思われた。

「ハコリちゃん」

ゆきのさんだ。

「今日の安藤さんとの打ち合わせ。わたしも同席させてもらおうと思うんだけど、どうかしら。吹石部長がそうしたほうがいいって言うの。ファンデチームのリーダーの西小路《にしこうじ》さんは今日工場に行っちゃってるし、副リーダーはお休みだから」

箱理は考える間もなく、大きく二度うなずいた。

黒いミニスカートにショートブーツという恰好でさっそうと現れた安藤さんに、ゆきのさんは「かーわいい」と、第一声を発した。

「かけたんですね」

しばらくなんのことだかわからなかったが、どうやらパーマのことらしかった。そう言われてみれば、先日とは安藤さんの雰囲気が違っていた。

安藤さんとゆきのさんは、二人で手を取り合うようにして、髪型や服装についての考察、感想などをかしましく言い合ったあと、ようやく着席した。その間、箱理は棒立ちのまま、海辺を旋回するトンビにでもなったような気分で、二人のやりとりを眺めていた。

まず安藤さんは、先週の打ち合わせで取り乱したことを丁重に謝った。それから改めて、商品についての説明および意気込みを語りはじめた。やはり箱理には、安藤さんが伝えたいことがわからなかった。矛盾ばかりが押し寄せてきて、おぼれそうであった。

「わたしの言いたいこと、わかってくれますでしょうか」

安藤さんはゆきのさんだけを見つめ、懇願するようにそう言った。

箱理が意を決して疑問を口にしようとしたとき、ゆきのさんが、

「わかりますよ」

ときっぱり宣言した。ゆきのさんはあごをひいて、安藤さんを正面からじっと見つ

めている。すがるような箱理の視線は、やわらかく無視された。

「これまでになかった新しいリキッドファンデを作りたいということですよね。つけ心地はしっとり。肌につけた瞬間はよくのびるけれど、ぴたっと止まる。仕上がりはツヤっぽさを出して、多少マットでさらさらとした感覚。これは確かにドギマギするし、ハッとしたような光を集め、放ちます。それと、体液のような触感というのは、たとえばヒアルロン酸原液的な、とろりとしたやわらかい液状のことでいいのでしょうか」

ゆきのさんの言葉に、安藤さんは一気に破顔《はがん》して、

「そうです、そうです！　まさにそういうことです！」

と、これまで見たことがないような表情を見せた。本のなかの二次元の少女がいきなり紙を破って立ち上がり、生身《なまみ》の少女になって動き出したかのような、あっぱれな表情だった。箱理は再度トンビとなって高い空の上で旋回しながら、小さくなった二つの影を、ただ眺めていた。

三次元の世界で新しい生命を吹き込まれた安藤さんは、この商品がいかにすばらしく画期的なのかを朗々と語って訴えた。ゆきのさんは真摯《しんし》に耳を傾け、わかります、そうですね、すばらしいです、などと、肯定的相槌《あいづち》を連打した。

「今日は本当にどうもありがとうございました。こんなにスムーズに話し合いができるなんて思いませんでした。本当によかったです！」

元美容部員だった安藤さんの化粧は少々派手ではあったが、安藤さんという人間にしごく似合っていた。まつ毛はエクステなのか、異様な長さと多さを誇っている。

「秋山さんもお世話になりました」

最後に安藤さんは、早口で付け足しのようにそう言って、足取りも軽やかに、研究部の隣にある本社ビルへと戻って行った。

箱理は茫然としていた。そして孤独だった。一時間前とは異なる、広々とした孤独感だった。北風がひゅーひゅーと吹きすさぶ大地でただ一人、前傾姿勢になりながら足を踏ん張って耐えているような孤独感だった。

あんなに懸念していた安藤さんとの打ち合わせは、滞りなく、そして、あっけなく終了したのだった。

しばらくして、すさまじい北風が去ったあと、箱理は広大な宇宙でひとりただよっていた。遠くにブラックホールらしきものが見えたときには、深い絶望感にもおそわれた。

「ゆきのさん、あ、あの……」

箱理が言い終わらないうちに、ゆきのさんは「いいのよ」と断じた。

「ハコリちゃんは不本意だろうけど、ああ言うしかないのよ。嘘も方便。でもまあ確かに、ドギマギっていう表現はちょっと古典的だし、体液っていうのもどうかとは思うけど」

「はあ、でもいったいどのようにして処方すれば……」

「どこか一点だけに注目して、それを目標として処方すればいいわ。ええっと、そうね、わたしが思うに、仕上がりのツヤ感と光が肝のような気がするわ」
キ、キモですか、と言ったきり言葉をなくしている箱理に、しずかに助言したのは、ゆきのさんではなかった。
「臨機応変ってことでしょ。安藤さんのすべての理想なんて叶えられっこないんだから、ある程度は妥協するの。額面どおりに問いただしたって、いいことなんてひとつもないわよう」

突然の、頭蓋骨の内側にびーんと響き渡る声だった。

「正当ぶって、バカ正直に言葉のアラをさがしても仕方ないってこと。社会でなによりも大切なのは、人付き合いなんだからあ」

語尾を甘えたように伸ばすのがなによりの証拠だった。おそるおそる右肩を見ると、どす赤色のゆでダコの姿がはっきりと目に映った。もはや気配というレベルではない。

ついにタコリが、十七年ぶりに実体を持って、箱理の前に現れたのだった。


「へえ、ほんとに出て来ちゃったんだ」

姉の今理が、たばこをすーっと吸って、ぶわぶわと吐く。喫煙可の店を探すのが困難な現代であっても、今後さらなる値上がりがあったとしても、今理は強情なるヘビースモーカーだ。

箱理は目の前で、もうもうとあがる煙を深く吸い込んでみる。姉の口や鼻から吐き出される煙は、奇妙な郷愁を誘う匂いだった。山奥の小さな掘っ立て小屋で、木こりのおじいさんが手をかざす、素朴な暖炉から漂うような香りだった。

木肌の匂いに思いをはせながら、くむくむと鼻の穴を器用に動かしている箱理に、

「副流煙って身体に悪いんだよ」

と万理がささやくように言ったと同時に、木こりのおじいさんと暖炉はしゅるしゅると消えていった。

今理が「ほんとに出て来ちゃったんだ」と言ったのは、むろんタコリのことであ

る。

「で、今はなんか言ってるの?」

今理に聞かれ、右肩に目をやると、タコリは「ロングタイムノーシー」と、八本のうちの一本の足をあげた。手のつもりらしい。

「Long time no see. だって」

箱理が答えると、「英語かよっ」と、今理がつっこんだ。

「なんか心配だなあ、ハコちゃん」

そう言うのは万理だったけれど、昨晩、万理にタコリの気配について言及されたことも、タコリが現れた原因のひとつのような気がしていた。タコリは昔から万理が好きだった。

今、箱理の右肩に座っているタコリには確かな実体があった。手を伸ばせば触《さわ》れるということだ。箱理はタコリの足を触ってみる。タコリは、本物のタコのようにぬらしておらず、たとえていうなら猫の舌のようなざらっとした感触だった。しかし不思議と重くはない。タコリのせいで、肩こりになるということはなかった。箱理は、ぐいっとタコリを払いのけてみる。

「いやん、ハコちゃん、なにするのよう」

タコリは、ひらりと宙を飛んで箱理の正面にふわふわと浮いた。

注文していた飲み物とケーキが出てきたところで、万理が口火を切る。今理のマンションがある駅前の喫茶店だ。

「ヨシエさんの誕生日プレゼント。どうしようか」

本当は先日、ヨシエさん宅に集まったときに、ヨシエさん合意のもと誕生日プレゼントを決めようと心づもりをしていたのだけれど、結局、ヨシエさんからのOKが出ずに保留になっていたのだった。

ヨシエさんは、箱理たちの住む家からほど近い場所に一人で住んでいる。広い土地に立つイギリスの田舎の城のような古いお屋敷で、庭には西洋風のバラのアーチ、また日本式庭園などがあり、職人さんたちが常時手入れをしている。

「ヨシエさん。こないだ、なんだか怖いこと言ってたよねえ。そろそろ死ぬからってさあ」

今理がミルフィーユにフォークを刺す。かくさわっ、と音がしたと同時にミルフィーユはあっけなく崩れ、皿の上は一気に秋の落ち葉みたいになった。

「大丈夫。去年も言ってた。おととしも、その前も」

万理がおどけたように肩を持ち上げる。万理は、好物のレアチーズケーキを食べている。子どもの頃はうるさくて乱暴なだけの弟だったけれど、高校に入学する頃には、箱理と万理の姉弟の順序は完全に入れ替わっていた。知らない間に箱理は、年の離れた末の妹というプレートが貼ってある椅子に座らされていた。小さな怪獣みたいだった弟は、いつのまにか大人の男に変身していたのだった。

「バンちゃん大きくなったわあ。かっこいいわあ」

タコリが耳元で甘い声を出す。箱理はおもしろくない気分で、右肩で足を組んで優雅に座っているゆでダコを見た。昔のタコリはこんなにおしゃべりじゃなかった。必要なときだけ注意深くアドバイスをくれただけだった。

「そりゃあ、十七年も経てば変わるわよう。あたし、ずうっと待ってたんだからさあ、ちょっとくらい多くしゃべったっていいじゃなあい」

頰をふくらませて、タコリが言う。箱理は、おざなりにうなずいた。

注文したモンブランケーキの渦を、箱理はフォークでちびちびとすくい取って、慈しむように舐《な》めて味わった。昔はこんなふうにケーキを食べていると、先に食べ終わった万理に必ず横取りされたものだったが、今の万理は、

「その食べ方、ハコちゃんらしいね。モンブラン美味《おい》しそうだね」

などと言うのだった。

「去年はなにあげたんだっけ？」

ミルフィーユの落ち葉は、今理が手を加えれば加えるほど、無残に割れてゆく。

「スワロフスキーのフラミンゴ」

「おととしは」

「巨大ゴジラのラジコン」

と、万理が答えたところで、しばしの無言となる。

「……フラミンゴのほうは玄関に飾ってあるけど、ゴジラって見たことある？」

姉の問いかけに、箱理と万理は首を振る。おととしの誕生日、リモコン操作でリアルに動くゴジラに「あらあ！」「んまあ！」などと歓声を上げていたヨシエさんだったけれど、その日以降ゴジラを目にしたことはなかった。おそらく誰かに譲ってしまったのだろう。

「心をこめて、よおく考えてちょうだい」

先日の訪問時、ヨシエさんは言った。それが年長者に対する礼儀ってもんだ、と。

「ハコちゃんが作った化粧品は？」

急に今理に話を振られ、箱理は突如として自分の居所が不明瞭になる。

「だめだよ。あの人は、身につけるものは絶対人からもらわないよ。服も靴もアクセサリーも。財布もハンカチも。エステ券もだめだったし。化粧品なんて絶対に無理だよ」

さえぎって言う末の弟を見て、年長者の今理が鼻の穴をふくらませる。いまや皿の上のミルフィーユは、見事に散乱していた。

「バンちゃんはそうやって、なんでもすぐに決めつける。そんなのヨシエさんに聞いてみなくちゃわからないじゃない。ハコちゃんが作った化粧品。あたしは喜ぶと思うけど」

箱理と万理は互いに視線を取り交わし、それからあらぬ方を見たり、目にゴミが入ったふりをしたり、こめかみを押さえていかにも頭痛です、といった仕草をした。

「この際だからはっきり言うけど」

今理がフォークを置いて二人に目を据えた。嫌な予感がした。

「あたしは、ヨシエさんが死ぬまでには、あの顔をどうにかしたいっ！」

いやな予感的中！　と言ったのはタコリだった。不本意ではあったけれど、箱理も同時に心のなかで叫んでいた。

「棺桶《かんおけ》のなかでもあのメイクなのかって話よ。大体さあ、いつもヨシエさんの化粧に話が及ぶとみんな知らん顔するけど、実際、超気になるでしょ？　どう考えてもおかしいでしょ？　不自然でしょ？」

箱理と万理がなにも言わないので、今理はそのまま続ける。

「外歩くとみーんな振り返って見ていくんだよ。指さす人だっているんだから。見世物だよ、見世物。あんたたちはヨシエさんが見世物になってもいいわけ？」

今理がしゃべり終わったあと、三人の間には物騒な沈黙があった。

箱理の鼓動は高ぶっていた。焦燥が輪になって、身体中をしぼりあげていくようだった。箱理はひどくうろたえていたが、こういうときの箱理は、なぜかいつも以上に無表情になってしまう。表情をなくした箱理の顔は、小学生に不用心に釣られてしまった貪欲《どんよく》な鮒《ふな》のようであった。

近くを通りかかった店員に、今理が、「バニラアイスひとつ追加ねっ」と景気のいい声をかける。

「いつも思うんだけど、なんで二人とも直接聞かないの？　ヨシエさん、あたしの言うことには聞く耳持たずだけど、ハコちゃんやバンちゃんの言うことなら素直に聞くじゃないの。特にバンちゃんのことは孫のなかでいちばんかわいがってるし、ハコちゃんなんて化粧品会社に勤めてるんだから、それこそアドバイスしてあげればいいじゃない」

斜に構えていた足を組み替えて、今理が大げさなため息をつく。それから、慣れた手つきでたばこに火をつける。

世の中のほとんどのことに鈍感である箱理だったが、こと、ヨシエさんの化粧については、人並みの気遣いを持ち合わせていた。いや、人並み以上かもしれない。あれは、はじめてタコリが現れた小学一年の頃よりも、ずいぶん前のことだった。幼い箱理は、ある日突然、ヨシエさんが化け物に見えたことがあった。

シロシロクビハダ

という名前の妖怪で、人間たちに悪さばかりする、顔だけが白い老婆だった。目に余る悪行の数々に怒ったエンマさまが、シロシロクビハダの首をはねるのだけど、切っても切ってもシロシロクビハダには新しい顔が生えてくるのだった。新しい顔はますます白く、悪行もいっそうひどくなった。

「わるいようかい！　シロシロクビハダめ！　たいじしてやる！」

シロシロクビハダの行いに胸を痛めていた箱理は、ある日思い立って、ヨシエさんに刀を抜いた。それは新聞紙を丸めただけの筒の棒だったけれど、ヨシエさんは自分の身体に触れる前に刀を奪い取り、あれよあれよという間に箱理の下着をはぎ取って、新聞紙の刀でいやというほど尻を打った。泣きわめこうが許しを乞おうが、ヨシエさんは容赦しなかった。

あれ以来。

箱理は臆病に近いほどの気遣いで、ヨシエさんの化粧を静観している。それは触れてはいけない禁忌《きんき》事項であって、暗黙の了解であった。

尻を打擲《ちょうちゃく》されたあの日、同じ場所でつぶさに一部始終を見ていた万理にしても同じだった。両親にも手をあげられたことのない二人にとって、世界が一転した忘れられない日となった。

幼い箱理の尻を手加減なく打ち抜いたヨシエさんは、まさに妖怪シロシロクビハダであり、その魔術はいまだに続いているのだった。

追加注文したバニラアイスが到着し、今理は皿の上に散らばったミルフィーユのかけらを、バニラアイスの上にざあっとかけた。そして、それをスプーンですくって口に運んだ。その様子を眺めていた箱理も、モンブランの続きにかかった。ちびちび作戦はやめてごく一般的な食べ方に戻した。

「温泉とかは?」

万理が提案する。ヨシエさんの誕生日プレゼントの件だ。

「あ、だめだ」

万理が速攻で撤回する。そういうこともこれまでさんざん考えてきたのだった。ヨシエさんの返答は、いかなる場合もノーだった。理由は明かさなかったけれど、化粧を落とした顔を見せるのが嫌だからに違いなかった。

五年ほど前、ヨシエさんが転倒して左腕を骨折して入院したときも、化粧は常に完璧だった。てろてろのパジャマの上に乗っかるヨシエさんの顔は、さらしものにされた生首のようだった。

「ねえ。おじいちゃんは、ヨシエさんのすっぴん見たことあるはずだよねえ」

ミルフィーユがけバニラアイスの最後のひと口を食べ終えた今理が、そう言って人差し指を立てる。

箱理たちの祖父、つまりヨシエさんにとっての夫は、箱理が幼稚園年長だった冬に他界した。大手製薬会社の重役だった祖父は、たいそう気さくな人だった。孫たちに、残り少ない髪の毛を引っ張られても、的中ビンゴのカンチョーをされても、目から星が出るような頭突きをされても、まいったなあ、と笑っているような人だった。

「つつってても、今さら確かめようもないんだけどさ。あ、でもさ、お父さんは絶対に見たことあるよね」

「いや。子どもの頃から、自分が寝るまであの顔で、朝起きたらすでにあの顔だったって。そう言ってたよ、父さんは」

万理の返答に今理は無言のまま、ストレッチするみたいに頭をゆっくりと回し、おもむろに新しいたばこに手をのばした。そして少しばかりいきり立って言った。

「ったく。なんでヨシエさん、あんな化粧してるんだろ。おじいちゃんが残したお金だっていっぱいあるでしょうに。あんな豪邸に一人で住んでて、それであの顔なんて」

「でもヨシエさんは昔からあの顔だよ。おじいちゃんが生きていた頃だって、父さんが子どもの頃だって。近所の人たちも、みんな昔からの知り合いだから大丈夫だよ。ヨシエさんにとっては、あの顔がヨシエさんそのもので、日常なんだよ」

万理が言う。万理はいつだって、ヨシエさんの味方だ。

結局この日、ヨシエさんの誕生日プレゼントは決まらなかった。

シクロメチコン、ミネラルオイル、フェニルトリメチコン、メトキシケイヒ酸オクチル、ジメチコン。

白衣をまとった箱理は、商品開発部の安藤さんからの依頼書を元に作成した試作表を見ながら、秤《はかり》の上に置いたステンレスビーカーに原料を計り取る。コンセプトは何度見てもわからなかったが、ゆきのさんの言ったことを頼りに、箱理は業務をこなす。

「秋山さん、今ちょっといい？　唇見せてよ」

吹石部長だった。今日もまた、開発品の使用評価を頼まれていた。

「ちょっと、こう、突き出してみて」

箱理は口をひょっとこのように突き出す。「タコみたいー」とタコリが笑う。

「よしオッケ。もう取っちゃっていいよ」

そう言って、さっさと持ち場に戻る吹石部長を見て、近くにいた香織《かおり》ちゃんが、信じられない、とつぶやいた。

「今の部長、ちょっとあんまりじゃないですか。もう少しやり方ってのがあると思うんですけど」

入社二年目の香織ちゃんは、いつもとてもきちんとしている。

「唇を突き出せなんて、まるでキスを強要してるみたいじゃないですか。セクハラですよね」

腕を組んで憤慨している香織ちゃんに、箱理は目を向ける。

「あ、もしかして香織ちゃんの今日のファンデ。『ダンデライオン』？」

香織ちゃんの頬に顔を寄せて言うと、香織ちゃんはぐっとあごを引いて、

「近いですよ」

と、手をぱたぱたさせた。

「でも、ええっと、そうです。今日のファンデは、リオンの『ダンデライオン』シリーズのリキッドファンデとパウダーファンデです。よくわかりましたね」

「とてもきれい」

「ライバル会社の商品ですが、これはスグレモノです」

そう言って、香織ちゃんは親指を立てた。

箱理はこれまで、ほとんど化粧をしたことがなかった。もちろん仕事上では化粧はする。自分の担当であるリキッドファンデの使用評価にはむろん力が入るし、誰かに頼まれれば二つ返事で引き受ける。吹石部長のように口紅チームから使用評価を依頼されることもあるし、ゆきのさんはアイシャドウ担当だし、香織ちゃんは同じファンデーションチームでもパウダーファンデーションの担当だ。

使用評価及び官能評価をするために、ここには何台もの洗面台があって、クレンジ

ングや基礎化粧品も豊富にそろえてある。シャンプーやボディソープや毛染めの評価のために、シャワールームも完備されている。

「香織ちゃん、今度、わたしの開発品の使用評価をお願いしてもいいかな」

箱理がたずねると、いつですか、と間髪をいれずに返ってきた。

「当日に突然頼まれるのは嫌なんです。日にちがわかっていれば軽めのメイクで出社してきますし、そのあとのメイク道具も一式持って来ます。でも髪型も崩れるから、仕事終わりになんの用事もない日がいいです。デートの日だと困りますから」

箱理は頭のなかを整理してから、ゆっくりとうなずいた。

「秋山さんも、普段からメイクをしたほうが絶対いいですよ」

ひょろりと背が高いだけの箱理とは、まるで体型は異なるけれど、香織ちゃんと身長はほとんど同じである。箱理は、同じ位置にある香織ちゃんの目を、ぼわんと見つめる。

「わたし、メイクしない女の人って、なにかが欠落してると思うんです。いくら素顔に自信があったって、すっぴんなんてありえないと思うんです。一種の礼儀だと思うんですよ、わたしは」

箱理はまたしても今の言葉を頭のなかで充分吟味し、それから注意深くうなずいた。

香織ちゃんの肌はきらきらしていて、唇はほどよいグロス感だった。チークのピンクも似合っているし、くどすぎないアイメイクは上品だった。

「化粧って、知性だと思うし生命力だと思うんです。そういった女性の強さや美しさに携わりたくて、雪見堂に就職しました」

すごーい、と拍手をしたのはタコリだった。一方の箱理は、大海原でちゃぷちゃぷと犬かきをしている自分の姿を俯瞰《ふかん》していた。手足をむやみに動かすだけで、まったく前に進まない無様な犬かきだ。

「あ、話がずれましたが、とにかく使用評価のときは事前に言ってくださいね」

箱理が手をかざさないと、望んでいないなにかしらの影響が及びそうなほど、自信にあふれた香織ちゃんの笑顔だった。


今日のゆきのさんのお弁当箱には、白いごはんだけが詰めてある。

「やだあ、そんな顔してえ。これ持ってきたから安心して」

ゆきのさんが見せたのは、レトルトのカレーだった。電子レンジであたためため、ごはんにかけたそれは、思った以上においしそうだった。箱理のお弁当の中身は、小鰺《こあじ》の南蛮漬けとほうれん草のおひたしとひじき煮だ。

ゆきのさんは左右のまぶたに異なる色のアイシャドウをつけていた。右目がパープルで左目がシャンパンゴールドだ。そういう箱理もゆきのさんに頼まれて、同じくパープルとシャンパンゴールドのアイシャドウを、一重まぶたに見える実は奥二重のまぶたにのせている。

「ゴールドの発色が悪いわね、ちょっとラメが足りないかな。パープルはきれいだけど」

てりてりとした艶のあるカレールーを口に運びながら、ゆきのさんが箱理の目元を凝視する。箱理は、小鯵の南蛮漬けを箸で挟《はさ》み、口を半開きにした状態のまま動きを停止していた。

「やだあ、ハコリちゃん。動いてもいいのよ」

ゆきのさんはいつだって、野球のアンパイヤみたいに威勢がいい。

「ゆきのさんって、普段お化粧しますか」

旺盛な食欲でカレーライスを平らげて、今朝通勤途中で買ってきたというジャンボシュークリームを口に入れ、唇についたカスタードクリームを指で拭ってなめていたゆきのさんは、箱理の質問に、むはっ、と声をもらした。

「うーん、最近はちょっとサボり気味かな。日焼け止めは必ずつけるけど」

「そうですか」

「そういえば昨日、パパに『浮気するぞ』って言われちゃったわ」

「浮気」

なじみのないその言葉を、箱理は銀河系の果てからずりずりと引っ張ってきた。

「うん、最近、次男がちょっとした反抗期でね。来年は中学受験で、わたしはべつに公立でもいいんだけど、仲がいい子がみんな受験するのよ。そのくせサッカーが忙しくって、親はしょっちゅう駆り出されたりして、もうなんだかいろんなことが慌ただしいのよ」

はあ、と言おうとした箱理だったが、海水を鼻から吸い込んでしまったように「んぶあ」と、妙な相槌になってしまった。

「それで、ついついお化粧も手抜きで、美容院にもしばらく行ってないしでね。パパは奥さんにはいつでもきれいでいてほしいんだって。ちゃんとお化粧して髪をセットしててね。これからずっとそんなんだったら浮気するぞ、って言われちゃった」

ゆきのさんは、からからと笑った。

「あら、見て見てハコリちゃん！　また飛行機雲よ」

大きな窓越しの青空には、確かに白い飛行機雲が天に向かって伸びていた。時計の秒針が12を指す瞬間を箱理が見逃さないのと同じように、ゆきのさんは、飛行機雲を見つける名人であるようだった。

そして、自分の夫のことを「パパ」と呼ぶゆきのさんを、箱理は、目が覚めるような気持ちで眺めた。

2

秋山今理は裸族である。

裸族といっても、アマゾン川流域などで暮らす衣服を身につける習慣のない部族のことではないし、また、ＨＤＤを直接外付けしたり、スマホをケースなしで使用する人たちのことを指す比喩的裸族でもない。秋山今理は、自宅内を全裸で過ごす裸族である。

箱理は、目の前にぶら下がっている、じきに三十三歳になる姉の左右のおっぱいを、なにか宇宙的な記号のように感じる。あるいは、天才バカボンに登場するおまわりさんのつながった目のようにも見えるし、左右の目で異なる世界を見ている子どものようにも思える。

右肩ではタコリが「はだかはだか」と興奮している。

「ハコちゃんも脱いでいいんだよ」

今理は、ノートパソコンのキーボードを打っている。部屋のなかは亜熱帯ジャングルのような熱気だったので、箱理はブラウスの上に着ていたカーディガンを脱いだ。

「もっと脱げばいいのに。だって窮屈でしょ、自由じゃないでしょ」

わきの下がじっとり汗ばんでいるような気がしたが、ブラウスを脱いで下着姿になる自分を、箱理は想像できなかった。

「時代に逆行してる。資源を大事に使うべきだ」

と以前、この部屋を訪れた万理は言っていたけれど、

「夏は冷房入れないから、プラマイゼロよ。風邪もひかないから医療費もかからない」

と、今理は誇らしげだった。

弟の万理がここを訪れるとき、姉はロングTシャツをかぶる。それは宅配業者や新聞の集金や、速達を届ける郵便配達員が訪れるときと同じ対応である。そうしないと万理は決して部屋に入らない。

今日の今理はパンティだけをはいている。服を着ている妹に対する、ささやかで寛大な心遣いということだ。むろん、父と母は姉が裸族であることを知らない。実家住まいだった頃、今理はふつうに洋服を着ていた。

「あ、悪いけど、なんか適当に作って飲んでてくれる？　冷蔵庫のなかに茶葉がいっぱいあるからさ。これ、大至急送らなきゃいけなくて」

タンッタンッ　タタタタタタタ　タンッタタタン

キーボードを叩く、小気味よい音。今理は、ダイニング兼のリビングで、ノートパソコンと向き合っている。

今日は月に一度あるノー残業デーなので、定時にあがった箱理は思い立って姉のマンションに寄ってみたのだった。実家と会社の中間地点に、今理のマンションはある。

タンタタタタタンッ　タタタタッ　タンッ　タンッ　タタタン

箱理はキーボードを打つ音を聞くのが好きだ。缶詰のなかにこもって、見知らぬ誰かの靴音を聞いているような、スカッとするパーフェクトさには今一歩足りないみたいな、八十パーセントの爽快さ。

箱理はゆっくりとキッチンカウンターに移動して冷蔵庫を開け、事務用の大きなダブルクリップで留めてある、アールグレイと書かれた開封済みの銀色の袋を手にとった。

「ハコちゃん」

キッチンカウンターに立つ箱理からは、今理のうしろ姿しか見えない。今理はウエーブがかった長い髪を高い位置でまとめており、椅子の背もたれ越しに見える首筋から肩にかけてのラインは、肌色の富士山のようだった。

「ハコちゃんてば」

パソコンに視線を定めたまま、今理が再度声をかける。箱理が、はい、と返事をすると、

「美味しい紅茶のいれ方はね。ティーポットにティースプーン二杯。沸かしたての熱湯を注いだらティーコージーをかぶせて蒸らして三分。ポットを軽く回しながら、茶こしでこしてティーカップに注ぐんだって。オーケイ？　あ、ティーコージーってのは、鍋つかみみたいなやつ。そのへんにあるでしょ？　温度を下げないために使うらしいよ。それとティーポットとティーカップに熱湯を入れて先にあたためておくのも忘れずにね。わかった？　ハコちゃん」

キーボードをめまぐるしく叩きながら一気にしゃべる。箱理は、今の説明を頭のなかで反復してから、わかった、と返事をした。

幼い頃の姉は自然災害のように横暴で、妹の箱理に対して命令か罵倒《ばとう》しかしなかったが、大人になった今はとても親切だ。親切すぎると言ってもいい。箱理は、この自

由で愉快な姉と、しっかり者の弟が大好きだった。人生の手本だといつも思う。

キッチンカウンターで、箱理は言われたとおり、すこぶる丁寧にアールグレイをいれた。手順を踏んでティーカップに注いだとたん、またたく間に手つかずの草原が目の前に広がって、箱理の鼻先をアンバー色の野ウサギがぴょんぴょんとかけ抜けていった。まるでひとつの物語のような、これまでの記憶にないほどのすばらしい香りだった。

今理はライターである。箱理はライターという仕事の全体像をいまだつかめていなかったが、先日、紅茶関連の仕事をし、その際、新製品の茶葉や道具をいくつかもらったらしかった。

箱理がキッチンカウンターで突っ立ったまま、ティーカップ片手に、野ウサギが去って行く姿に名残惜《なごり》しげに手を振っていると、

「ハコちゃーん、悪い。あたしにもちょうだい」

と声がかかった。箱理は、今の茶葉を使うか、新たにいれ直したほうがいいのかしばし逡巡《しゅんじゅん》したのち、結局新しい茶葉で最初から仕切り直した。

出来立てのアールグレイをテーブルに置くと、今理はひと口飲んで「あちっ」と言

ってカップを置き、数秒経ってから、「あちちだよー」と棒読みで言った。その後、しばらくカップには口をつけずに、真剣な表情でパソコンの画面に向き合っていた。それから突然、首を絞められた猿のような声を発し、乱暴に片膝を立てて、すさまじい速さでキーボードを打ちはじめた。

タンタタタタンッ　タタタン　タンッタタタタタンッ

タタタタタタ　タタタンッ　タタタンッタタンタタタタンッ

タタタタタタタンッ　タタタ　タタン　タタタタタタタタンッ

バンッ

ひときわ大きな不完全音が鳴ったと同時に、今理が咆哮《ほうこう》する。

「やりぃ！　締め切り三十分前に終わったよう。あたしってば天才」

そう言って両手を組んで、大きくのびをした。おっぱいがくいっと持ち上がって、直前のそれとは違う様相を見せたが、ただたんに先ほどとはべつの種類の宇宙的記号に変わっただけのような気もしたし、その二つのココア色のドットを目とみなすなら、先ほどよりも数倍生き生きとした表情で、笑っているようにも見えた。

「忘れないうちにさっさと送っちゃおうっと！」

リオのカーニバルばりの陽気さで今理は言い、ひとしきりタタタンッとやったあ

と、

「送信完了！　イエイ！」

と、天に向かってたのしそうに叫んだ。

今理が換気扇の下に移動して一服している姿を、箱理はカウンター越しに、見るともなく眺める。髪をほどいて、たばこを夢中で吸う今理は、酸欠の犬のように見えた。

箱理は、五十嵐《いがらし》さんちのカナコちゃんを思い浮かべる。ニューファンドランドのカナコちゃん。

箱理の家では飼っていないが、近隣には大型犬を飼っている人が多く、駅までの通勤途中や休みの日など、箱理は多くの犬たちとその飼い主に遭遇する。ゴールデンレトリーバー、ラブラドールレトリーバー、ダルメシアン、シェパード、グレートデーン、セントバーナード、アイリッシュセッター、秋田犬、土佐犬。

なかでも箱理は、真っ黒な毛のニューファンドランドのカナコちゃんが好きだった。波打つ黒い毛並と、かすかにただよう獣臭に、箱理はいつも骨抜きにされる。カナコちゃんは箱理に会うと、いつもうれしそうに尻尾をふり、存分になでさせてくれる。

ちょっと苦手なのが、アフガンハウンドのリリーちゃんだった。足が長すぎた。完璧になかに人が潜んでいると思われた。リリーちゃんは、箱理のことをきれいに無視した。あなたとわたしとじゃ格が違うのよ、と言っているふうだった。

けれど箱理は、大の犬好きというわけでもなかった。動物にはさして興味はない。カナコちゃんのことはとても好きだけれど、たとえば五十嵐さんちが引っ越したり、いつかカナコちゃんが天に召されるときが来たとしても、さほどのショックはないだろうと箱理は思う。それは自分が動物を飼ったことがないせいかもしれない。箱理はよく鳩に似ていると言われるので、鳩がいるとついつい凝視してしまうのだが、むろん愛着はない。

しーっしはー、とたばこを吸って、うぷうーっ、と換気扇に向かって煙を吐き出す裸の姉はあまりにも無防備で、どう見ても野良の獣っぽく、それに比べると上品で人懐っこいカナコちゃんのほうが、よほどヒト的だと箱理は感じる。

そして、自分が鳩に似ていると言われるのは、子どもの頃からずっと同じ髪型のせいかもしれないと、ふと思う。コシがない毛質でふにゃっと頭の形にまとわりつくので、一見そうは見えないかもしれないが、れっきとしたおかっぱ頭である。鳩というのは、総じておかっぱ頭であると箱理は思っている。よって、自分は鳩に似ていると言われるのだろうと。

「ああ、ちょうどよく冷めた。あたしってば猫舌なんだよね」

いつの間にか箱理の目の前で、今理が紅茶を飲んでいた。すっかり時間が経ってしまったため、あのすばらしい香りはほとんど消滅したと思われた。

おーなかすいた　おーなかすいた　まっかなおーなーかー

今理が歌いながら移動して（それはあたかも瞬間移動みたいに見えた）、冷蔵庫に顔を突っ込む。その妙な歌が『バラが咲いた』の替え歌だと気付いたのは、今理が冷蔵庫からハッピーターンを取り出して、テーブルの上に置いたあとだった。

ハッピーターンはつめたくておいしかった。今理は一度封を開けたものは、なんでもかんでも冷蔵庫に入れる。よって、一人暮らしのわりに冷蔵庫は大きく、これも万理にとってはおもしろくないことのひとつのようだった。

「ねえ、ハコちゃん」

ハッピーターンの粉は間違いなく合法的な麻薬だと思いながら、二つ目に手を伸ばしたところで、

「バンちゃん、まだ怒ってるの？」

と、今理に聞かれた。

「すこしだけ」

と、箱理は答えた。万理は意外と根に持つタイプである。

ヨシエさんの誕生日会は滞りなく終わった。いや、滞りなく、というのは今だから言えることであって、その日、箱理の頭は少なからず混乱した。

チュニジア料理店での誕生日会だった。ヨシエさんは健啖家《けんたんか》である。八十六歳の現在まで、食に関して貪欲な姿勢を見せてくれる。

このあと仕事の打ち合わせがあるから今日は飲まない、という今理が車を出した。こういう場合、たいてい運転手のお役目を与えられる万理はうれしそうだった。

箱理は、普通免許を持っていなかった。はたちの頃、自動車教習所にいったんは入学した箱理であったが、おすすめできません、と教官に言われ、自分自身も思うところがあったので、二度目の技能教習で辞めていた。

軽自動車で実家に迎えに来てくれた今理は、髪をひとつにまとめ、光沢のある黒のパンツスーツといういでたちだった。万理は、最近お気に入りの、なんとかというブランドのスーツに身を包んでおり、箱理は白いブラウスに紺色のカーディガン、グレイの膝丈プリーツスカートに黒色のハイソックスという、いつもの恰好だった。
ヨシエさんの誕生日を祝う会は、今理、箱理、万理の三人で催すことになってい
る。
「あんたはすっかりオジサンになっちゃったから、もういいわ」
と、なにかにつけてヨシエさんは、一人息子である箱理たちの父親に言う。ヨシエ
さんの関心と興味は、三人の孫たちにのみ向いているらしかった。
ヨシエさんは、杖をついて門扉《もんぴ》のところに立っていた。鮮やかな若草色の着物だっ
た。うす暗闇のなか、ヨシエさんの顔は、肝試し大会で懐中電灯を下から当てたかの
ように、いつも以上に迫力のある際立ち方をしていた。
「四分の遅刻だ。やっぱり運転手は今理か」
今理の車で門扉に乗りつけたところ、開口いちばんそう言われた。確かに時刻は十
八時三十四分で、約束の時間を四分ほど過ぎていた。
「おや、箱理。やっぱりあんた、タコリちゃんが戻ってきているじゃないか」
これが次に発した言葉だ。どうやらヨシエさんには、タコリの姿が見えるらしかっ
た。箱理は観念してうなずくしかなかった。当のタコリは、ヨシエさんを見ても昔み
たいに泣き出したりはせずに、「ぶきみー」と言っただけだ。

万理に手を貸してもらいながら、助手席に乗り込んだヨシエさんは、「ああ、軽はいやだねえ、狭いったらないねえ」と、顔をしかめた。姉は辛抱強く黙っていた。FMラジオを流す車内で、「ブラームスはないのかい」と聞き、今理は「ない」と返した。

こぢんまりとした店構えのレストランだった。万理が助手席のドアを開けてヨシエさんの手を取った。運転席の今理が杖を渡そうとすると、

「そんなババむさいもの、いらない」

とヨシエさんは一蹴《いっしゅう》した。外国人のように、今理が大げさに首をすくめるのを、箱理は後部座席から眺めていた。

メニューはすべてヨシエさんが決めた。チュニジアワインで乾杯し（運転手の今理は炭酸水だった）、アラカルト料理を次々と店主に言いつけた。

チュニジア人と思《おぼ》しき店主は、店に入ってきたヨシエさんの顔を見て「お」の形に口を開き、それからおどけたように目を見開いて笑ったが、その一連の動作についてみんながすっかり無視したので、店主は遠い異国で店を立ち上げたオーナー然とした態度で、ヨシエさんの白い顔についてはその後一切触れなかった。褒めるべき着物についてては、すっかりタイミングを逃した。

ヨシエさんは、きのことアーティチョークのマリネをほとんど一人で平らげ、ピリ辛の魚のスープを飲み、半熟卵をすすってチュニジア風春巻きのブリックを二つ堪能《たんのう》した。そして孫たち三人の健康と仕事についてたずね、その返答に満足そうにうなずいた。

「じゃ、そろそろ」

ヨシエさんの胃袋が満たされた第一段階を見計らって、万理がプレゼントを取り出した。

ヨシエさんへの誕生日プレゼントは結局、横山大観《よこやまたいかん》の画集となった。万理がたまたま立ち寄った古本屋で見つけ、その場でヨシエさんに確認の電話を入れたところ、

「特に絵画に興味があるわけではないけれど、大観なら、まあいいでしょう」

という返事だったらしい。

ヨシエさんは受け取った画集をぱらぱらとめくり、ゆっくりと何度か深くうなずいた。

箱理は絵画にまったく詳しくなかったが、日本を代表する作家の画集と、壁にかかっている幾何学模様の布やイズニックタイル模様の絵皿、店内を流れるいかにも中近東的なBGMとはまったく合っていなかった。そもそも、着物姿のヨシエさんがこの

店で異質であった。

「今理、箱理、万理。今日はどうもありがとう。あんたたちみたいな孫がいて、わたしは幸せだ」

ヨシエさんが大きな笑顔を見せた。

その年齢まで自分の歯であることを誇りに思っているヨシエさんだったが、顔の白さに比べそれはひどく黄ばんでいて、海外旅行で間違えたサイズの高級靴を買ってしまったような哀しみがあった。

キッシュを固いといい、クスクスは好きじゃないと言いながらも、ラクダ肉に舌鼓《したつづみ》を打ち、ワインを次々と飲み干すヨシエさんは強靭《きょうじん》だった。万理は饒舌《じょうぜつ》に場を盛り上げ、箱理はあまり得意ではないアルコールのほろ酔い加減をたのしんだ。ヨシエさんの八十六歳の誕生日にふさわしいひとときだった。

「ヨシエさん」

祖母の名前をアルト声域で呼んだのは、姉の今理だった。その日の今理はアルコールを摂取していないせいか、いつもより口数が少なかった。だからその声は、やけに切羽つまったようにも感じられた。

ヨシエさんは今理を見た。今理も、ヨシエさんから目をそらさなかった。

「横浜メリー」

姉の口から発せられたその奇妙な固有名詞に、箱理と万理は固まった。今理は、そんな二人におかまいなく続けた。

「ねえ、ヨシエさん。『ヨコハマメリー』っていう映画、知ってる?」

瞬間、万理が色めき立って腰を浮かせた。

箱理の脳内には、あらゆる色と音が一気に押し寄せた。そしてそのなかを大波を従えて、サーフボードに乗ってすさまじい勢いでこちらに向かって来る一人の老婆がいた。

――横浜メリー! 映画や舞台にもなった白塗りのおばあさん! ――

箱理はむせた。いくつかのクスクスの粒が口から飛び出して、万理の皿に着地した。万理は中腰を改め、憎々しい目つきで今理をにらんだ。

ヨシエさんはまったく揺るがなかった。照明の加減なのか、その顔の白さはさらなる蛍光度と妖しい神々《こうごう》しさを増していた。

「知ってるとも」

ヨシエさんは、今理を見据えて答えた。

「白塗りの化粧をしてひらひらのドレスを着ていたばあさまだろ。ゴスロリの元祖だ」

店内には変わらず、やかましいほどの中近東ちっくな音楽が流れていた。

ひーひゅぴー
タコリが耳元で、壊れたドアを無理やりひいたような口笛を鳴らした。

横浜メリー発言のあとも、宴《うたげ》は続行された。万理は努めて明るくヨシエさんに接し、元凶の今理はと言えば、胸のつかえがおりたように元気になり、大声で笑っては手を打った。むろんヨシエさんはなんら変わりなかった。

今理の横浜メリー発言以降、緊張の毛布にぐるぐる巻きにされていた箱理も、時間の経過とともにそろりそろりと毛布をほどいた。が、いつの間にか五十嵐さんちのニューファンドランドのカナコちゃんが毛布の裾《すそ》にでんと座っていて、ひっぱってもひきずってもなかなかどいてくれず、結局、最後まで緊張の毛布をたたむことはできなかった。

二十時になったところで、ベリーダンスのショーがはじまった。オーナーがCDをセットし、先ほどとはまた違った中近東ちっくな音楽が流れた。その音に合わせて、壺からヘビが立ち上がるように、厨房の脇にある出入り口から一人の女性が現れた。

客席から、おおっ、と小さなどよめきが起こる。ヨシエさんも「おおっ」と言った。その声は、ひときわ通った。

実になまめかしい衣装だった。面積の少ない布地に、じゃらじゃらしたコインのようなビーズがたくさん付いている。黒い三角形のブラジャーに金糸の縁取り。腰骨よりもかなり低い位置の黒いパンツ。こちらにも丁寧に金色の縁取りが施されていて、その上にシースルーの布が巻いてあり、同じ素材のベールで顔を包んでいた。裸族の姉よりもよほど裸然としており、肉感的だった。

女性がゆったりとした動きで客席の中央に躍り出て、くいっ、くいっ、と腰を振る。そのたびにビーズがこすれる音がして、ほどよく引き締まったお腹の肉がふるるんと動く。髪を後ろから持ち上げるようにかき上げて、中心をぶれさせない動きで胸やら腰やらを動かす。指先にまで神経を行き届かせ、上目遣いで誘うように微笑む。

箱理は感嘆しきりだった。子どもの頃から異様に身体が固い箱理である。前屈では背骨と膝窩筋《しつかきん》が悲鳴を上げ、マット運動ではのした餅のように薄べったく広がって寝転ぶことしかできず、ドッジボールではよけることなく、直立のままぶつかった。箱理は、彼女のような身体のやわらかさがあれば、どんな困難な状況でも脱出が可能だろうと思った。

ダンサーの女性は、ひとしきり美しい踊りを披露したあと、客席に近寄って各テーブルのなかから、ふさわしいと思われる人の手をとり一緒に踊りはじめた。箱理たちが座っている席からは、今理が選ばれた。ダンサーの女性を間近に見たとき、その見覚えのある顔に箱理は一瞬息を呑んだが、そのことを長く引きずることはなかった。

最初は戸惑っていた客たちも、女性の動きに合わせて踊りはじめた。

「わたしも踊ろうかね」

ヨシエさんだった。万理が手を取って一緒に立ち上がった。ダンサーの女性は、比較的簡単だと思われる動きを手本として、ヨシエさんに見せた。

ヨシエさんは、果敢にもチャレンジした。万理がヨシエさんの腕をしっかりと取っていたので、その姿は振戦《しんせん》のある患者の歩行訓練のように、非常に介護的ではあったが、見ようによっては微笑ましかった。

今理は独自の踊りを展開していた。いつのまにか客のほとんどが立ち上がり、陽気に踊っていた。音楽に合わせて身体を動かせば、なんでもいいらしかった。

結局、最後まで立ち上がらなかったのは箱理だけであった。ダンサーの女性も、箱理については見て見ないふりをしているようだった。タコリですら箱理の右肩から離れ、みんなのまわりを浮遊しながら、軟体動物らしい動きで踊っていた。

箱理は、チュニジアワインをちびちび飲みながら、またたく間に親密になった見ず知らずの大人たちの狂乱を、しびれた頭で夢のように眺めていた。

湯気がのぼりそうな熱気を残したベリーダンスが終わったあと、店に事前に頼んでおいた誕生日ケーキを出してもらった。ヨシエさん八十六歳の誕生日祝いのトリだ。全員で踊ったあとだったので、店内はハッピーバースデーの大合唱となった。大きなホールケーキを取り分けてもらい、みんなにふるまった。たのしい会だった。

おおいにお腹がくちくなり、二十一時半過ぎにお開きとなった。

来たときと同様、今理の軽自動車でヨシエさんを家まで送った。帰りの乗り心地は悪くないようだった。

「あんたたちはわたしの宝だよ。今日はどうもありがとう」

ヨシエさんは、一人一人の首に手を回した。箱理の番になったとき、タコリはすばやく飛びのいた。

箱理と万理は、今理の車で実家に送ってもらった。

「ああいうの、おれ嫌いだから。今後もああいうこと言うつもりなら、もうイマちゃんとは付き合わないから」

別れ際、万理がきつい口調で言った。今理の、横浜メリー発言を怒っているのだった。箱理はふいに、中学生の頃、スケート場で転んだ箱理に手を貸そうとした万理が足を滑らせ、左手小指を骨折したことを思い出した。切ないような気がした。

「だけど結局、ヨシエさんの化粧については核心に迫れなかったなあ。ゴスロリって言われちゃったもんね。よくそんな言葉知ってるよね、八十六歳のばあさまが。たいしたもんだわ」

ゴスロリ。ゴシック&ロリータ。秋に二十八歳の誕生日を迎える、現二十七歳の箱理は知らなかった。

「ヨシエさんって、ある意味怪物だよねえ。ものすごい迫力だもん。でもやっぱり、バンちゃんが怒ったとしても、あの化粧だけはどうにかしたいなあ。加賀友禅の小紋が台無しだったよね」

箱理は、ヨシエさんの小さくて白い顔を思い浮かべる。

ピッカチュウ！

あまりに不意打ちで場違いの、思いもよらなかった突然の音に、箱理は驚いてあたりを見回した。そうだ、今理の家だった。

「ピカチュウの時計よ。ＵＦＯキャッチャーでゲットしたの」

見れば出窓に、ギザギザ尻尾のキャラクターが置いてあった。

「時間になると、ピッカチュウ！ ピッカチュウ！ って鳴くの。アラームをかけると、ピッカチュウ！ ピッカチュウ！ って、続けて三十回も言うんだよ。もう絶対起きる」

箱理は、丸いフォルムの黄色いものを見る。デジタル表示の時計画面は幅がほんの一センチ程度で数字はほとんど見えず、時計本来の役割を果たしているとは言い難かった。

「ねえ、ハコちゃん、一緒にベリーダンス習わない？」

箱理は即座に首を振った。つまんないのお、と今理が唇をくちばしのようにとがらせる。それから、すっくと立ち上がって腰に手を当て、リンボーダンスのようにうしろにそっくり返った。おっぱいが引っ張られて、乳首がドライフルーツのように見えた。

今回の処方は失敗だった。のびがよすぎてべたついてしまった。箱理は、安藤さんからの依頼品『moon walk』を、とりあえず置いておくことにした。納期にはまだ時間がある。

　まずは、ひと月前から取りくんでいる『Lady Lady』を仕上げなくてはならない。『Lady Lady』は、うるおい効果をうたっている商品だ。「ツヤとうるおい」だけを求められているので、とてもやりやすい。成分についても「コラーゲンで」と指定されている。

　白衣を着た箱理は、ごくまっとうに見える。それは、縁取りというものがなく景色と同化してにじんでいるような箱理に、枠組みと生命を与えてくれる。理知的には遠いが、認識するには十分だ。この子はこういうタイプの子なんだと、人々は寛容のなかで箱理の輪郭をおぼろげながらも知ることができる。

『Lady Lady』の試作表を作成するため事務所に行くと、香織ちゃんがいた。メモをとりながら菓子を食べている。

「朝抜いたらお腹空いちゃって」

　事務所には置き菓子のオフィスグリコがあって、百円を代金箱に入れれば好みの菓子を購入できるようになっている。箱理もたまに利用する。菓子が食べたいというよりも、代金箱——カエルの口に百円玉を入れるようになっている——に銀色の硬貨を入れたい衝動に駆られ、つい利用してしまう。

「よかったらどうぞ」

クリームコロンの箱を差し出され、箱理は一つ頂いた。さくっのあとにしっとりクリームがやってきて、両者がまざると思いがけないボリューム感が出た。子どもの頃、ガムを噛んでいるときにこれを食べてしまい、すべてが台無しになったことを思い出した。

「あ、明日、使用評価やりますか？」

香織ちゃんがたずねる。

「ちょっと失敗しちゃったから、また今度お願いします」

箱理が謝ると、了解です、と香織ちゃんは白い歯を見せた。

「あれ？　秋山さん、今日メイクしてます？」

水晶の玉に、ごくごく薄くいくつかの色を軽くのせていったような、ナチュラルメイクの香織ちゃんに聞かれ、

「試作品」

と箱理は答えたが、実のところすっかり忘れていた。そういうことはよくあった。化粧をしているときと化粧をしていないときでは、自らが感じる皮膚触感的になにかが変わるのだろうか。そう思い、箱理は香織ちゃんに聞いてみた。

「変わりませんよ。メイクをしたのか、しなかったのか、おのれの記憶のみです」

クリームコロンに伸ばす手を止め、香織ちゃんが答えた。

「だけど大事なのはそこです。どれだけ精魂こめてメイクができたかによって、その日の気分はまるで違ってきます。あせっておざなりなメイクになってしまったときはテンションが下がります。時間がなくて、あとでいくら直してももうダメなんです。朝、どれだけ自分の顔のために時間を割いて、気持ちを込めてあげたかが重要なんです」

箱理はゆっくりとうなずいて、そうなんだ、と返事をした。

「わたし、出かける予定がない日でも、基本のメイクだけは必ずします。そうしないと生きている気がしないんです。生に対して自信が持てないんです」

長すぎるほどの間のあとで、箱理は神妙にうなずいた。

「秋山さん、今日きれいですよ」

香織ちゃんが言う。箱理の喉から、猫が舌を噛んだような音が出た。香織ちゃんはにこにこと笑っている。

いつもは単品を部分的に使用評価することが多かったけれど、今日はひととおりの段取りでメイクをしたのだった。

安藤さんからの依頼品であるリキッドファンデーションの『moon walk』の試作品を肌にのせたところ、量が多すぎたのかやけにべたついてしまったので、新製品のパウダーファンデでおさえてみた。それでもけっこうよれが目立ったので、洗面所にあったチークをはたいてごまかしたのだった。それから、ゆきのさんに使用評価を頼まれたアイシャドウをまぶたに塗って、吹石部長の口紅をさした。

大手化粧品メーカー、雪見堂で働いている箱理だったけれど、箱理はメイクに関して、さほどの興味を持っていなかった。研究部の仕事は好きだけれど、たとえばファッション雑誌などで取り上げられる「さわやか通勤メイク」や「理知的に見える会議用メイク」だとか「彼との初めてのデートメイク」などの実践的なメイク方法は、箱理にとって別世界のことだった。箱理のメイクは、手順を踏んでいくだけだ。

クリームコロンを、しゃくしゃくと咀嚼《そしゃく》する香織ちゃんの横顔を見る。つるりとした光沢感があって、そのくせさらりと見えるので、思わず触りたくなってしまう。角度によって光と陰影が美しく表れ、絶妙なバランスを保っている。香織ちゃんのメイクには、すばらしく巧妙な技法が施されているように思えた。

二年ほど前、ドラッグストアの店頭で、はじめて自分が手がけた商品を見つけたとき、箱理の胸にはこれまで味わったことのない、なんともいえない気持ちが湧きあがった。実験室で処方が成功したときの達成感とは、また別の感覚だった。

商品開発部からの依頼を受け試行錯誤して処方開発した、箱理にとってはじめての商品だった。これまでに発売された商品処方を参考にし、工場での製造工程も考慮して、商品開発部からの研究依頼書を目標に、試作、試験を繰り返して開発した。自分の顔や腕で何度も試した。ようやくできたと思ったものは、工場でスケールを大きくしたことで安定性が保てず、処方を再検討したこともあった。

店先で、ちんと並んでいる、たった三十グラムの商品にも歴史があった。箱理は飽きることなく眺めた。すてきな容器に入れられ、美しくパッケージングされ、誰かに手にとってもらえるのを待っている、わが子同然のリキッドファンデーション。店員に不審がられなかったら、きっと閉店時間まで商品の前で立っていたことだろう。

あのとき箱理は、世の中の成り立ちというものを、はじめて知ったような気がした。かわいらしい容器瓶一つをとっても、材質の選定、デザイン、図面作成、安定性や強度確認などの多様な工程があり、それに伴い多くの人々が携わっている。店頭に並ぶ一つのリキッドファンデーションの生い立ちを知ることで、箱理は世の仕組みを知ることができた。

そして今、箱理はその先にある「メイク」というものに思いをはせていた。商品を購入して実際に使用する消費者の人たち。その結果、香織ちゃんのように生に対して自信を持ってくれる誰かがいるのだとしたら、それはとんでもなくありがたい副産物であると思うのだった。

「ハコリちゃん」

肩を叩かれて振り返ると、ゆきのさんが恵比寿顔《えびすがお》で微笑んでいる。箱理は事務所でデータ入力後、実験室に戻って粉体ベースの計量をしている最中だった。

「ものすごい集中力ね、感心しちゃう」

昼休みのチャイムが鳴ったらしかった。壁にかかっている時計は十二時を過ぎている。

「お昼にしましょう」

箱理は首やら肩やら腰やらをこきこきと動かし、ゆきのさんのあとについていった。

今日の箱理のお弁当は、ハムタマゴとポテトサラダのサンドイッチと、いよかん一つ。ゆきのさんのタッパーには、白いごはんの上にから揚げが一個だけのっていた。

「昨日の夕飯の残りなのよう。でも今日はこれ持ってきたから」

そう言って、納豆のパックを掲げる。

「今日は納豆かけごはん。あ、そうそう、卵も持ってきたんだった。冷蔵庫に入れっぱなしだわ」

処方品を冷却する際に使う冷蔵庫から、ゆきのさんは生卵を取り出した。卵の表面にはマジックで「ヨシダ」と書いてある。ゆきのさんは車通勤なので、納豆でも生卵でもなんでも気軽に持ってくる。

次にゆきのさんは、タッパーを電子レンジに入れてごはんを温めた。この電子レンジも処方に使用するのだが、弁当を温めても特に問題はない。

ゆきのさんは、納豆をかしゅかしゅかしゅとかき混ぜてごはんにかけ、その上に卵を割り入れてタレをかけた。

「それとトマトね。リコピンって若返り成分なんだって」

大きなトマトを箱理に見せる。ゆきのさんはトマト好きだ。

広い窓から、鈍色《にびいろ》の雲が書き割りの背景みたいに、空に貼りついているのが見える。小学生のときはじめて乗った飛行機が雨雲を抜けた瞬間、目に飛びこんできた見事なまでのまぶしい青空を、箱理はふと思い出した。低く暗くたれこめているこの鈍色の雲の上にも、すこーんと抜けた青空が広がっているなんて、まるでおとぎ話のようだと箱理は思う。

「なんだか今にも雨が降りそうだわねえ。傘持ってきた？　ハコリちゃん」

「いいえ」

「帰りに降ってたら駅まで乗せていってあげるわ」

ゆきのさんはそう言って、「あら？　ハコリちゃん、ピンク似合うわー」と続けた。

「商品的にはちょっとパール感が少ないけど、ハコリちゃんにはそれぴったりだわ。色白さんだからピンク系のシャドウがいいのね」

箱理のまぶたには、ゆきのさんの試作品のアイシャドウがのせてあった。

「いやん、なんだかかわいい、ハコリちゃん」

箱理は、はあと返事を返しながら、サンドイッチは曇りの日に似つかわしくない食べ物だと気付く。サンドイッチは晴れた日こそがふさわしい。今日のような天気には、ゆきのさんの卵かけ納豆ごはんこそが似合う、と。

「あ、雨」

ゆきのさんの視線をたどると、大きな窓に、切り取り用の点線みたいな雨粒が、斜めにしるしをつけていた。

　大丈夫です、と言ったけれど、ゆきのさんは「いいからいいから」と言って、箱理を車に押し込んだ。八人乗りのバンだった。運転席のゆきのさんの顔が、さっきとどこか違うように感じられた。

「やだあ、ハコちゃん。そんなこともわからないのお？　ゆきのさん、お化粧してるのよう。ほんとにハコちゃんは、相当なぼんやりさんねえ」

　タコリが、ゆきのさんの横顔を眺めながら言う。

「あっ、ほんとだ」

　タコリに教えられたことは不本意だったが、確かにその通りだった。ゆきのさんは化粧をしているのだった。

「ん？　なあに、ハコリちゃん」

　箱理のひとり言に、ゆきのさんが反応する。

「す、すみません。ゆきのさん、メイクしてるんですね」

　箱理が慌てて答えると、ゆきのさんは、あははと笑った。

「ほら、こないだハコリちゃんにも聞かれたでしょ。あれからちょっと気になっちゃって。パパに浮気されても困るしね。終業のときは、顔洗うついでにメイクして帰ろうと思って」

きれいにしてないと浮気するぞ、とパパに言われたという件だ。

「お夕飯、なんにしようかな」

ラジオから流れる歌謡曲のリズムに合わせて、ゆきのさんが言う。雨は本降りになっていた。ワイパーが速い速度で、アメーバのように広がる雨をかきわける。ゆきのさんの車は、ゆきのさんとゆきのさんの家の匂いがした。

駅で降ろしてもらい、ゆきのさんに傘を借りた。大きな黒い傘だった。パパさんのだろうか。傘に触れている手から先だけが、異次元のもののように感じられた。傘はしっこり重かった。


箱理は、駅ビルの本屋さんに立ち寄った。目当ては本ではなく筆箱だ。大学入学時から使っている愛用の筆箱が、とうとう壊れてしまったのだった。物色していると、丈夫そうな深緑色の布製の筆箱があったのでそれに決めた。二千八百円だった。

使いやすそうな紺色の名刺入れもあったので、一緒に購入することにした。今使っている名刺入れは、黄色いビニール製の、なんとかというウサギのキャラクターが描いてあるもので、かなり不評だった。今理がくれたものだったが、端が切れかかっているのでそろそろ寿命だと思う。名刺入れは五千二百円だった。

レジで並んでいると背後から、ひうっ、としゃっくりのような音が聞こえた。振り返ると、そこには商品開発部の安藤さんが立っていた。ドギマギハットの安藤さんだ。箱理のなかで安藤さんは、ドギマギという名前の山高帽をかぶっているイメージで定着していた。

安藤さんは自分のうっかりにより、自らの存在を知らしめたというのに、箱理が振り返った瞬間、同じタイミングで顔をそらした。箱理が「こんにちは」と言ったら、観念したように、「こんにちは」と返ってきた。

「この人、きっと声をかけられたくなかったのよう。そりゃそうだよねえ。ハコちゃんに泣かされちゃったんだからさー。ちょっとは察してあげなきゃあ」

右肩でタコリがつぶやく。箱理はしばらく考えてから、タコリの言う通りかもしれないと思い、

「そうだね。教えてくれて、どうもありがとう」

と、タコリに礼を言った。タコリはうれしそうに身体をよじった。

二つあるレジで、箱理と安藤さんは同時に会計を済ませ、同時に歩き出した。「さようなら」と、今度は安藤さんのほうから声がかかった。「さようなら」と箱理も返した。箱理は改札口方面へ向かい、安藤さんは反対方向へ歩いて行った。

つめたい雨粒が付いた傘がひしめき合う改札口で、箱理はいつものようにＳｕｉｃａカードを探す。毎回毎回どうしてと思うほど、すぐに出てきたためしがない。箱理としては同じ場所——鞄の内ポケット——に入れているつもりなのだが、なぜかそこには入っておらず、たいてい混雑している改札口で鞄のなかを探すことになる。

何人かの人間が舌打ちをして、箱理にぶつかっていった。

「まったくもう、だらしないんだからあ」

と、タコリがため息をつく。ようやく弁当箱の下にカードを見つけ、改札を通ろうとしたとき「秋山さん」と、声をかけられた。安藤さんだった。

お茶でもどうですか、と誘われたものの、どこのコーヒーショップも混んでおり、結局駅ビル内のレストランで軽い食事をとることになった。箱理は母親に電話をして、夕食はいらない旨を伝えた。

「まあいいこと！　美味しいものを食べてきてちょうだい」

母は、アルプス山脈に響き渡るような声で言った。

「ちゃんと電話するなんて偉いですね」

箱理は、偉いという意味がよくわからなかったがとりあえず、はあ、と答えた。

「秋山さん、なんにします？」

ボロネーゼ、と箱理は答えた。パスタを選ぶとき、箱理は必ずミートソース系を選ぶ。特に理由はない。安藤さんは、ルッコラと生ハムのピッツァと、箱理に断ってから生ビールを注文した。

「秋山さんて、頭いいんだよね」

安藤さんはビールを一気に半分飲んだ。くだけたしゃべり方だった。

「それはどういったことで？」

「今の返し自体が、頭がいい」

安藤さんは襟ぐりが大きく開いたカットソーを着ていた。鎖骨のところにほくろが二つ並んでいる。顔はフルメイクだった。アイラインとマスカラが群を抜いていた。頬と首のラメがときおり光る。

少々受け口で鷲鼻《わしばな》ではあるけれど、安藤さんは美人だった。打ち合わせ時の安藤さんは険しい表情のせいか、女装している男性のように見えることもあったけれど、職場を離れ、こうして見ると、安藤さんはきれいな人であった。

箱理がじっとりと安藤さんを見つめていると、「それ癖？」と聞かれた。

「人の顔をじろじろ見るのは失礼だわよう。気を付けてね、ハコちゃん」

タコリが、箱理の頬をたしなめるようになで、箱理は小さくうなずいた。

「すみません。まつ毛が長いなあと思いまして」

箱理が恐縮して答えると、

「エクステだから」

と返ってきた。

「一度エクステにしちゃうと、もう後戻りできないんだよね。三週間に一度はリペアしなくちゃいけないし。前に、面倒だからもうやめようかなって思ってそのままにしてたんだけど、かなりまばらになっててヤバかったから、またやり直したの」

箱理は、安藤さんの少々つり上がった大きな目を見ながら、そうですか、と答えた。箱理のまつ毛は非常に乏しく、しかも短い。不器用な箱理は、まつ毛を飛び越えてまぶたにマスカラを付着させてしまうので、マスカラを使用すると罰ゲームのような顔になってしまう。アイラインに関しても同様だった。よって、使用評価を頼まれることもほとんどなかった。

安藤さんは残りのビールを飲み干したあと、「あの、あれさ」と、多少確信めいた唐突さで言葉を発した。

「あのとき一緒にいた人って、秋山さんのおばあちゃん?」

箱理はつかの間、思考を漂わせたあとで「そうです」と答えた。

「すばらしい貫禄だね」

「はあ」

ボロネーゼスパゲティと、ルッコラと生ハムのピッツァが届いた。ボロネーゼは美味しかった。ひき肉がいっぱい入っていればまず間違いない。

「ピザけっこうイケる。よかったらどうぞ」

安藤さんが皿を押し出す。あったかいうちに、と言われたので一枚頂いた。口に入れたとたんにオリーブオイルがつーと垂れて、テーブルの上にしみができた。

「秋山さんて、お金持ちだよね」

安藤さんはあらぬ方向を見て言いながら、生ハムとルッコラのピッツァを咀嚼している。

「あの、それはどういったことで？」

箱理がたずねると、「言うと思った」と安藤さんは笑った。それから、

「やっぱ気付いてたよね」

と続ける。箱理は、はい、と答えた。

「声かけてくれればよかったのに。って、そんな雰囲気じゃなかったか、あはっ」

箱理はあの日のことを、また思い出す。

ヨシエさんの誕生日、チュニジア料理店でお祝いをした日のことだ。今理の横浜メリー発言をものともせず、軽快に（本人なりにだ）ベリーダンスを踊ったヨシエさん。ダンサーが着けていた、たくさんのビーズが付いた金糸の縁取りの黒いブラジャー。小さなパンツ。なめらかな肢体。指先まで気を抜かない女性らしい動き。ベールで隠された顔は神秘性を増し、妖艶《ようえん》さを際立たせていた。

「安藤さん、踊りがすごく上手ですね」

箱理がほめると、安藤さんは、ぐっ、と喉を鳴らした。

「上手だなんて、そんなふうに言われるなんて、なんだか新鮮」

あのとき、チュニジア料理店でベリーダンスを踊っていたのは、目の前にいる安藤さんに他ならなかった。

「たのしいひとときだったわあ」

と、両手を組むようにしてタコリがつぶやく。

「あのね、あのこと、他の人に言わないでほしいんだけど」

安藤さんが箱理をじっと見つめるので、箱理も安藤さんを見つめた。

「あの日、踊る予定だったゼイペプが熱出しちゃって、それで急遽《きゅうきょ》わたしが駆り出されたのよ。あ、ゼイペプっていうのは、あのレストランのオーナーの奥さんで、わたしのベリーダンスの先生」

箱理は、ゆっくりとうなずいてから、そうですか、と答えた。それから「言いません」と付け加えた。

「ほら、副業とかなんとかって、うるさいでしょ、うちの会社」

「はあ」

「一緒にいたのは御親戚の方たち？」

「姉と弟です」

「意外！　だってほら、一人っ子っぽいから。それにぜんぜん似てない！」

今理、箱理、万理、確かに三人の外見はほとんど似ていない。今理は父親似だったし、万理は母親似だった。箱理は強いて言えば、亡くなったおじいちゃんに似ていた。禿げ頭で丸顔の、ヨシエさんの旦那さんだ。

「幸が薄そうな顔なのに、よくぞここまでがんばったわよ」

昔ヨシエさんが、大手製薬会社の役員におさまったおじいちゃんによく言っていた。

箱理と安藤さんは、黙々と料理を食べた。途中、安藤さんが、

「わたしたちってどう見えるのかな。キャッチセールスにひっかかった気の弱そうな通行人と、口のうまい販売員って感じかしら？」

と笑ったけれど、返事を求めているようではなかったので、黙っていた。

「姉が、ベリーダンスを習いたいと言ってました」

思い立って箱理が言うと、安藤さんはぴたりと箱理を見据えて、

「すごくいいわよ、ベリーダンス」

と、子どもを怖がらせるような声色で言った。それから、あのお姉さんなら似合いそう、と続けた。お姉さんのメイクとても上手だったし、とも言った。箱理は驚いた。あの日の今理のメイクなど、箱理にはまるで記憶がなかった。化粧をしていたのかさえ覚えていない。

箱理は突如として、姉の今理がすっ裸で日常生活を送っていることを、安藤さんにすっかり打ち明けたくなった。安藤さんは、手を打って喜んでくれるような気がしたが、靄《もや》のような迷いのあと、言うべきではないと結論づけた。

「秋山さんはどう？」

箱理は速攻で首を振った。

「だよね。秋山さんは、ベリーダンスっていうよりも囲碁って感じだもん」

安藤さんが、自らの発言に大笑いする。

「秋山さん、なに買われたんですか」

急に敬語に戻った。箱理は、ひっそりとした檻《おり》のなかで一人コーヒーを飲んでいたので、その質問の意味をまったくつかめなかったが、タコリが、

「本屋さんでの買い物のことよ」

と耳打ちしてくれたので、「筆箱と名刺入れです」と答えた。

「ほらやっぱり、あったまいいー」

箱理の頭は混乱したが、考えても答えは出そうになかった。

「安藤さんは？」

箱理は礼儀上たずねてみたが、返ってきた返事は「内緒」だった。箱理が固まっていると、安藤さんは、なーんちゃって、と言い、「女性誌よ」と本屋のレジ袋を掲げた。

「メイクの特集号なんですよー」

と、テレビカメラに向けるような笑顔で付け足した。

安藤さんの頭上に、たちまちドギマギハットが現れた。ベリーダンスの妖艶なダンサーではなく、安藤さんは、雪見堂商品開発部の社員だということを、箱理はたった

今、なにかの啓示のように思い改めた。

「今日は会えてよかったです。付き合ってくれてどうもありがとう。これからもどうぞよろしくお願いいたします」

食事を終えて席を立つ際、安藤さんはそう言って、箱理に頭を下げた。箱理も、よろしくお願いします、と頭を下げた。二人は各自会計を済ませ、そして別れた。

翌朝、雨は上がっていた。朝起きてすぐに、雨粒をふき取って広げて干しておいたので、ゆきのさんから借りた傘はきれいに乾いていた。

玄関先で傘をたたんでいると、父親が飛び出してきた。

「お先にっ」

急ぎの用事があるのか、なにやら慌てている。眼鏡のレンズに指紋がたくさんついていて、だらしない虹色に光っていた。顔も洗っていないと思われた。母の持たせたお弁当箱の包みを、そのまま片手にぶら下げている。

「行ってらっしゃい」

箱理が言うと、「行ってきまーす」と、姿が見えなくなった道路から、父の声だけがこだまのように返ってきた。

時間に余裕があったので、箱理はなんとなく化粧をしてみた。洗面所で、化粧水、乳液、保湿クリームで肌を整えてから、去年自分が作ったリキッドファンデをうすくのばした。それから香織ちゃんの作ったパウダーを軽くはたいて、ほんの少しチークを入れた。探したらピンク系のアイシャドウがあったので、チップでまぶたにのせてみた。

しばらくしてから、万理がのろのろと洗面所にやって来た。

「あれ？　ハコちゃん、お化粧してるの？　めずらしい」

鼻先をぽりぽりとかいている万理に場所を譲って、箱理は自分の部屋で、小さな手鏡越しにフィニッシュの色つきリップを塗った。

家の門を出たところで身体を伸ばすと、こきっと首が鳴った。ちらちらとまぶしい光が、濡れた路面にふりそそいでいる。

「ブワンワンッ！」

坂をゆっくり下っていると、うしろから勢いよく吠えられた。タコリが、びくっと飛びのく。ニューファンドランドのカナコちゃんだ。うれしそうに尻尾を振ってやって来る。リードを持っている五十嵐さんは身体をうしろに傾けながら、それでもすばやく繰り出してしまう足に満足している様子だ。

「カナコちゃんは、ハコリちゃんのことが大好きなのよねえ」

五十嵐さんが、ぽくぽくと腰を叩きながら言う。

「わたしも大好きです」

と箱理は答え、カナコちゃんの頭やらあごやら首回りやらを撫でた。手が少し止まると、もっとやれ、とばかりに、カナコちゃんが鼻先で箱理の手を催促する。さんざん撫でまわしたあと、「そろそろ行くね」と箱理がカナコちゃんに声をかけると、カナコちゃんは、ぶひっ、と鼻を鳴らして、箱理に背を向けた。

「ゲンキンな子ねえ」

五十嵐さんが笑う。

笑顔で手を振る五十嵐さんに、行ってきます、とお辞儀をして、箱理は坂道を下っていった。ゆきのさんから借りた傘は丈が長くて、杖のように突いてしまう。

風はつめたいけれど、春の陽光だった。児童公園の木蓮《もくれん》が、白くてまあるい羽毛のようなつぼみをつけている。

――メイクをしたのか、しなかったのか――

昨日、香織ちゃんに言われた言葉が思い出された。

化粧をしていないと生に対して自信が持てない、という境地にはまだまだ至らなかったけれど、今日、箱理は確かに自ら化粧をした。

「もうすぐ春だね」

タコリがうれしそうに告げた。

3

秋山万理はナイスガイである。外見もいいし、人柄もいい。

手を入れなくとも整っている眉。切れ長の奥二重の目。意志の強そうな鼻。ぽってりとしたアヒル口。笑うと出現する口元のえくぼ。細工しないところがいかす無造作ヘア。考え事をすると立ち現れる、額の三本の線。背筋を伸ばしさっそうと歩く姿は、生命力と自信に満ちあふれている。

弱きを助け強きをくじく。正義漢だし、知識も豊富で人当たりもいい。場の雰囲気を瞬時に読みとって相応の話題を提供するし、ちょっと勘違いをしてしまった人の軌道修正もお手のものだ。おおかたの異性に好意を抱かれるし、同性たちからの信頼も厚い。

そんな弟の万理だ。溶け出したバターのように頼りない箱理を常に見守り、困ったときには過不足なく手をさしのべる。どんなときでも公平中立で、語気を荒らげることはめったにない。

そんなナイスガイの万理が、怒っている。不動明王のように、燃え盛る炎をしょって怒りを全身にためている。

「あの子の悪いところはさ、自分だけがあくまでも正しいと思っているところよ」

姉の今理は言う。今理は、祖母であるヨシエさんの八十六歳の誕生日会で、ヨシエさんの白塗り化粧について言及し、万理の怒りを買った。

「自己陶酔型の正義漢よ」

今理は言う。まだまだ子どもね、と。

朝のさわやかな陽が差し込む洗面所で、箱理が注意深くアイシャドウをのせていると、万理が大きな音を立てて二階からかけ降りてきた。

「悪いけどシャワー浴びるから」

万理は尖った口調で言い放ち、頭をわしわしとかき、頬をばちばちと打って、「あっ！」とうめいた。

脱衣所と洗面所は一緒になっているので、箱理は必要なものを早急にポーチに集め、退散しようとした。

「冗談じゃない……、ったく冗談じゃない……！」

　万理の憎しみに満ちたつぶやきを耳にし、箱理は身がすくんだ。まったく万理らしくなかった。

「……なにかあったの？」

たずねてみたら、鏡越しに鋭い視線でにらまれた。

「こわい、バンちゃん」

タコリが、箱理に抱きつく。箱理も思わず、タコリに寄り添ってしまった。

「くそっ！」

万理はろくに寝ていないようだった。かすかにアルコールの匂いがした。

「今日仕事が終わったら、イマちゃんのところに集まるから！」

有無を言わせない万理の声色に、箱理は小さくうなずいた。


頭の片隅に「怒っている万理」をぶら下げながら、箱理は会社に向かった。

出がけに弁当を渡してくれた母は、爆竹のようなくしゃみを連発して、蛇口をひねったように鼻水をたらしていた。

「ごないじゃ寄席に行っだどぎに、あでゅ落語家ざんが、こでまで悩み続けでいだ花粉症が最近ぴだりと止まっだっで話じでだのよう。発症してから二十年くらい経つと、治でゅ人がいでゅだしいのよ。わたじもそどそど二十年なんだげどねえ」

ティッシュを鼻に当てながら目をしばしばさせる。家族のなかで花粉症を持っているのは母だけだった。万理が去年、なにかおかしいと花粉症の予兆らしきことを訴えたが、長くは引きずらなかった。

満員電車に揺られながら、箱理は窓の外をぼんやりと眺める。見慣れたいつもの光景だ。つり革につかまっていると、電車ががくん、と大きく揺れた。そのあとも、がくん、がくん、としゃっくりを連発する鶏のようにして減速して、電車は停車駅に停まった。隣に立っていた年配の男性が、へたくそめ、とつぶやいた。

「あたし、電車って苦手」

タコリが眉間にしわを寄せる。

停車駅でドアが開き、多くの人が降りて同じくらいの人が乗ってきた。隣の女性がよろけて箱理にぶつかり、すみませんと頭を下げた。箱理も会釈を返し、ふと女性の顔を見た。

(あ、これは……)

彼女のつけているファンデーションは、リオンの『ダンデライオン』に違いないと、箱理は思った。

光沢のあるツヤっぽさが独特なので、リオンの『ダンデライオン』のファンデだけはわかる。吸いつくように眺めていると、女性が怪訝《けげん》そうに箱理を見たので慌てて目をそらした。

箱理が所属するファンデーションチームのリーダーである西小路さんは、道行くほとんどの人のファンデーションがわかるという。

「こればっかりは経験しかないっしょ」

以前、箱理がたずねたとき、西小路さんは高らかに言った。女の子に目がないという西小路さんではあったけれど、箱理に対しては確固とした慧眼《けいがん》を持っているのか、仕事以外で話しかけられることはめったになかった。

箱理は、ファンデーションの種類を当てるという西小路さんの特技に関して、並々ならぬ尊敬の念を抱いている。

「ファンデの話をすると、会話のとっかかりになるのよ。話がはずむんだよね」

もっぱら軟派なことに活かしているふうだったが、西小路さんの観察眼は神業《かみわざ》の域だ。

最寄りの駅に着いて改札を抜け、ゆっくりと息を吐きながら箱理は天を仰いだ。立ち並ぶビルとビルの間の切り取られた空間に、金色の薄いレースをはおったような青空が見えた。

ロータリーでは、春休みなのか私服姿の中高生らしい若者がたのしそうに騒いでいる。かたわらでよちよち歩きの男の子が転んで泣き出し、母親が抱き上げた。スーツを着た人は足早に歩き、美しく化粧を施した女性はさっそうとパンプスの靴音を響かせている。

春の朝の喧噪《けんそう》は、しばしの間、箱理を現実世界から追いやった。さまざまな音と色がDNAの二重らせんのように一対のねじれとなって、空に向かって収束されていく。目に映る景色がどろりと歪んで、箱理はタイムトラベラーになったかのように立ち尽くしたが、

「ハコちゃん、ほら、バスが来たわよう！」

とタコリに頰を叩かれ覚醒し、我に返った。

箱理は雪見堂経由のバスに乗って、嗅《か》ぎ慣れた車内の匂いを嗅いだ。バスの外を流れてゆく景色は、実際に自分がその場所にいるよりもきわめて春らしく見えた。

そろそろ新しい年度がはじまる。

箱理はキャスター付きの、ビニールレザーのスツールに腰かけて、『Lady Lady』の処方開発に熱中していた。雑念は一切ない。あるのは原材料と自分のみである。

水と油。本来相容《あいい》れることのない成分が反発しつつも、徐々に融合してゆくさま。物理的な衝撃を加えることで、それらはいとも容易に和解し均一化する。吸い上げては切ってゆく、ぶれのない乳化作業。箱理は、ホモジナイザーの動きと役割にひどく感じ入る。

五十度まで冷却したあとで、加水分解コラーゲンを添加。再度ホモジナイザーにかけて、さらに冷却。三十二度でもう一度ホモジナイザーにかけて二分。

「あっきやまさーん」

陽気に声をかけてきたのは、西小路さんだった。

「あ、秋山さんがつけてるそれ、僕が作ったサンタシリーズのオークルCだ」

箱理はわずかの間目を泳がせたのち、降参するかのようにうなずいた。

「ごめんごめん。言わずにはいられなくって」

今朝、通勤電車のなかで、西小路さんのファンデ当て特技に思いをはせたばかりだったので、箱理は少なからずのシンパシーを感じた。

「お、『Lady Lady』進んでるみたいね」

はあ、と返事をすると、少し間を置いてから、ちょっと小耳に挟んだんだけどさあ、とささやくように言われた。

「もしかして秋山さん、開発の安藤さんとちょっとやり合っちゃった？」

箱理は驚いて西小路さんを見た。その件は、箱理のなかですでに決着済みだった。『moon walk』の商品開発についての問題は山積みだったけれど、安藤さんとのやりとりに関しては、チュニジア料理店でのベリーダンス鑑賞と、駅ビルで食事を共にしたことで、一応の解決ができたと思っていた。

箱理が言葉をさがしあぐねていると、

「いや、いいのいいの。そういえばこの前、吹石部長からなんか聞いたなあって、今急に思い出してさ。ちょっと時差があったかな」

「はあ」

「あ、いいのいいの。なんでもないならいいの」

幼い子どものように繰り返す。

「安藤さんとの人間関係については、特に問題ないと思います」

用心深く箱理が答えると、

「あっ、そうなんだねー。余計なこと聞いちゃったなあ。めんごめんご」

西小路さんは、人ごみをかきわけるような仕草で手刀を切った。

目の前にいる西小路さんの顔は、左半分だけが白かった。ライト系のファンデの使用評価を、顔半分だけにしているらしい。たいていの男性社員は、自分の腕や手の甲を使うことが多いけれど、西小路さんはためらうことなく自らの顔で評価をする。

サーフィンが趣味だと聞いたことがある。色黒で、若かりし頃のニキビ跡と思われるへこみで粗く削られた西小路さんの顔半分は、妙な白浮きをしていた。この人がモテるという噂は、にわかには信じがたかった。モデルのようにきれいな奥さんと、小学生のお子さんが二人いると聞いている。

「これ、どうかなあ。けっこう良さげなんだよね」

西小路さんは左側の頬を膨らませて、肌質がよく見えるように角度を変えた。

「僕には色が合わないけど、官能的にはいいんだよね」

箱理は研究員の目で、西小路さんの顔半分を仔細に眺めた。

「カバー力はいいように思えます。キメが整ってみえます」

「おおっ、やっぱそうでしょ。僕みたいな夏ミカン肌でも、バッチリなカバー力でしょ。これはさ、元祖ＢＢクリームのコンセプトなんだよ」

西小路さんが顔を輝かせる。

ＢＢクリームは、今となっては化粧下地、ファンデーション、コンシーラー、ＵＶクリームなどの機能を合わせ持ったオールインワン的なマルチさが人気のファンデクリームだが、本来は医療的な面での活用が主だった。皮膚科手術あとの肌を守るために開発され、消炎、保護の役割を持つことが主とされていた。

「医療機関との連携なんだけどね。こういうの、俄然《がぜん》燃えるんだよねえ。人様のお役に立てるのは幸せなことだからねえ」

「人様のお役に立てる」

箱理が反復すると、西小路さんは「やだなあ、もう」と頭をかいた。それから、安藤さんの件は忘れてね、と軽やかに言い添えて、足取りも軽く持ち場へと戻っていった。

「あたし、あの人けっこう好き」

右肩を見ると、タコリが顔を赤らめているようであったが、ゆでダコなのでよくわからなかった。

昼休み、事務所の机で箱理は一人、お弁当を広げていた。ゆきのさんは、インフルエンザに罹患《りかん》したとのことで休みだった。

今日のお弁当は、昨日の夕食の残りの五目御飯だ。それと、ほうれん草とベーコンの炒めものが詰めてあった。五目御飯の上には、昨夜の食卓では登場しなかった紅しようがと桜でんぶがのっている。

箱理は、桜でんぶに思い出があった。あれはいつの頃だっただろう。幼稚園に入ったばかりの頃だったかもしれない。生まれてはじめて食べた桜でんぶが甘くて美味しくて、欲張って食べすぎたことがあった。

その夕食のあと、箱理は父親と弟の万理と一緒にお風呂に入った。事前にトイレに行くのを忘れた箱理は、風呂場ですさまじい尿意におそわれ、仕方なく排水口めがけて放尿することを許された。じゃー、と勢いよく用を足した瞬間の驚きを、箱理は今も鮮明に思い出すことができる。

おしっこはピンク色だった。まるでピンクの絵の具を溶いたような、鮮やかなショッキングピンク！

父親は大きな声で母を呼び、万理は「ピンクのおしっこだ！」と騒いだ。あのとき箱理は、これはとんでもないことになったと思った。大変なことが自分の身体のなかで起こっているのだと、幼いながらに理解できた。普段はまるで気に留めていない、皮膚の下に隠れている臓器たちによって、自分は生かされているのだと思った。

箱理は弁当用の小ぶりの箸で、桜色のそれを口に運んだ。昔ほどの色みはないようだった。ざりっとした舌触りが懐かしかった。

「ハコちゃん、外、見て」

タコリに呼びかけられ窓の外に目をやると、水色の空にひつじ雲が放射状に広がっていた。箱理は子どもの頃にかかった帯状疱疹《たいじょうほうしん》を思い出した。

「お花畑みたいね」

タコリがうっとりしたように言った。


日が長くなった。午後六時半。箱理の脳裏に、かわいらしいスズメの姿が浮かんだ。着物を着たスズメたちが、屋根の上で日本舞踊のおさらいをしている。それくらいの明るさが、空にはまだ残っていた。

少し前までのこの時間は、眼鏡をかけた時計屋のふくろうがランプの灯りを頼りに、すでに夜の仕事をはじめていたのだけれど。おとといあたりからは、夜でも暖房をつけなくとも快適に過ごせる陽気となった。

今理の住むマンション脇に植えてある紫色の木蓮が、変色した肉厚の花びらをぼたぼたと落としている。箱理は足元に落ちていた一枚の花びらを拾った。新種の虫のように見えた。親指と人差し指でそうっとなでてみる。水分を多く含んでいる肉厚花弁特有の、なめらかさがあった。

花びらを手にしたまま今理の部屋を訪れると、今理は大げさに顔をしかめた。

「木蓮って、女の一生みたい」

そう言って頭をぶるっと振った。

「つぼみのときが最高ってこと。花が開いた頃には、もう終わりが見えている」

わずかの間のあとで箱理が「詩的なこと言うね」と返すと、今理は目を丸くして箱理を見て、それから少し憤慨したように眉根を寄せた。

今理は裸ではなく、ロングTシャツを着ていた。服を着ている今理は、裸のときよりも自信なさげに見える。

「バンちゃんってば、今さっき電話よこしたんだよ。今日、うちにみんなで集まるってさ。ったく、あたしがいつでもヒマだと思ってんだよね」

今理はビールを飲んで柿ピーを食べていた。プルタブを開けた缶ビールを差し出されたので、箱理も口をつけた。箱理にはビールの美味しさがまるでわからなかったが、ビールを飲んでいる自分には満足できるので、ビールは好きだと言ってよかった。今理が柿の種だけを食べてピーナッツだけを残すので、箱理はピーナッツばかりを食べた。

しばらくしてチャイムが鳴った。インターフォン越しに今理が出ると、

「裸じゃないだろうな」

とドスの利いた声を出し、カメラをにらむ万理が画面に映っていた。機嫌の悪さは朝から変わっていないらしい。

部屋に入ってきた万理は、鞄を放り投げるように置き、コートを雑に脱ぎ、コンビニの袋をテーブルの上に乱暴に置いた。なかに入っていたアルコール類とつまみ、おにぎりとドリアとサンドイッチが勢い余って顔を出した。

「サンキュー、バンちゃん。なんにも食べるものがなかったんだよー」

食料を見て、今理が喜ぶ。

箱理もそれを見たら急に腹が減り、ドリアをもらうことにした。コンビニで温めてもらったのか、ふたの部分がやわらかくしなっていた。

万理は乾杯もせずに、自分で購入した五百ミリリットルの缶ビールをぐびぐびと飲んだ。開けた瞬間に泡があふれ出て万理の手をぬらしたけれど、そんなことはどうでもいいようだった。息もつかずに一気に飲む。

「つたく、あったまくるなあ」

万理らしからぬ、大きな声だった。

「どうしたのよ、バンちゃん。なにがあったか言ってごらん」

普段の、繊細に機微を察知する万理だったら、いたずらのネタを見つけたような、今理の含みのある言い方を聞き逃さなかっただろうけれど、今日の万理はいろんなことを放棄していた。

「ヨシエさんだよ」

吐き捨てるように、万理が言った。

箱理と今理は顔を見合わせたが、次の瞬間「そうこなくっちゃ」と、今理は指を鳴らした。

「冗談じゃない。シロシロクビハダめ」

箱理は驚愕《きょうがく》の思いで、万理のつぶやきを聞いた。シロシロクビハダという名前を口にしたこと自体に驚いていた。口に出してはいけないという暗黙の了解があった。

「昨日、彼女とヨシエさんちに行ったんだ」

彼女？　と今理が聞き返す。

「バンちゃん、みずくさいなあ。あたしにも紹介してよ」

大げさな身振りを交えながら今理が言い、実家は知ってるの？　と続けた。万理は義理堅い人間であるので、これまでも特定のガールフレンドができると、家族に進んで紹介していた。

「いや、家にはまだ連れていってない。結婚したいと思ってるんだ」

ひいうう、と枯草を飛ばす北風のような口笛を吹いたのはタコリだ。

「結婚するの？　バンちゃん」

箱理がたずねると、万理はゆっくりとうなずいた。

「で、ヨシエさんはどう絡んでくるわけ？」

今理は嬉々としていた。弱ったガゼルを見つけたメスライオンみたいだった。今理は喉を鳴らしてビールを飲み、椅子に座ったまま肩をねろねろと動かした。最近、ベリーダンスの体験クラスに参加したらしかった。

万理は眉間にしわを寄せたまま黙っている。

「あ、わかった。バンちゃん、まだ二十六でしょ？　早すぎるんじゃない。だから……」

と今理が斟酌《しんしゃく》して言ったところで、万理がさえぎった。

「そういうことじゃない」

すごみのある声だった。

「おれが言いたいのは」

と、ここで間を置いた。

「ヨシエさんの態度に他ならない」

ひゅぴぃー
目を丸くして、今度は今理が口笛を吹いた。空気が抜けた風船が、空に飛んでゆくときのような音だった。

「家にもあげてくれなかったんだ」

「えっ？」

今理が、亀のように顔を突き出す。

「なにそれ？　家のなかに入れてくれなかったわけ？　なんでなんで？　そりゃちょっと穏やかじゃないわよ」

箱理にはその状況がうまく想像できなかった。ヨシエさんは確かに厳しい人だけど、万理のことを心から愛している。これまでの歴代ガールフレンドに対してだって、十分な親しみを持って接してきたはずだ。

「あ、わかった。もしかしてものすごい年上とか？　ヨシエさんくらいだったりして」

自分でそう言って、いやっはーっ、と今理が笑う。

「それとも反対に超若いとか？　高校生だったり？」

「年齢は二十九歳」

無表情で万理が答える。

「なんだ。じゃあ、問題ないじゃん。ふつうに守備範囲だよね」

箱理はゆっくりとドリアを食べた。ホワイトソースの下にミートソースが入っていた。

「あ、もしかして金髪系？」

今理が言う金髪系というのは外国人ということではなく、髪を脱色したりする素行のよろしくない若者のことを指している。ヨシエさんは国内外問わず、幅広い人間関係を構築しているので、外国人の彼女でも態度を変えたりしない。けれど、世間で俗に言うヤンキーという人種に対しては好もしく思っていないらしい。貧乏くさい、というのがその理由だ。

「あ、それか、ものすごい不細工ちゃん？　あ、そうそう、ヨシエさんて口が小さい人があまり好きじゃないよね」

箱理は、家族のなかでいちばん口が小さかったので、ちょっとだけへこんだ。

「宇宙人だったりしてえ」

今日の今理はいつも以上に放逸《ほういつ》だった。箱理は緊張していた。ドリアのせいか、喉が異様に渇いたのでビールを飲んだ。

「なにが問題なわけ？　バンちゃん、心当たりあるの？」

今理がたずねると、万理は今理の顔をじっと見つめた。それから充分に間を置いてから、

「足が悪いんだ」

と言った。今理は身体を動かすのをやめた。

「彼女、足が悪いんだよ」

言葉のひとつひとつを真綿にくるんで天女が運んできたような、やさしい響きだった。箱理は声の主をじっと見つめた。そこにいるのは、いつもの自慢の弟だった。

「ヨシエさん、彼女を見てなんて言ったと思う？」

万理の顔は赤かった。アルコールのせいではない。怒りのせいだ。

「ヨシエさん、玄関のドアを開けて彼女を見たとたん、『失格』って、ひとこと言ったんだ。それから勢いよくドアを閉めた。ほんの十秒くらいの出来事だった」

万理の話を聞き、箱理と今理は再度顔を見合わせる。

「車いすなんだ」

万理が言った。

今理は「そうなんだー」とうなずき、ちょっと一服と言って、換気扇の下に移動した。

車いすと聞いた瞬間、箱理の脳内には落ち葉のじゅうたんが広がっていた。これまで乗ったことのない車いすというものに、罪悪感めいたほのかな憧れがあった。落ち葉の上で、箱理は車いすに乗って秋の高い空を眺めている。近くでは、見知らぬおじさんがたき火で焼きイモを焼いていて、「おねえさんもどうぞ」と、おすそ分けしてくれるのだった。あちあちと言いながら割った焼きイモは、それは見事な黄金色で甘栗のように甘い。

「バンちゃんはさ、結婚したいんでしょ」

白い煙を吐きながら、換気扇の下で今理がたずねる。万理の瞳は、寝不足とアルコールのせいか、目の縁からはみ出してぼやけているように見えた。

「結婚したいよ」

「なにがあっても、どんな困難が待ち受けていようとも？」

「もちろん」

「あたしは応援するよ」

今理が、たばこを灰皿にねじこんで言った。

「わたしも」

と、箱理も続けた。

「ありがとう。今度の日曜、実家に連れてくよ。イマちゃんとハコちゃんには先に知ってもらいたかったんだ」

万理の言葉に、今理は唇をとがらすようにして、うん、と言い、箱理は大きなまばたきをひとつしてから、ゆっくりとうなずいた。


「はじめまして。ニキクキコです」

彼女が玄関先で、そう自己紹介したとき、箱理の頭には五十音のカ行がきれいに並んだ。

万理が彼女を抱きかかえて、屋外用の車いすから室内用の車いすに移動させる。

「あだ、足がお悪いどね」

と言ったのは、盛大なくしゃみを連発し終わった母親だ。

「悪いけど、じょっどながに入ってるわ」

花粉が気になるようだった。父も父で、

「手間取ってるようだから、僕もお先に失礼しますよ」

と、リビングに戻ってしまった。今理が小さく舌打ちをしたけれど、何事にも頓着しない両親の対応には慣れていた。

「時間がかかってしまって、すみません」

クキコさんは言った。

一応はバリアフリーになっている家屋だったが、実際に車いすが入ると、それはただの「もどき」に成り下がった。リビングのカーペットで車輪を取られ、むだに大きい液晶テレビで通路をふさがれ、父親がマーキングのように縦横無尽に置いた書籍類に、ことごとく引っかかった。

箱理は車いすのあとをついてゆき、散乱した雑多なモノを拾っては片付けていった。そのつど、クキコさんは申し訳なさそうに謝った。

リビングには巨大なソファーセットがでんと置いてあり、クキコさんがダイニングテーブルにたどりつくまでには二十センチほど移動させなければならず、今理と箱理は渾身《こんしん》の力で、革張りのこげ茶色のソファーをどかした。その間、母はキッチンカウンターで目薬をさしていて、父はトイレに行ったらしく姿が見えなかった。

「ほんと、使えない人たちだよねえ。なんで、手を貸すっていう発想がないんだろ」

今日の今理はむろん服を着ていた。Tシャツの上に木綿のシャツを重ね、ぴったりとしたジーンズをはいていた。箱理はいつもの恰好だ。ブラウスにカーディガン、プリーツスカート、ハイソックス。

テーブルの椅子をどけて、車いすを適当な位置につけてから、万理はクキコさんの隣に座った。そのうち父親が戻ってきて、今理も箱理も席についた。

「にま、おじゃいでるからに」

今、お茶いれるからね、と母は言ったらしかった。そのあと、ツキノワグマの放屁《ほうひ》のような、鼻をかむ盛大な音が聞こえた。

「薬飲んだら？」

今理が呆れたように言う。

「そうよでえ」

母は、外出時しか花粉症の薬を服用しない。理由は「花粉に負けた気になるから」というものであったが、今日はぜひとも飲んでほしい、と箱理も願った。

「こちら、ニキクキコさん」

改めて万理が紹介する。父親がたずね、クキコさんは、「二木玖紀子」と書くことが判明した。父親はさっそく広告の裏にその名を書いた。

「かわいらしい人だわね」

タコリが言って、箱理はうなずいた。毛細血管が透けて見えるほど色白で、どんぐりのような小ぶりのまあるい目は、黒目がちな瞳とまつ毛の豊富さで、マンガのように真っ黒に見えた。ちんと据わっているかわいらしい鼻は愛嬌があり、横に伸びた薄い唇は自然な赤みを帯びていた。パウダーとチークを軽くはたいた程度のナチュラルメイクだ。

目と目の間がちょっと広いので、顔のつくりとしてはコケティッシュなファニーフエイスと言ってもよかったが、彼女の顔全体に漂う雰囲気は非常にしずかで、そのギャップが神秘的に思えた。

「上の姉の今理と、ひとつ上の箱理」

万理があごをしゃくるようにして、簡単すぎる紹介をする。今理が立ち上がって、

「万理の姉の今理です」と右手を差し出し、よろしくお願いします、と笑顔を作った。クキコさんが、こちらこそよろしくお願いします、と今理の手を握って軽くお辞儀する。

「箱理です」

立ち上がってお辞儀はしたけれど、今理のように握手を求めることはできなかった。

「お茶どうじょー」

母が、お茶と菓子を運んできた。

「キグゴざんは花粉症大丈夫？」

「はい、大丈夫です」

「母さん、キクコじゃないから。クキコだから」

万理が訂正する。母は、あだ、ごめんだだいね、と手をひらひらとさせた。

いただきますと言って、クキコさんがお茶に口をつけたので、つられて箱理もお茶を飲んだ。玉露《ぎょくろ》だった。箱理は玉露が好きではない。胃液があがる一歩手前のような味がするのだった。同じような理由で麦茶も好きではなかった。箱理は、粉茶のようなうんと濃いやつを、熱々の熱湯でいれるのが好みだ。

「クギゴさん、足どうじだの」

昔から母には頓着というものがなかった。純粋な野放し状態の無遠慮さだけが、母の特筆すべきすばらしいところでもあった。

父は身を乗り出して聞く態勢に入り、万理は冷静にクキコさんを見つめていた。箱理はといえば、玉露の後味で口のなかがどうしようもなく気持ち悪く、唾液を何度も飲み込んでいる最中だった。

「二歳のときに原因不明の高熱が一週間続きまして、それで脊髄《せきずい》をやられたらしく、以来、下半身不随なんです」

「あだー、そうだっだのお？　そではお気の毒ねえ」

「ご両親もお嘆きだったろうね」

父が、なにやら広告に書きつけたあとで言う。

「二人はどこで知り合ったの？」

今理がたずねた。

「英会話教室で知り合ったんだ」

万理が答え、

「特殊ビジネスコースっていうのがありまして、そこで」

と、クキコさんが受けた。

「クキコさんは、どういった関係のお仕事をしておられるのですか」

父が、人差し指で眼鏡を押し上げながらたずねる。

「金融機関に勤めております。そこでシステムエンジニアのお仕事をさせていただいております」

「ほう、ほっほう」

父が広告の裏にSEと書く。それから、どこの銀行ですか？　と聞き、クキコさんは大手金融機関名を名乗った。

「あら、うちも利用じでるわね」

花粉症の薬が少し効いてきたらしかった。薬を飲むという行為だけで、すっかりその気になれるのは母の長所でもある。結局あの人は、ラムネでもなんでもいいんだよ、と以前、今理が言っていた。

母親が、地元にあるクキコさんの勤める銀行の支店に出向いたときの話をしはじめたので（誰かの落とし物を拾ったという、おもしろくもなんともない話だ）、箱理は席を立った。

玉露の後味を消すために、冷蔵庫からパックの牛乳を取り出し、洗いかごに伏せてあったコップに注いで、息もつかずに一気に飲み干した。

気持ち悪さが多少おさまり、胸をなでおろしていたら、ふとクキコさんと目が合った。死角だと思っていたので不思議な気持ちがした。クキコさんは慈悲深いような微笑みを湛《たた》えながら、箱理を見つめていた。

クキコさんは、大変落ち着いている女性であった。穏やかで如才《じょさい》なくて、そしてどこか諦観《ていかん》している気配があった。これからの人生、自分のやるべきこと、できることとできないこと、そういうことのすべてにおいて、彼女なりの答えとも言うべき「正解」が、すでに胸のうちにあるようだった。

そのときふいに、箱理の脳裏に、野山を自由にかけ回り、夏はサーフィン、冬はスノーボードと、精力的に活動するクキコさんの姿が浮かんだ。憎めないファニーフェイスで、さんさんと降りそそぐ太陽の光を浴び、青空を仰いで大笑いするクキコさん。

それはもうクキコさんそのものであって、車いすに乗っている現実のクキコさんのほうが、よほどインチキみたいに思えた。

「結婚を前提に付き合ってるんだ」

万理が言うと、あだまあ、と母が言い、ほっほう、と唇をすぼめて言った父は、なにやらまたメモをとった。

「来年の春くらいを目標にしてるんだけど、どうかな」

万理はすっかり全部を決めているようだった。

「二人がいいなら、それでいいんじゃないか。なあ、母さん」

父親が言い、いいわでえ、と母が言った。母の「いいわでえ」は、息子の結婚についてというよりも、若い二人の恋を羨望《せんぼう》しているふうだった。

「バンちゃん、クキコさん、おめでとう、おめでとう」

今理が言い、箱理もおめでとう、と続けた。

万理はいつも以上に堂々として見えた。クキコさんはお礼を言いながらも、簡潔な悟りともいえる表情を浮かべていた。箱理は、その表情を以前どこかで見たような気がして、少し記憶をたぐった。

ああ、お地蔵さんだ、と思い至ったのは、クキコさんが少し上向き加減に微笑んだときだった。学生時代、ハイキング部の友人に誘われて近隣の山の散策に参加したおり、景色のいい田んぼ脇で出会った。

お地蔵さんは、長年風雨にさらされたのか、手を合わせる人たちに撫でられたのか、ほとんどの彫りが消え失せていた。にもかかわらず、微笑だけがぼうっと浮かび上がっていて、まるでトリックアートのように見えた。クキコさんは、そのお地蔵さんにとてもよく似ていた。

クキコさんを見つめていたら、ふと目が合い、じっと見つめ返されたので箱理は少しうろたえた。

「こでね、クキコさんが持ってきてくださったの。みんなで食べましょうね」

母親が箱を開ける。栗色のふっくらとしたどら焼きだった。

「どら焼き、好きなんです」

クキコさんの言葉に、ドラえもんみたいね、と今理が返すと、クキコさんは驚いたように顔をあげて、恥ずかしそうに笑った。

その不意打ちの笑顔に、箱理は少々やられていた。それはたとえて言うなら、さんざっぱら野山をかけめぐったあげく、木の根に足をとられて転んでしまったときに見せるそれだった。

箱理が手に取ったどら焼きには、なかにイチゴが入っていた。

「それ、評判がよくてすぐに売り切れちゃうんです」

「とてもおいしいです」

箱理は心からそう思い、そう答えた。

日曜の昼下がり、秋山家のリビングは、天使が幸福の粒を空から撒《ま》いているような空気に包まれていた。一人息子が結婚相手を連れてきたのだ。万理のことだから、今後のいろんなことを万事うまくやり遂げるだろう。万理はクールなナイスガイだ。いつだってちゃんとしている。

団らん後しばらくしてから、門先で車が停止する音が聞こえた。日曜の閑静な住宅街。父親が、そら出番だとばかりに立ち上がって、引き出しから印鑑を取り出して玄関に向かう。宅配業者が訪れたときの、条件反射的ないつもの行動だ。父は、呼び鈴を鳴らされる前にドアを開けることに、かすかな喜びを見出している。

「ご苦労様です」

と言った父の声が、リビングに漏れ聞こえた。と同時に、車が走り出す音がした。あれ？　と思う間もなく、

「沙汰なしで悪いね」

と、聞き慣れた声が耳に届いた。いきなり立ち上がったのは万理だ。いきなりすぎて、椅子がうしろに倒れそうになり、クキコさんが左手一本でぐいと押さえた。

「あの声……」

今理がつぶやく。

「ヨシエさん？」

母親が頓狂《とんきょう》な声を出し、玄関に向かった。万理と今理があとを追う。残された箱理はクキコさんの斜め前に座ったまま、じっとりと動けずにいた。あまりの驚きに、腰をあげることができないのだった。

「大変大変！　どうしましょ！」

タコリが肩で右往左往している。

箱理はめまぐるしく頭を働かせた。想定外の人物がやって来た。おそらくこれから、秩序が保たれない展開になってゆくだろうことが予想された。箱理は無軌道であることが、なによりも苦手だった。すでに玄関先ではちょっとした喧噪が起こっている。

「ヨシエさんが来られたのですね」

クキコさんの声に、箱理はあやふやにうなずいた。

「そんな気がしていました」

はあ、と箱理が頭を揺らしたところで、リビングに人が一気に流れ込んできた。先頭はヨシエさんだった。山吹色の錦紗縮緬《きんしゃちりめん》の着物を着ていた。

「あんた」

ヨシエさんの声は、腹を空かせたグリズリーが防空壕に向かって吠えたように下腹に響いた。右手を振り上げたその姿は、まがうかたなきシロシロクビハダだった。

「失格だと言ったはずだっ！」

ヨシエさんが高く掲げた杖をクキコさんに差し向けた。万理と今理がただちにヨシエさんの両脇をつかむ。

「なにやってるんだよ！」

万理が叫ぶように言い、

「ヨシエさんってば、興奮しすぎ」

と、今理が倦《う》んだような声を出した。

ヨシエさんの顔はいつにも増して白かったが、耳たぶだけがほおずきのように赤く熟れていた。

「ど、どうしたんですか、いったい。なんなんですか、これは」

父が目をぱちぱちさせ、「あら、まあまあ」と、母がのんきな声を出した。

クキコさんはうつむいて恐縮してはいたけれど、それでもどこか泰然としていて、ある種の風格が感じられた。

「ハブとマングース」

そうささやいたのは、タコリだった。

母が、おいしいお茶をどうぞ、とみんなの前に新しいお茶を置いたとき、テーブルを囲む熱気はすさまじいものだった。万理と今理は、飼い主が遠くに投げたボールを全速力で拾いに行って戻ってきた犬のように肩で息をしていたし、箱理もすでに、はしご芸を終えたあとのような疲労感に見舞われていた。

ヨシエさんは、お茶を一気に飲んだ。箱理は唇を濡らす程度に口をつけ、やはり玉露だということを確認したので、それきり飲むのはやめた。

「もう一杯」

「はーい」

母が娘のような声で応対する。湯冷まし温度の玉露は飲みやすいらしく、ヨシエさんは二杯目もまたたく間に飲み干し「もう一杯」と言った。

「べつのお茶にしましょうか」

「熱いほうじ茶」

ヨシエさんは鋭く言い放った。

万理は目玉が取れそうな勢いで、ヨシエさんをにらんでいた。今理は呆《あき》れた表情で腕を組み、斜に構えてヨシエさんを見ている。父親は眼鏡のなかでとぼけたように眉を持ち上げながら、額の汗をハンカチでぬぐっていた。

ヨシエさんはといえば、般若《はんにゃ》のような顔でクキコさんだけをねめつけていた。金剛《こんごう》力《りき》の迫力であった。

「あの、これ、どうなってるのかなあ。僕にはよくわからないけど、ヨシエさんは、クキコさんに以前会ったことがあるのかな。で、今日来ることも知ってたんですか」

父親が片眉を下げてたずねた。ヨシエさんは父の質問を無視して、クキコさんだけに視線を定めている。

「……すごい神通力よね」

今理がぼそりとつぶやく。今日のことは誰もヨシエさんに伝えていないというのに、おそるべき第六感だと、箱理も感じ入っていた。

「いったいどうしたんですか、ヨシエさん。血圧上がりますよ」

「この結婚には反対だっ」

ヨシエさんが叫んだ。

「関係ないだろっ！」

万理がテーブルを叩く。箱理がびくっとしたら、タコリがバランスを崩してずるっと滑った。

「ほほう、やはりヨシエさんは、以前クキコさんに会ったことがあるんですね」

自分が立てた仮説がその通りになって、満足している探偵みたいな口調で父が言う。

「ちらっと見ただけだよ。会ったとは言えない」

万理がすかさず口を挟む。

身を乗り出して父がたずねる。

「ヨシエさんはなぜこの結婚に反対なんです？」

「見りゃわかるだろ。一目瞭然《いちもくりょうぜん》じゃないか」

ヨシエさんが、クキコさんに向かってあごをしゃくった。瞬時に万理が立ち上がる。椅子がものすごい音を立てて、うしろに倒れた。このっ！　という言葉が万理の口から漏れて、箱理は身震いした。

「許さないからなっ！」

ヨシエさんにつかみかかりそうな勢いの万理を、父親と今理が制す。母が、あらまあ、と花火見物でもしているかのような声をあげる。

「そんな言い方、おれは絶対に許さないからなっ！」

今理に羽交《はが》い絞めにされた万理が、大声を出す。

「いいんです」

そう言って、すっと顔をあげたのは、クキコさんだった。

「ヨシエさんがおっしゃるのはごもっともです」

「くーちゃん」

万理が泣いてるみたいな声を出した。くーちゃんだってえ、とタコリがささやく。

「わざわざそういう娘を選ぶ必要はないということだ」

ヨシエさんが冷静に言葉を発する。

「なんだよ、その言い方！　おれは結婚したいんだよ！　おれがくーちゃんと結婚したいんだよ！　くーちゃんじゃなきゃ嫌なんだよ！」

「くだらない。子どものままごとみたいなことを言ってるんじゃない。今は浮かれてるだけだ。わかるだろ、頭のいいお前なら」

最後のほうの声色はこれ以上ないほど、やさしげだった。

「ヨシエさん。頼むよ。この通りだ」

万理はテーブルに手をついたまま、頭を落としてうなだれるような恰好になった。

「おれは絶対に彼女じゃなきゃダメなんだ。もう決めたんだ。誰がなんと言おうと、くーちゃんと結婚する」

ヨシエさんは、象が芸をするみたいに鼻先を上にすうーっと持ち上げてから、ゆっくりとおろした。その芝居がかった仕草を、ここにいる全員が見ていた。

「かわいい万理や。もっと自分の幸せを考えておくれ。老い先短いばあさんを悲しませないでおくれ。万理の苦労をむざむざと見過ごしてあの世へ行けって言うのかい？」

今理が箱理に目くばせして、なにやら口を動かす。「出たよー、泣き落とし」と言っているようだった。

万理は言葉に詰まっていた。クキコさんは、十字架に磔《はりつけ》にされたキリストが微笑んだかのような笑みと諦観を顔に貼りつけたままだ。

「ヨシエさん、心配してくれてどうもありがとう。でもおれは、どうしてもくーちゃんと一緒になりたいんだ。かっこつけて言ってるわけじゃない。これから先、起こりうるすべての困難を推し量って検討して、もしその場面に遭遇したときにどうやって乗り越えたらいいのかぜんぶ考えた。考え尽くした。もう考える時期は終わったんだ。それで出た答えがこれなんだよ。おれはくーちゃんと結婚したい。一緒になりたいんだ」

「あら、まあ！　まあ！」

母は陶酔したような顔をしている。

「そこまで考えてるなら、もちろん反対はしな……」

「お前は黙っとれ！」

父親の言葉は、シロシロクビハダの強烈な一喝《いっかつ》でさえぎられた。八十六歳のこの小さな身体の一体どこから、と思われるほどの声だった。

「わたしはただ万理の幸せを願っているだけだ。なにもわざわざ……」

今度は一転、絶望したような声を出す。強弱をつけて、効果を狙っているようだった。

「あんた」

ヨシエさんが呼んだのはクキコさんだった。クキコさんに一気に視線が集まる。

「あんたはそれでもいいのか。自分がしようとしていることを、どれだけわかってるっていうんだ」

「申し訳なく思っています」

「そう思うなら、いさぎよく身を引きなさい」

「待てよ！　ヨシエさんは勘違いしてるよ！　彼女の足が悪いことなんて、おれはまったく気にしてない。そんなこと差し引いたって、ありあまるくらいの愛情があるんだ」

まあ！　まあ！　と壊れたレコードみたいに母親が感嘆の声をあげる。

「足のことは彼女の個性として受け入れている。つま先から頭のてっぺんまでぜんぶ含めてくーちゃんを形成しているんだ。なんの問題もない。むしろおれはそれを求めてる」

万理は必死で負の感情をおさえ、ヨシエさんに接しようとしていた。

箱理はみんなの顔をちらと見る。ヨシエさんの存在感は確かに大きかったけれど、それでもここに集まっている人間のなかで、年齢的、身体的にみて、いちばんの弱者だった。白塗りの小さな顔には、切実なおかしみと哀しみが混在していた。

「じゃあ、なにかい？　お前さんはそういう趣味があるのかい」

「え？」

「このご時世、いろんな人間がいる」

誰かの息を呑む音が聞こえた。目の前を、ゴーッという濁流とともに大木が次々となぎ倒されていき、箱理は気を失いそうになった。

「ヨシエさんっ！　なんてこと言うのよっ！」

今理がバンッとテーブルを叩いて立ち上がり、ものすごい剣幕で怒鳴った。

「ヨシエさんのほうこそ、その白い顔なによ！　鏡を見てみなさいよ！　おかしいのはヨシエさんのほうじゃない！　クキコさんとバンちゃんに謝りなさいよ、この妖怪っ！」

一瞬の間のあと、

「うわあああああっ」

と父親が叫び、今理の発言をなかったことにするように両腕を大きく振った。

「だいたいヨシエさんは、一体いつから白塗りなのよっ！　なんでそんなに白くする必要があるのよ！　なにか理由がある……」

動転した父親が、今理を押さえ込む。父に口をふさがれながらも、今理はここぞとばかりに、ヨシエさんの白い化粧について、日頃思っていることをぶちまけた。

誰かの叫び声が聞こえ、ものが倒れる音がした。箱理はもう、なにがなんだかわからなかった。いろいろな音と、さまざまな色が目の前に広がった。酔ったように頭がくらくらしていた。

「ハコちゃん。クキコさんを見て」

タコリが耳打ちして、今にも倒れそうな箱理の耳を引っ張った。

箱理はゆっくりと、クキコさんに目をやった。クキコさんは一人、喧騒から離れ、聖母マリアのような慈悲深い微笑みを湛え、秋山家の面々をしずかに見つめていた。なんとも不思議な光景だった。

「アルカイックスマイル。古代ギリシャのアルカイック彫刻にみられる口元に微笑みを浮かべた表情。中国六朝《りくちょう》時代や日本の飛鳥《あすか》時代の仏像の表情にもいう」

今理の声は、しんとした秋山家のリビングに朗々と響いた。あれから、万理はクキコさんを送りに行き、父と母はヨシエさんを連れてヨシエさん宅へと向かった。

残されたのは箱理と今理だった。箱理は、はちみつをたっぷりと入れたホットミルクを飲み、今理は、やってらんないと言って納戸から瓶ビールを出し、冷やすこともせずに常温のまま飲んでいる。

「クキコさんって、アルカイックスマイルの達人だよねえ」

と今理が言う。こないだ仏像関連のレポートをやってね、と続ける。

「ありゃあ、バンちゃん、めろめろだわ」

箱理は、アルカイックスマイルというその響きを、今、改めてそら恐ろしく感じ、同時に、野原で大空を仰ぎながら、のどちんこが見えるくらいに大笑いするクキコさんを想像して、苦しくもなった。

結局、今日の話し合いは決裂のまま終わった。と言っても、万理の結婚に反対しているのはヨシエさん一人であって、万理は予定どおりクキコさんとの結婚を推し進めてゆくと思われた。

「またヨシエさんに嫌われちゃったなあ」

今理がヨシエさんの化粧に言及したことで、万理とクキコさんの結婚の話はつかの間宙に浮かび、誰もが目の前の問題解決にやっきになった。特にあせったのは父親だった。大粒の汗をかき、「今理、なんてことを言うんだ！」を連発し、耳に羽虫が入った猿のように、やみくもに動き回っていた。

「お父さんの、あのあせりよう見た？　あの人、ヨシエさんの白塗りの謎について、なにか知ってるんじゃない？」

今理の問いに、箱理は小さく首をかしげ、

「あのあせりは、いたわりだと思う」

と、答えた。

「いたわり！　おおっ、いたわり！」

今理は腕を広げながらそう言って、ハコちゃんはいい子だねえ、と、どうでもいいように付け加えた。

「でもさ、白塗り化粧の著名人ってけっこういるじゃない？　もう亡くなった人のほうが多いけどさ。前に仕事でちょっと調べたことがあるんだよ。やっぱりそういう人って、なにかしらの理由があるんだよねー。子どもが亡くなったとか旦那がひどい浮気性だとか、極度の被害妄想とか男狂いとかさ。

そう考えると、ヨシエさんって特にそういうことないと思うんだ。おじいちゃんとはお見合い結婚だったって言うし。おじいちゃんなんて、超やさしかったじゃない。ヨシエさんの尻に敷かれて、むしろたのしそうだったしね。

今だって充分幸せだと思うの。お父さんたちが一緒に住もうって言っても断って、お手伝いさん雇って自由気ままに暮らしてさ。あたしたち孫だって、しょっちゅう顔を出してあげてるじゃない」

なんと答えていいのかわからずに、箱理はあやふやに首をかしげた。

「心の闇かもね」

今理が言う。

「ねえ、ハコちゃん。ヨシエさん、なんでバンちゃんの結婚に反対してると思う？」

箱理が黙っていると、かまわず今理が続けた。

「そりゃあ、クキコさんの足が気になってるとは思うんだけど、それにしてもあんまりじゃない？」

箱理は慎重にうなずいた。

「もしかしたら、そのへんに理由があるのかも」

「理由？」

「ヨシエさんの白塗りメイクの理由よ」

今理の目が、きらーんと音を立てて輝いた。

昨夜はひどく疲れていたにもかかわらず、神経が高ぶっていたのかなかなか寝付けずに、ようやく眠れたと思ったら今度は何度も目が覚めてしまい、今朝は起きるのが辛かった。目覚まし時計を止めたあとも布団にくるまっていると、タコリのやわらかでいて意外と鋭い蹴《け》りが鼻柱に入った。

冷たい水道水で顔を洗う。目がいつにも増してはれぼったい。箱理はマッサージクリーム（もちろん雪見堂製品だ）で、顔中を撫でたり押したりした。少しまともになったようだったので、肌を整えてから化粧をした。

食卓には父と母と万理がいたけれど、誰もが平常通りだった。箱理もそれにならった。昨日のことを持ち出す体力と気力は、誰も持っていなかった。

「いってきます」

母が作ってくれたお弁当を鞄に入れ、玄関先で大きく深呼吸をした。

坂道を下っていく途中で、カナコちゃんに会った。箱理を見つけると、ばふんっ、とひと声吠えた。箱理がアスファルトに膝をつくと、カナコちゃんが友達に挨拶でもするように、箱理の肩に前脚をのせてきた。タコリが「いやん」と言って、瞬時によける。箱理がカナコちゃんの脇腹に指をもぐりこませてわしわしと撫でると、カナコちゃんは撃たれたように倒れて、お腹を丸々と見せた。

「もうっ、はしたないわねえ」

五十嵐さんが、カナコちゃんのお腹をなではじめる。箱理はカナコちゃんの匂いを存分に嗅がせてもらい、英気を養った。

坂道を歩いていると、児童公園の桜の木が目についた。ゴミが枝にくっついていると思い近寄ってみたら、それはつぼみだった。小さなたくさんの桜のつぼみが、枝につつましくついているのだった。

「秋山さん。はい、これ」

箱理が事務所で書類を作成していると、西小路さんに声をかけられた。

「チェックしといたからね」

リーダー印をもらうことになっていた、何枚かの書類を渡された。箱理は礼を言って受け取った。

「その後どう？」

箱理がなんの返答もできずにいると、西小路さんは手持無沙汰なのか、腕時計をやたらとぐるぐる回しはじめた。

「あの」

西小路さんが「ん？」と眉をあげる。

「安藤さんからの依頼の『moon walk』のコンセプトが難しくて、少々困惑しています」

「おおっ」

西小路さんは、なぜか感嘆の声をあげた。

「ちょっと、その依頼書見せてくれる？」

箱理は研究依頼書を取り出して、西小路さんに渡した。依頼書に目を通した西小路さんが「おおっ」と、先ほどと同じような声をあげる。

「やりがいがあるなあ。いいなあ。うらやましいなあ」

箱理は驚いた。

「燃えるねえ。くすぐられるねえ」

西小路さんはそう言って、身震いするようなジェスチャーをした。

「これをやり遂げたとき、秋山さんあなた、ぐっと女度が上がりますよ。っとと失礼、セクハラじゃないですよ。あ、いやごめん、そんな目で見ないで」

ばたばたと手を振る。

「いやいや、女度じゃないですよ、研究部員として成長するってことですよ。然《しか》らば、人間的にも成長できるってわけですよ。って、これまた余計なこと言っちゃったかな。パワハラとか言わないでよ、頼みますよ」

箱理は、西小路さんの顔をじっと見た。

「やだあ、そんな目で僕を見ないでよう。秋山さんに見つめられると、心のうちを見透かされるような気がするんだよねえ。なんか糾弾《きゅうだん》されてるみたいなさあ。困っちゃったなあ」

そう言いながら、ぐるぐる回していた腕時計を、今度は外す。

箱理は深々と頭を下げた。西小路さんは、まいったなあ、とつぶやきつつも、出しぬけに親指を立てて、

「君ならできるぜい！」

と叫ぶように言った。

箱理の脳内を「やりがい」という言葉が、ぐわんぐわんとめぐっていた。

たちまち箱理の目の前に、広々とした湖が広がった。箱理は透明度の高い湖で、虹色の魚が高く跳ねるのを見た。名前のつけられない気持ちが、胸にしずかに湧き起こっていた。

4

秋山箱理は恋をしたことがなかった。

付き合った男性はいる。デートを重ね、然るべき段階を踏んで、多くの人がたどりつく然るべき関係になったこともあった。けれど、多くの人が言うような恋愛につきものの「熱」に浮かされるようなことはなかった。日常生活の延長として、ただお付き合いしている男性がいたというだけだ。

その彼とははじまりがそうであったように、終わりも、異国の木片が波に運ばれ、徐々に削られて丸みをおびた流木になるように、そしていつしか朽ちてゆくように、自然の成り行きとして消滅した。

箱理は、万理のクキコさんを見つめる瞳を思い出す。懇願するような、切羽つまったようなその瞳を。

そして、恋というのはどういうものなんだろうかと、ふと思ったりする。

桜が満開になったと思ったら、翌日からの暴風雨でほとんど散ってしまった。児童公園の桜の花びらが、湿ったアスファルトにへばりついている。

「くーちゃんとお花見したかったのになあ」

今朝、洗面所で万理がそんなことを言った。クキコさんを家に連れてきて以来、万理は恋人の名を臆することなく口にする。それは万理らしくない軽率さではあったけれど、あるいは非常に万理らしいとも言えた。

「くーちゃんはさ、ハコちゃんのことが好きみたい」

言ったあとですばやく目をそらした万理を見つめて、箱理は、そうなんだと答えた。万理が出て行ったあとで、ありがとうと言うべきだったと、箱理は額を打った。

外は気持ち悪いほどの暖かさだった。二日ほど続いた強風と大雨は明け方まで猛威をふるい、今朝の気温を急上昇させた。

黒に近い灰色の大きな雲が、意思を持ったようにむくむくと動いてゆく。厚い灰色の雲間から、きれいな水色の空がときおり見えた。

箱理は唐突に、中学生の頃のある体育の授業を思い出した。あの日も今日みたいに生暖かい陽気で、空はお天気雨の日のように、きれいな水色の背景と黒い雲を混在させていた。

クラスメイトの誰かが「見て！」と校舎の上空を指さして叫んだ。

「UFOだ！」

雲間から円盤らしき物体が、ゆっくりと出てきたのだった。運動場は騒然となった。箱理は食い入るようにその物体を見つめた。緩い軌道を描いていたUFOは、次の瞬間、高速ワイパーのように左右に素早く動き、あっという間もなく消えた。

これまで一度たりとも思い出さなかった思い出だ。というか、箱理は中学生の頃の記憶がほとんどない。


香織ちゃんに『Lady Lady』の使用評価を頼んだ。

「朝からつけて、定時ギリまでの様子見てみますね」

香織ちゃんは出勤後すぐに、リキッドファンデーション『Lady Lady』を肌にのせてくれた。使用後の香織ちゃんは、いつもよりも平坦な印象だった。おそらくそれは、『Lady Lady』のリキッドファンデーションだけを肌にのせているためと思われる。アイシャドウやチーク、ノーズシャドウやアイブロウ、アイライナーにマスカラ。そういうものを一切つけていないせいかもしれない。

「なんだか恥ずかしいです。いつも通りのメイクをしていない自分って、どうにも落ち着きません。気持ちがすかすかします。下着一枚で歩いているみたいです。誰にも見られたくないです」

香織ちゃんはそう言い、箱理は軽い驚きとともに、使用評価を依頼したことを大変申し訳なく思った。

お昼休み、事務所でゆきのさんとお弁当を広げていると、香織ちゃんが息せき切ってやって来た。

「わたしもお昼一緒にいいですか」

購買で、パンとおにぎりを買ってきたらしかった。

「顔を隠すようにして、コソコソ走ってきたんで疲れましたー」

箱理は、引き続き恐縮した。

「香織ちゃんは、ほんと女の子ねえ。でも元がいいんだから、ぜんぜんいいわよう。すっぴんだってなんだって、とってもかわいいじゃない。でも、それでも、嫌なのよねえ」

ゆきのさんが一人で完結する。香織ちゃんが加わった本日の昼休みは、化粧談議となった。

「今日改めて気づいたんですけど、やっぱり女性にとって、お化粧ってものすごく大事だと思いました」

香織ちゃんは焼きそばパンを食べていた。紅しょうがが、たっぷり入っているやつだ。

「ほんと、お化粧って大事よねえ」

そういうゆきのさんは、ここのところ毎日化粧をして出勤し、化粧をして帰宅する。

本日のゆきのさんの昼食は、巨大なおにぎりひとつとゆで卵。それとミニトマトひとパックだった。ミニトマトはパックごと真ん中に差し出され、みんなで食べていいようになっている。箱理は二つ頂いた。

「お化粧の仕方で、その人のだいたいの性格がわかるような気がします」

洗顔する際に髪をまとめたせいか、普段はふうわりとカールしている前髪が伸びて、香織ちゃんはいつもより幼く見えた。

「うんうん、わかるわ。化粧ひとつで、その人のチャームポイントやコンプレックスもわかるわよね」

ゆきのさんの言葉に、香織ちゃんが深くうなずく。

「わたしはやっぱり目ですね、アイメイクに力を入れてます」

「わかるわ。香織ちゃんの場合、目はチャームポイント。チャームポイントをさらに美しく際立たせたいのよね。香織ちゃんのアイメイクは、おそらくそれなりの時間と労力がかかってると思うけど、それを感じさせない品があるの。充分に目をひくわ。さすがよ」

香織ちゃんは少しうつむいて、恥ずかしそうにゆきのさんの言葉を聞いていた。

「ゆきのさんはいかがですか」

今度は香織ちゃんがたずね、ゆきのさんは、そうねえ、とぐるっと視線をさまよわせたあとで、

「わたしはコンプレックスのほうが多いなあ。まずなにより、シミとしわを隠したいっていうのが先決。だからファンデーションにいちばん気を遣う」

と、言って笑った。

「わたしの場合どうですか」

それまで黙っていた箱理が急にたずねたので、ゆきのさんと香織ちゃんはほんの一瞬動きを止め、それから顔を見合わせた。

「チャームポイント？」

と、ゆきのさんが聞き、

「それともコンプレックスですか？」

と、香織ちゃんが続けた。箱理は、そもそもどちらもわからなかったので、

「どちらでも」

と答えた。

「秋山さんの場合」

そこまで言って、香織ちゃんが歯並びのいい白い歯を見せる。

「そうねえ、ハコリちゃんの場合は」

ゆきのさんも笑顔になる。

「まだなにものにもなってないわ」

いたずらっ子のようにそう言った。

「なにものにもなっていない？」

箱理はそっくりそのまま聞き返した。意味がわからなかった。

「まだ自分の顔を、自分のものにしてないって感じかしら」

と、ゆきのさんが言い、

「秋山さんはこれからだと思います」

と、香織ちゃんが答えた。

箱理が神妙な顔をしていると、「もちろん褒めているんです」と、香織ちゃんが付け足した。

「秋山さんは、これからどんどんきれいになっていくと思います。変わると思います。断言できます」

箱理はしばし、占いの館に迷い込んでしまったような錯覚に陥った。香織ちゃんが、水晶を見つめる予言者に見えた。現実離れした昂揚《こうよう》感と、かすかな怖れを同時に感じた。

パンッ、とゆきのさんがひとつ手を叩く。

「恋がきっかけになったりして」

そう言って、箱理にウインクをした。箱理は母親の自慢の一品、鴨肉のローストを口に入れたところだったので、黙っていた。

「恋愛ってすばらしいですよね」

香織ちゃんが目を輝かせて言う。

「香織ちゃんは誰かお付き合いしている方がいるの?」

ゆきのさんが頬杖をついて、聞く体勢になる。

「はいっ」

香織ちゃんが元気よく返事をした。ゆきのさんはオクターブ高い嬌声をあげ、次々と質問を繰り出した。香織ちゃんはそのひとつひとつに、おそろしく丁寧に答えた。友人の披露宴でテーブルを同じくした出会いから、両親、祖父母、妹一人という恋人の家族構成、趣味であるボクシング、左の目元にあるほくろ、二の腕にある小さなやけど跡という身体的特徴まで、およそ十分足らずの間に、箱理は把握することができた。

「いいわねえ」

ゆきのさんが言い、「いいよねえ」と、右肩にいるタコリが続けた。

窓の外を見ると、春の水色の空が南半分にきれいにあって、東側の端には灰色の暗い雲が残っていた。木々の揺れ具合で、強い風が吹いていることが見てとれた。そのときふいに、箱理の頭のなかで記憶の糸がつながった。今朝思い出した、中学生のときの体育の時間のＵＦＯ騒ぎのことだ。

箱理が通っていたのは地元の公立の中学校だった。義務教育までは公立で、という父親の考えによった。あの日の体育の授業はどういうわけか男女合同で、箱理の所属するクラス全員でＵＦＯを目撃したのだった。

高速で左右に動いたのち、すうっと消えたＵＦＯを見てクラス中は色めき立った。

どよめきが今にも爆発しそうな興奮のなか、

「わっ！　きたねえ！」

と誰かが叫んだ。みんながその生徒が指さす場所に注目した。そこに突っ立っていたのは、クラスでも目立つことのない一人の男子生徒だった。

男子生徒の緑色の短パンはみるみるうちに色濃くなり、液体は腿《もも》をしずかに流れ、運動靴までつたった。いろんな声が飛び交った。当の男子生徒は茫然と立ち尽くし、ホラー映画で殺される子どものように目を見開いたままだった。

その瞬間、箱理の身体を奇妙な甘い戦慄《せんりつ》がかけめぐったのだった。下腹部がぞわぞわし、鳥肌が立つような感覚があった。彼を避けるように、彼のまわりには半径一・五メートルほどの円ができていた。箱理は、その円のなかに一緒に入りたいと思った。

もしかして。

と、箱理は中学時代の自分に思いをはせる。あれが生まれてはじめての異性へのときめきだったかもしれないと。

「さっ、仕事仕事」

ゆきのさんに肩を叩かれて、我に返った。チャイムが鳴る寸前のジジーという雑音が耳に届いた。箱理は慌てて弁当箱を片づけた。
十三年前、思いもよらずおもらしをしてしまった同級生の、あの放心したような顔を思い出して、箱理の心臓は少しだけどきどきしていた。

『Lady Lady』の使用評価を終えた香織ちゃんの感触は、なかなかよかった。箱理は、香織ちゃんの顔を仔細に観察させてもらったが、大きなよれもなく、目標とする値のカバー力も保てた。

うるおい効果については、香織ちゃんいわく「リキッドファンデにありがちなキュッキュッという感触がなくて良い」ということで、「乳液みたいにのびがよくて、確かにうるおってる気がする」ということだった。

ほとんどの原材料は過去のデータベースからの処方なので、まず問題はないと思われた。品質管理部には事前に回してある。

箱理が今とりかかっている商品は五つほどだ。来年の三月の発売を目標に、八月までの開発期間中に研究部で完成させる。なかでも安藤さんからの依頼品『moon walk』は、入社四年目の箱理にとってはじめての大きな仕事だ。

これまでは、ドラッグストアなどに置いてある比較的安価なセルフコスメばかりだったけれど、『moon walk』は百貨店に置かれるカウンターコスメティックのブランドだ。カウンターコスメというのは、美容部員がお客様に合う化粧品を一緒にさがしてくれるあれだ。

箱理は、美容部員だった頃の安藤さんを思う。売り上げ成績は全国でも上位だったと聞いている。箱理は、デパートで安藤さんのアドバイスを受け、両手に抱えきれないほどの化粧品を購入してしまう自分の姿が容易に想像できた。

「ハコちゃん、ちょっといいかな」

風呂上がり、すっかりくつろいでいるときに部屋のドアをノックされ、箱理は慌てて足の爪を切るために広げていたティッシュをゴミ箱に捨てた。

「これ、食べない？」

万理が白地にピンクで、“31 baskin robbins”と書かれたビニール袋を掲げて見せた。

「ハコちゃんは、バニラと大納言あずきだったよね」

そう言って、サーティワンの袋からカップを取り出した。

「おれは、ポッピングシャワーとチョコレートミント。イマちゃんは確か、ジャモカアーモンドファッジとオレオクッキーアンドクリームだったよね」

歯を磨いたあとだったけれど、箱理はひれ伏すようにスプーンを手にした。箱理の部屋のカーペットの上で、箱理と万理はダブルのレギュラーアイスクリームを食べた。

万理は自分が勤める自動車会社の売れ行きのことを話し、英会話教室のトラヴィスという、まつ毛と眉毛までもが金髪である細面の教師のことを話し、クキコさんのことを少し話した。

それから箱理の仕事についてたのしいかどうかをたずね、箱理は少し考えた末、処方開発の仕事は好きだと確信できたので「たのしい」と答えた。

「ハコちゃんもイマちゃんもおれも、みんな自分の好きなことを仕事にできて本当によかった。幸せなことだよね」

そう言って、万理が箱理の顔をじっと見つめるので、箱理は小さくうなずいた。

「おいしいね、サーティワン」

箱理は首肯《しゅこう》しつつも、かなり往生していた。プラスティックのスプーンは頼りなく、かちかちにかたまった大納言あずきに容易に入らなかったからだ。購入後しばらく、家の冷凍庫に入れてあったと推測された。箱理は、寒い日に手のひらを温めるように、ほうっ、ほうっ、となんべんもアイスに息をふきかけた。

「ヨシエさんのことだけど」

万理がアイスに視線を落としたまま言う。

「うん」

箱理は、比較的やわらかいバニラから挑戦することにした。バニラは濃厚なミルクの味がした。子どもの頃から、箱理は乳くさいものが好きだった。キャンディは決まってミルク味だったし、コーヒー用のクリープをこっそり舐めて叱られたこともたびたびあった。

「ハコちゃん、いつでもいいから、今度ちょっと様子見に行ってくれないかな」

箱理がアイスから顔を上げて万理を見つめると、万理は「いやその」と手を振った。

「わかりやすいところが、バンちゃんのいいところでもあるわね」

タコリが耳打ちして、愛しい息子を見つめるかのような視線を万理に送る。

「いいよ。明日にでも寄ってみる」

箱理が答えたその瞬間、万理の頬が、うす暗い地下室から太陽光が降りそそぐ日なたに躍り出たかのように明るく色づいた。

「わたしも気になってたから」

箱理が言うと、万理は目尻をぽりぽりとかいた。

箱理は、ようやくスプーンが入るようになった大納言あずきの小豆を前歯で咀嚼した。素朴な甘さが口腔内に広がる。今度は、バニラと大納言あずきを同量ずつスプーンにのせ、口に運んだ。バニラの味が強すぎて、大納言あずきの真摯さはあっさりと消滅した。続いてスプーン三分の一ほどのバニラと三分の二ほどの大納言あずきを取って、口に入れた。大納言あずきがわずかながら勝利した。

「くーちゃんのお母さんさ」

万理の口から発せられた「くーちゃんのお母さん」という、未知の人物に、箱理の背筋が伸びる。万理もなぜか姿勢を正した。

「くーちゃんのお母さんも、白塗りなんだ」

ピンク色のプラスティックスプーンが歯に当たって、かちりと鳴る。

「ヨシエさんほどじゃないけど、けっこう白い」

箱理は万理の顔をじっと見つめた。はひ、つめたい、と万理は頰をくぼませて、新たにすくい取ったアイスを口のなかで転がした。

箱理は、なんと答えていいかわからなかった。

「ねえ、ハコちゃん。『シロシロクビハダ』って、顔が白くて首が肌色っていう意味だよね？」

突然の万理の問いかけに箱理は面食らったが、万理の言う通りなので小さくうなずいた。幼い頃、顔だけが白く、首から下が肌色のヨシエさんは、妖怪シロシロクビハダでもあった。

「おれ、こないだ気が付いたんだけど、『白首肌』じゃなくて、『白く美肌』っていうとらえ方もあるよね」

箱理は驚いた。「白く美肌」だなんて、これまでまったく思いつきもしなかった。

「あはは。気付いたところで、それがどうした、って感じなんだけどさ」

ううん、と箱理は首を横に振った。雪見堂の社員として、「白く美肌」というのは、とても大事なことだ。箱理は恐れ入った。未来にまで影響を及ぼす、妖怪シロシロクビハダ。さすがヨシエさんだ。

「おれ、ポッピングシャワーのぱちぱち好き。ハコちゃんは苦手だよね。子どもの頃、こういうお菓子食べたら大騒ぎだったもんね。そのあと熱出したりしてさ」

「バンちゃん」

「んー？」

「クキコさん、もっと自由になれるといいね」

万理がはじかれたように顔を上げた。

「クキコさんに、のどちんこが見えるくらいに大笑いしてほしいね」

少しの沈黙のあとで、ごきゅっ、と大きな音がした。万理が唾を呑み込んだ音だった。それからのち、万理はスローモーションのようなゆっくりとした動作で鼻孔《びこう》を押さえた。万理の目にみるみるうちに涙がたまってゆくのを、箱理はガラスの水瓶《みずがめ》に魔法の水がたまってゆくのを見るような、不思議な気持ちで眺めた。

魔法の水は瓶からこぼれることなく、そこにゆらゆらととどまった。

「ありがとう」

万理がしずかに立ち上がった。そのまま部屋を出て行こうとするので、箱理は、おやすみと声をかけた。

万理は箱理の顔をじっと見つめて、

「おやすみ、ハコちゃん。大好きなハコちゃん」

と言い、牛の乳をしぼるようにやさしく取っ手を引いてドアを開け、綿菓子を指先でつまむがごとくドアを閉めて、箱理の部屋から出て行った。

ヨシエさんちの庭に立ち、箱理はぼうと薄ピンク色の花弁を見ていた。

「アーモンドだ」

頭からすっぽりとかぶるタイプのフランネルのワンピースを着たヨシエさんが、杖を従えて立っていた。

「マスター・ヨーダ」

と思わず箱理が口にすると、なんだって？　と耳を突き出してきた。

「なんでもないよ」

「うちのアーモンドは桜よりも遅いんだ。ちょうどよく時期がずれるから長い間楽しめる」

箱理はアーモンドの花弁をしげしげと見つめた。桜の花よりも精巧な気がした。

「こっちだ」

箱理はヨシエさんのあとをついていった。広大な庭は東側が西洋風、西側が日本風と違和感なく整えられている。

「きれいだろ。植えてもらったんだ」

見るとそこにはとてもかわいらしい桃の花があった。接《つ》ぎ木をしてあるらしく、一本の木から濃いピンク色とクリーム色の桃の花が、青空に向かってたのしげに咲き誇っている。

「桃の花はいいねえ。ツツジもすぐだ」

こんもりとまるいツツジの山が、規則正しく並んでいる。

「庭でお茶でも飲むかい」

ヨシエさんは大きな声でお手伝いさんの名前を呼び、東側にあるバラのアーチ前のテラスにお茶の用意をさせた。

「カモミールティーでございます」

白いテーブルセットは、ポットやカップの曲線が光を反射し、清潔なきらめきを放っている。

「マカロンがあっただろ。あれを出しておくれ」

はい、と微笑んで、お手伝いさんは屋敷に戻った。

「いい天気だねえ。春が慌てて踊っているようだ」

箱理は目を細めて春風を感じた。

「変わりないかい？」

箱理はゆっくりとうなずいた。

「タコリちゃんも元気かい」

視線を定められたタコリは、急にふられて狼狽《ろうばい》した。

タコリの件に関して、箱理は心底ヨシエさんに感服していた。妖怪シロシロクビハダなのだから、三河湾で揚がり、大きな釜で茹でられた末にタコリに変化《へんげ》したタコなど、とるに足らない存在だとは思いつつ、あきらかに見えている様子はさすがだった。

「ヨシエさんは変わりない？」

「あちこちにガタがきてるけど、まあまあ元気だ」

色とりどりのマカロンが来て、カモミールティーが注ぎ足された。

「じきにバラが咲く」

バラの季節、それは見事な花が開く。

箱理は、こうしてヨシエさんのそばにいるのが好きだった。ヨシエさんといると、自分というものがぶれることなく立っていられる気がした。

「万理はその後どうだい。元気でやってるかい」

「元気だよ」

「そうかい。そりゃよかった」

「クキコさんとうまくいってるみたい」

ヨシエさんは箱理の顔をじっと見て、それから大きなため息をついて頭を振った。

「わたしは反対だねえ」

思いがけないほどのかぼそい声だった。

「どうしてって？」

「どうしてって、そりゃお前」

続きを待っていたけど、ヨシエさんはそのまま言葉をとめた。

「恋ってのはやっかいなもんだね」

しばらくしてからそんなふうに言った。それからまた黙った。

「ヨシエさんとおじいちゃんは、お見合い結婚だったよね」

ヨシエさんは抹茶色のマカロンを取って、これがいちばん美味しいんだ、とかじった。次に美味しいのは、このマンゴー味だ。箱理、お食べ。そう言って、黄味がかったオレンジ色のマカロンを箱理にすすめる。

「おじいさんとはお見合いだよ。おじいさんには他に好きな女がいたんだ」

「え？」

「あの人は、ばかみたいにやさしかったからねえ」

半開きの口のままで、箱理はヨシエさんを見つめた。

「けど、おじいさんと一緒になってよかったよ。仕舞いには、ちゃあんと決められた場所におさまるようにできてんのさ」

マイセンのカップを持つヨシエさんの手はとても小さく、筋立った皮膚にいくつかの茶色いシミが控えめに出現していた。

「わたしは、万理がかわいいいんだ」

声が少しかすれていた。

「運命かもしれないねえ」

誰にも聞かれたくないひとりごとのように、ヨシエさんはつぶやいた。

そのとき、うぐいすが完璧にひとつ鳴いて、しんとした余韻をつれてきた。箱理の胸のうちを、なにやら言いようのないまっさらなものが訪れ、しばし逡巡したのち、しずかに去って行った。

箱理は大きく息を吐き出して、陽射しがあふれる庭を眺めた。おじいちゃんと結婚する前のヨシエさんの姿を想像したけれど、うまくいかなかった。

箱理が『Lady Lady』のスケールアップ試験のために、隣県にある雪見堂の工場に出向いたのは、五月の連休前のことだった。最終的には八百キログラム単位での生産となるが、百キログラムまでの模擬試行については、研究部が責任を持って担当する。

研究部は本社と工場をつなぐ架け橋だと言ったのは、ファンデチームのリーダーである西小路さんだが、確かに本社側の人間で工場に頻繁に出入りするのは、研究部の人間ぐらいだった。

先月工場長が代わったということで、箱理は挨拶に伺った。直接会うのははじめてだ。

「工場長の沼田《ぬまた》です」

工場長はすっかり微笑んだように見えたが、ただたんに口角が持ち上がっただけだった。鼻から上はなんら変わりなかった。箱理は、めずらしいものを見つけたような心地になった。

「今日は『Lady Lady』のリキッドファンデですね。どうぞよろしくお願いします」

「こちらこそよろしくお願いいたします」

箱理は深々と頭を下げた。

スケールアップ試験は生産ラインでの業務ではなく、技術開発部という部署が担っている。今回の百キログラムで合格が出たのち、現場の生産ラインにのせることとなる。

箱理は黙々と作業を進めた。研究部での処方開発作業も好きだけど、工場での実験も好きだった。普段の何十倍もの大きな容れ物や大量の原料を扱っていると、自分が気の利いた小人妖精になったような気がするのだった。

「秋山さんっておもしろいよねー。てかさ、研究部の人たちって独特だよねー」

箱理が小人妖精になってくるくると立ち働いていると、そんなふうに声をかけられた。技術開発部の新垣《にいがき》さんという、箱理と同い年の女性だ。

「あははー。ほんとそうだよね。おもしろいよー」

新垣さんの言葉を受けて、同じく技術開発部の男性社員である山之内《やまのうち》さんが笑う。山之内さんも、箱理と同い年だ。山之内さんはその大きな身体と低い声に似合わず、同性的な親しみやすさを持ち合わせている。

「コンディションはオッケー」

技術開発部の主任が大きな声で言って、箱理に親指を突き出した。技術開発部の人たちは概して明るい。箱理は、ありがとうございますと頭を下げた。処方そのものには問題はないようだった。ひと安心だった。

「秋山さん、イッパイ倶楽部寄っていかない？」

帰り支度をしている箱理に声をかけてくれたのは、新垣さんだった。山之内さんも背後で構えている。

「行かせていただきます」

少しの間のあとで箱理は答え、直後「いえーい」という新垣さんの甲高い声と、山之内さんの野太い声が届いた。


イッパイ倶楽部というのは、雪見堂の工場内にあるアルコールを出す施設である。職場に飲み屋があるのはめずらしいことらしいが、従業員には評判がいい。もちろん終業後限定と定められている。

イッパイ倶楽部は、本社側の人間と工場勤務の人たちとの親睦を深める場として重宝されている。また生産ライン従事者たちへのねぎらいの意味を込めて、価格も驚くほど安く設定してあり、終業後のちょっとした息抜きの場として活用されている。

研究部の吹石部長や西小路さんなどは、工場に行くたびに必ず寄るらしい。

「技術開発部の人や生産ラインの人たちと一緒に酒を飲んで、すてきな交流を図るわけだよ」

西小路さんは、以前そんなふうに言っていた。生産ラインの人たちのなかに「西小路ファンクラブ」なるものがあると聞いたとき、箱理はたいそう驚いた。ゆきのさんは「信じられない！」と叫び、香織ちゃんは大仰に顔をしかめて「おえーっ」と言った。

イッパイ倶楽部は五坪ほどの小さな施設で、飲み物はビールとサワー類、オレンジジュースとウーロン茶で、つまみはミックスナッツなどの乾きもの程度だ。カウンター席が八つとテーブルが五つ。ゆっくりとお酒をたのしむというよりは、仕事終わりの景気づけに一杯飲んだり、簡単な打ち合わせなどに使うことが多い。

「秋山さんはなに飲む？　ビールでいい？」

「はい」

「あたしたちも今日は車じゃないから、ビールだよね」

新垣さんの言葉に、やっほー、と山之内さんが反応する。

生ビール三つとつまみ盛り合わせを頼んで、テーブル席に着いた。窓際のテーブル二つに、工場のお偉いさん方が陣取っている。私服に着替えた彼らは、ゴルフの打ちっぱなしの練習に来ているそこいらの中高年にしか見えなかった。なかに沼田工場長の姿も見えた。スラックスにポロシャツ姿の沼田工場長だけは、依然としてただ一人、沼田工場長のままであるように思えた。

カウンター席では生産ラインに従事している、年配の女性二人が顔を寄せ合うようにして、サワーを飲んでいる。

「はい、じゃあカンパーイ！」

山之内さんががむしゃらにジョッキを合わせたので、箱理が持っていたジョッキの中身が少しこぼれた。箱理は泡に口をつけてから、黄金色の液体をしずかに喉にすべりこませる。めずらしいことに、ビールがとても美味しく感じられた。山之内さんは、乾杯とともに瞬く間に飲み干し、二杯目の注文に席を立った。

「あの人、ザルだからぜんぜん平気」

新垣さんが笑う。山之内さんが戻ってきたところで、新垣さんがなにかを思い出したような顔をして、

「山之内くん、今日バスケは？」

と、聞いた。

「今日は休みだよー」

山之内さんがのんびりと答える。

「部活ですか」

箱理がたずねると、そうそう、と返ってきた。雪見堂には、バスケットボール、野

球、テニス、卓球の運動部と、書道、華道の文化部がある。活動の拠点は主に工場のほうで、本社勤務の人間ははなから在籍していないか、もしくは籍だけ置いているような幽霊部員がほとんどだ。ゆきのさんは卓球部で、香織ちゃんは華道部であるらしかったが、実際に参加しているのを見たことも聞いたこともなかった。箱理はどこにも所属していない。

「秋山さん、最近なにかいいことあった？　いいことじゃなくてもいいから、なんか話してー。秋山さんの近況が聞きたい」

新垣さんが身を乗り出すように言うと、山之内さんがビールの泡を上唇にのせながら「よっ、秋山さん！」と、バリトンよりさらに低いバスの声域で合いの手を入れた。

「近況ですか」

「そう、近況よ近況。ぜひ聞かせて」

新垣さんがまるで屈託なく、さらに顔を近づける。

「あれ、秋山さんメイクはじめたの？　かーわいー」

その声に山之内さんが「わお」とのけぞる。新手の漫才師のような二人だ。

「ほら早く。近況、近況」

近況ですか、と箱理は繰り返した。しばらく考えをめぐらしてから、弟が結婚するそうです、と言った。

「弟さん！　結婚！」

新垣さんが叫ぶように言う。

「弟さんがいたんだー。二人姉弟？」

「いえ、もう一人姉がいます」

へえー、と新垣さんと山之内さんが声をそろえる。

「弟さんいくつ？」

「ひとつ下です」

箱理はミックスナッツのなかから、ジャイアントコーンを選《よ》り分《わ》けて食べた。

「あ、おれ、それ、嫌い。ジャイアントコーンって、かたくってカリカリしすぎじゃないっすか。おれはもっとこう、柔軟な歯触りを求めてるんすよ。ピスタチオみたいな」

「うるさいよ、山之内くん。今は秋山さんの話を聞いてるんだから、ちょっと黙ってて。山之内くんは一人でピスタチオ食べてればいいよ。ぜんぶ食べていいから」

新垣さんの言葉に、山之内さんはおどけたように「ごめーん」と言って、ドナルドダックのような口を作った。量感のある唇がますます分厚く見えた。

箱理は遠慮なくジャイアントコーンだけを口に入れた。塩味が効いていて美味しかった。ビールもすすんだ。

「弟さんってかっこいい？」

新垣さんの質問に、箱理は「外見についての意見ですか」と聞いてみた。

「うんそう、外見。秋山さんと似てる？」

箱理は首を振った。

「わたしとは似ていません。弟は一般的な観点から言うと、おそらくですが、かっこいい部類に入ると思います」

続けてタコリが「バンちゃん、かっこいい！」と熱い吐息でつぶやいた。タコリがなぜだか酔っているような気がして、箱理はおもしろくなかった。

「写メないの？　見たい」

「ありません」

山之内さんが席を立ち、自分のビールの三杯目と、小皿に五割方がジャイアントコーンのミックスナッツを持って戻ってきた。

「おばちゃんに言ったら、サービスしてくれたよ」

箱理の前に小皿を差し出す。山之内くんやるじゃん、と新垣さんが山之内さんの肩をつつく。箱理は礼を言った。新垣さんと山之内さんはとても話しやすく、箱理はどこにも力を入れることなく、まるごと箱理のままでいられた。

「どうもっ！」

自動ドアが開いたと同時に、いきなり大きな声がしたので入口に目をやると、どこかで見たことのある人が立っていた。

「アビコさんだ」

その名前で思い出した。箱理が雪見堂に入社した年、研修でお世話になった我孫子《あびこ》さんだった。入社当時、研究部に配属されることは決まっていたけれど、新入社員は雪見堂すべての部署で、ひととおりの研修を受けることが義務付けられていた。そのときの工場での生産ラインの上司が、アビコさんだった。

アビコさんは箱理たちのテーブルを一瞥《いちべつ》し、カウンター席に座った。箱理の顔は覚えていないようだった。カウンターに座っていた二人の年配の女性が、軽く会釈する。

「アビコさんて、毎日ここで一杯飲むよね」

新垣さんのつぶやきに、山之内さんが顔をしかめた。箱理は、そわそわと落ち着かなくなった。研修時のことを思い出したからだ。

箱理は極めて手際が悪く要領の悪い人間だったので、生産ラインのスピーディかつ正確な作業にとてもついていけなかった。充塡《じゅうてん》作業も瓶のふた留め作業もおしなべてままならず、般若のような顔をしたおばさんに「あんた、本当に迷惑よ」と何度も言われ、結局段ボールをばらすという作業を命じられたのだったが、それすらも満足にできなかった。助けてくれる人はいたけれど、箱理はすさまじく疲弊《ひへい》し消耗した。

生産ラインでの研修最終日、箱理はアビコさんに呼ばれた。アビコさんは箱理を、化粧水の箱詰め作業をしている女性のところに連れていった。彼女は慣れた手つきで、素早く的確に化粧水を箱に詰めていた。すばらしい働きぶりだった。

「どうだ？」

と、アビコさんは言った。具体性のない問いかけに箱理が困惑していると、アビコさんはその女性に声をかけた。彼女は澄んだ目で箱理を見つめ、こんにちはと頭を下げた。

「この子のほうが、あんたより数段早くて丁寧だ」

瞬間、箱理の鼓動は猛烈に速まった。彼女はダウン症候群だった。雪見堂は、障がい者雇用にも力を入れている。

「以上。研修終了」

アビコさんはそう言って、その場を去った。

これまで感じたことのない、形容しがたい感情が箱理をなぶっていった。自分の仕事の出来なさのせいで、彼女を傷つけてしまったと箱理は思った。彼女に対して申し訳ない気持ちでいっぱいになったと同時に、美しいものをあっけなく汚したアビコさんに、箱理は恐怖と怒りを覚えたのだった。

そして今、箱理の心臓はまた早鐘《はやがね》を打っていた。それはアビコさんの仕打ちを思い出したせいなのか、ビールのせいなのかはわからなかった。

「もう一杯飲む？」

箱理は無意識に、はい、とうなずいた。

「まったく能なしばっかでいやになっちゃうよ。やってらんねえよ！」

椅子に半分だけ尻を乗せたアビコさんが、大きな声を出す。カウンター席の女性二人は、肩をすくめて席を立った。

山之内さんが持ってきてくれた二杯目のビールを飲んだ。酔いは完全に箱理を支配していたけれど、いやな感触ではなかった。

新垣さんはそれから箱理の姉についてたずね、箱理は聞かれたことに正直に答えた。

「仕事はライターです」

新垣さんと山之内さんはとても喜び、喚声をあげた。二人は、箱理がなにかを口にするたびに、本当にたのしそうに笑った。

「秋山さん、顔が真っ赤だよ」

新垣さんの言葉に、箱理はあきらめたようにうなずく。胸から上が異様に熱かったので自覚はあった。箱理はモンゴロイドである自分をひしひしと感じる。アセトアルデヒドを酢酸に分解するＡＬＤＨ２の能力が弱く、顔やら耳やらが赤くなっているのだと頭ではわかっているものの、でもだからといってどうしようもないのだった。

新垣さんと山之内さんはまったく顔色が変わらず、酔っている気配はまるでなかった。アセトアルデヒドの分解がすみやかに行われているようで、箱理は少なからず羨望した。

しばらくすると、窓際のテーブル席のお偉いさんチームが立ち上がった。テーブル横を通ってゆく面々に、新垣さんと山之内さんが順々に会釈するので箱理もそれにならった。

「説教はいいっすから！」

突然の大きな声に振り返ると、沼田工場長がカウンター席のアビコさんの肩に、ちょうど手を置いたところだった。今の声はアビコさんのものだった。

「酒がまずくなっちゃったなあ！」

アビコさんは芝居じみた口調で言って立ち上がり、代金をカウンターに置いて、あっという間に店を出て行った。

「相手にすることないですよ」

一部始終を見ていた山之内さんが、沼田工場長に声をかけた。

「山之内さんって、ウイスキーのCMのナレーションにぴったりの声ね」

タコリがささやく。

沼田工場長はこちらを見て、刈り上げた襟足を小指の爪でぽりぽりとかいた。右手の小指の爪だけを伸ばしているようだった。沼田工場長は笑ったふうに見えたけれど、やはり唇の端を軽く持ち上げたに過ぎなかった。

「あー、ええっと、秋山さんだったかな」

沼田工場長が箱理を見た。はい、と箱理は返事をしたが、沼田工場長はそれきり黙った。名前の確認をしただけらしかった。

「工場長も一緒に飲みませんか」

と言ったのは新垣さんだ。山之内さんも、ぜひ、と重低音で言う。

「いや、若い人たちは若い人たちで」

「じゃあ、場所変えませんか。工場長、歌がお上手だからカラオケでも行きましょうよ」

すかさず新垣さんが言う。箱理は酔いの波のなかで、ダンゴ虫を思い浮かべる。触ると、くるっと丸まるダンゴ虫。新垣さんはダンゴ虫みたいに柔軟だと、箱理は思う。

それから、幼い頃に一度だけ、姉の今理を泣かせたことを思い出した。理由は忘れたが、いつものようにあまりにも理不尽な要求をされ、集めていたダンゴ虫を今理に放ったのだった。今理は絶叫して大泣きした。

「秋山さん、ほら」

新垣さんに肩を叩かれ、見ると、すでに新垣さんも山之内さんも立ち上がっていた。沼田工場長も、うしろで控えている。

「秋山さんも行けるでしょ。カラオケ行こうよ」

終電に乗れるなら、と箱理は答えた。

「まだまだぜんぜん大丈夫だよー」

薄い和紙を、くしゅっと丸めたみたいな新垣さんの笑顔だった。

イッパイ倶楽部を出て新垣さんと連れ立ってトイレに寄ったとき、「これは貴重だよ」と、新垣さんは言った。沼田工場長と一緒に飲みに行けるなんて、と。聞けばこれまで一緒に飲んだことはないという。歌が上手というのは、人づてに聞いたということだった。

「今までの工場長は本社からの出向だったけど、沼田工場長は高卒の叩き上げだからねー」

新垣さんは鏡を見ながらそう言い、パウダーを軽くはたいてリップクリームを塗った。「秋山さんも使う？」と、化粧ポーチを差し出されたが、箱理は首を振って丁重に断った。朝のメイクは続いていたけれど、化粧直し用のメイク道具を持つことまでは、考えが至っていなかった。

外はまだ明るさを残していた。門先にいたマイクロバスの運転手さんが、いいですよ、と言って、四人を駅近くのカラオケボックスまで送ってくれた。

「とりあえず二時間でいっか」

新垣さんと山之内さんが受付をしている間、箱理と沼田工場長はミラーになっている壁の前に立っていた。

「秋元さんだったよね」

「秋山です」

箱理が訂正すると、沼田工場長は、これは大変申し訳ない、と言って頭を下げた。

「あてられましたか」

「なんのことでしょうか」

沼田工場長の表情が一瞬無防備になった。

「なんだよ、山之内。秋元さんに言ってなかったのかあ」

秋山です、と訂正しようか迷ったが言わなかった。沼田工場長は、すでに山之内さんの肩に腕をまわしてなにやら話している。

箱理はミラーに映っている自分の姿を眺めた。ミラーにはほの赤い顔で、右肩にどす赤色のゆでダコをのせている姿が映っていた。いつもの襟つきのブラウスがクリーニングに間に合わなかったので、今日は襟元が開いた白地のブラウスだった。顔と身体のバランスがおかしいような気がした。ろくろっくびのようだと箱理は思った。

指定された部屋に入って食べ物や飲み物を注文し、各自の飲み物がそろったところで、新垣さんが「ごめんねえ」と謝った。

「先に言えばよかったね」

山之内さんも、ごめん、と謝る。

「あたしたち、来月結婚するのよ」

そういうことは早く言わなくちゃなあ、と沼田工場長が口をはさむ。

「謝る必要はありません。おめでとうございます」

箱理はゆっくりと頭を下げた。それから乾杯をして、新垣さんが「秋山さんの歌が聞きたい」と言うので、お祝いの意味を込めて、『てんとう虫のサンバ』をうたった。ずいぶん昔、親戚の披露宴に出席したとき、母親がこれをうたっていたのを思い出したからだ。

箱理は子どもの頃、合唱団に入っていたので、地声というものをうまく出せず裏声で終始することになった。新垣さんと山之内さんはとんでもなく喜んだ。いつのまにかマラカスとタンバリンを持っての拍手喝采だった。

「いやあ、感動しましたよ、秋元さん」

沼田工場長が愉快そうに笑った。おやっと箱理は思って、まじまじと沼田工場長の顔を見た。口角だけでなく、本気で笑っているようだった。普段は、わざと険しい顔でいようとしているのだと思った。

箱理は沼田工場長の顔を仔細に眺めた。黒目がふるふるとこまかに揺れていた。目じりの二本のしわとほうれい線が絶妙だった。歯並びがよかった。眉間には形状記憶のしわのあとが刻まれていた。秋元、という名前の訂正については、もうどうでもよかった。

沼田工場長は噂どおり歌がうまかった。演歌から歌謡曲、ニューミュージック、海外のヒットチャートまで、お願いすればなんでも歌ってくれた。

新垣さんは音痴だからと、聞くに徹していた。山之内さんはその重厚な声に期待するほどではなかった。

箱理は甘いカクテルを飲んだ。トイレに立ったときに足元がふらっとして、隣にいた沼田工場長が箱理の腕をつかんだ。

「大丈夫ですか」

と、沼田工場長が言い、

「だいじょうぶです」

と、箱理は答えた。

我慢していたわけではないけれど、おしっこはきりなく出た。酔ってはいたけれど、おしっこの勢いに強弱をつけることはできた。箱理は、中学の頃のＵＦＯ事件をまた思い出した。おもらしをしてしまった、同級生の男の子。甘酸っぱさが口腔内を満たし、おしっこがもっと出るような感覚になった。

放尿後部屋に戻って、箱理はぼんやりと歌を聞いていた。目の前にウーロン茶があったので飲んだ。

「うたって、うたって」

と言われたので、再度『てんとう虫のサンバ』をうたった。さっき以上に盛り上がった。

「もっとうたってよ」

と言われ、箱理は「流行りの歌を知らなくて」と返答した。

「じゃあ、九〇年代は？」

箱理は首を振って、歌謡曲は苦手なのです、と伝えた。

「じゃあ、アニソンは？」

アニソンという言葉自体を知らなかったので、箱理は、すみませんと謝った。

「じゃあさ、童謡とかは？」

箱理が答える間もなく、『こいのぼり』の前奏が流れた。

「ほらほら」

マイクを渡された。

「これならいけるっしょ」

と拍手をされ、箱理は裏声で朗々とうたいあげた。続いて『かもめの水兵さん』をうたった。大いに盛り上がった。『荒城の月』と『翼をください』をうたい、誰かが「ゴスペルは?」と言い、『アメイジング・グレイス』をうたいきった。

盛大な拍手が響いたところで、突然勢いよくドアが開いた。

「秋山さんっ! なにやってるの!」

大きな声で叫ばれた。見ればそこには新垣さんが立っていた。

「うそでしょ! やだ、信じられないっ!」

新垣さんは呆然とした表情のあと、両手で顔を覆った。それから「ぶはっ」と噴き、天を仰いで大笑いしはじめた。部屋のなかの人たちも一緒になって、いっせいに笑い出した。

「だってまさか、こんなところにいるなんて!」

新垣さんがドアを開けたままお腹を抱えていると、そのあとから山之内さんと沼田工場長が現れた。箱理は部屋のなかを見渡した。大勢の知らない人たちがいた。

「急にこの部屋に入ってきてウーロン茶を飲みはじめるもんだから、ついでにうたってもらってたんです」

見知らぬ若い男の子が言う。

「すみませんでした」

新垣さんと山之内さんと沼田工場長が、次々と頭を下げた。

「おねえさん、歌うまいっすよ！　また来てね」

マラカスをしゃんしゃんと鳴らされ、箱理は「大変ご迷惑をおかけいたしました」と深々とお辞儀をして部屋を出た。

「トイレに行ったきり戻ってこないからどうしたのかと思って、みんなでさがしてたんだよー。まさか部屋を間違えてるなんて。しかも、それに気付かないでうたっちゃってるなんてー」

「すげえよ、秋山さん。まじすげえ、ほんとすげえ」

山之内さんが興奮したように言い、沼田工場長は「無事でよかった」と言った。箱理は改めて深く頭を下げた。

沼田工場長は、はじめて見せるような顔をしていた。通勤時、ニューファンドランドのカナコちゃんをさんざんなでたあとに、カナコちゃんがくーんと鳴いて箱理を見送るときの表情に似ていた。

痩せた身体に固そうな筋肉。白髪が混じった短い頭髪。

「禁煙中だったけど、さっき新しいやつひと箱買っちゃったよ」

沼田工場長が言った。目尻の溝が長く伸びて鼻の頭にしわが寄った。つぶさに、すっかり、ぜんぶ、本気で笑っていた。

「でもまあ、今日はたのしかったな」

沼田工場長が言い、最後はなぜかみんなで握手をし合っての解散となった。


「ハコリちゃん、すっかり有名人ねえ」

六枚切りの食パンに黒ごまペーストを塗りながら、ゆきのさんが笑う。ゆきのさんの今日の昼食は、食パン二枚とミートボールとオレンジ一個だ。ミートボールは真空パックされた三個入りだ。さきほど電子レンジで熱を通した。ゆきのさんは今、社内報を読んでいる。

五月も終わりに近づいてきて、昨日、今日と汗ばむ陽気が続いている。窓の外にはきれいな青空が広がり、強い光が机に差し込んでいる。事務所のなかはむんと暑く、窓のブラインドを下げたかったけれど、下がっていたブラインドを「きもちいいー」

と言って上げたのはゆきのさんだったので、箱理は黙っていた。

箱理のカラオケ事件は、あっという間に雪見堂全社員に知れ渡った。なぜなら、雪見堂の社内報に掲載されたからだ。インタビューを受けたのは、来月結婚を控えている新垣さんと山之内さんだったが、結婚についての話が、いつの間にか箱理のカラオケ事件にすり替わっていたのだった。

「もう、ほんとおかしいんだから。ハコリちゃんは」

ゆきのさんが、目尻にたまった涙を拭う。

「沼田工場長って」

「ん、なに？　沼田工場長がどうかした？」

箱理の言葉にゆきのさんが顔をあげる。

「沼田工場長っておいくつでしょうか」

「五十二、三じゃないかしら」

「工場長になる前はどこの部署にいたんですか」

「ライン業務を長い間やっていて、それから主任になって係長になって。ええっと、去年までは確か、設備管理部にいたんじゃなかったかな。設備管理部の部長」

「そうですか」

社内報には、沼田工場長談として「まいりました」と、ひと言掲載されている。沼田工場長の顔写真入りだ。細面の顔はやはり、笑っているように見えて笑っていなかった。沼田工場長の隣には、箱理の写真も掲載されている。入社当時の集合写真を引き伸ばしたようで、きめが粗かった。襟つきのブラウスを着ているのでろくろっくびではなかったけれど、限りなく鳩っぽかった。

「ご結婚されているのでしょうか」

「え？　結婚って？　沼田工場長が？」

「はい、そうです」

ゆきのさんは、なあに、へんなこと聞いてえ、と添えてから、

「だってもう、お子さんたちは社会人じゃないかしら」

と、いくぶん遠い目をして言った。

「早いわよねえ、ほんと。子どもの成長って驚異だわよ」

箱理は、ミートボールを口に入れた。偶然にもゆきのさんと同じおかずだった。昨夜の夕食は、鶏ひき肉と玉ねぎのみじん切りをこねて揚げたものを、塩でそのまま食べたけれど、お弁当箱に詰められたものには甘辛く味がからめてあった。

沼田工場長はどんな家に住んでいるのだろうか。築二十年の木造二階建て。４D

K。二階の二部屋は息子と娘の部屋で、残る六畳間を自分の書斎として使っている。寝るところは一階の和室。朝起きるとまず新聞を取りにいって、緑茶を飲みながらダイニングテーブルで目を通す。朝ごはんは基本和食で、食後には必ずコーヒーを飲んで一服する。

趣味はなさそうだ。釣りもギャンブルも園芸も似合わない。仕事ひと筋。禁煙中と言ってはいたけれど、たばこは切り離せない。床屋はひと月に一度、近所の馴染みの店に出向く。お酒は好きだけど悪酔いはしない。アセトアルデヒドの分解能力は高い。たとえ二日酔いになったとしても、おくびにも出さない。朝は六時起床。就寝は二十三時半。

「……だわ。聞いてる？　ハコリちゃん」

「はい？」

見れば、ゆきのさんはほとんど食べ終わっていた。箱理は、箸を刺したまま弁当箱から転がり落ちたミートボールをいそいで口に入れ、たれが付着した机の上をティッシュで拭った。

「離婚したと思うわ」

「……はあ」

「沼田工場長、確か何年か前に離婚したんだったわ」

箱理の身体がびくっと動き、思わず腕がつっぱってキャスターつきの椅子ごとうしろに持っていかれた。背後にあった机に、かちゃんとぶつかる。

「なにやってんの、ハコリちゃん。大丈夫？」

沼田工場長が吸っていたたばこのパッケージが、箱理の脳裏に、暴力的なまでの強烈さで映し出された。こうしちゃおられないような気分だった。

「そうだ、まずはお弁当を食べなければ」

箱理は生真面目な声色でそう言った。

「やだあ、なに言ってんの、ハコリちゃん。おっかしい」

ゆきのさんが笑う。

そうだ、仕事をしなければ。

試作表を作成しなければ。

開発をがんばらなければ。

安藤さんからの依頼品『moon walk』を成功させなければ。

箱理はてきぱきとお弁当を口に運びながら、強くひたむきにそう思った。

「恋しちゃったのねえ」

タコリの声が、どこか遠くで聞こえた気がした。

5

ウレシイ。ウレシイ。
明日ハ、待チニ待ツタ結婚式。
愛シイアノ人ト、ヤウヤク夫婦ニナレル。
御父様ガ買ツテ下サツタ、花嫁衣装。
角隠《ツノ》シノ下ノ、純粋無垢。
白粉《おしろい》ハタイテ、紅ヲサス。
アノ人ノ為ニ、誰ヨリモ　美シイ花嫁ニナリタイ。
誰ヨリモ綺麗ナ姿デ、明日ヲ迎ヘタイ。
ワタシハ、コノ世デイチバンノ幸セ者。

秋山ヨシエは日記をつけている。ひそかに。人目をはばかって。
しかしここ最近は、なにか特別なことがあったときのみの記録程度だ。近年は、もっぱら愛すべき孫たちのことで終始している。

今理、箱理、万理。目に入れても痛くないほどのかわいい孫たち。

ヨシエは三人の孫の結婚式に出席することを、人生の最終目標としている。ゆえに就寝前、ヨシエはベッド上で端座《たんざ》し手のひらを合わせる。手を合わせた先に、はっきりとしたビジョンがあるわけではない。神でも仏でも他界した身内でもいい。とにかく自分よりも力がありそうなものに向かって手を合わせる。ときおり強烈な存在感を放って、亡くなった夫がおどけた様子で現れるが、ヨシエは「あっちへお行きよ、シッシ」と追い払う。


――孫たちが健康で幸せに過ごせますように。願わくば、それをわたしに見届けさせてくださいますように。なにとぞ、なにとぞ、よろしくお願いいたします――


「秋山さん、商品開発部の安藤さんから電話が入ってます」

処方開発したサンプルデータをまとめていた箱理は、エクセル画面を上書き保存し、受話器を取ってランプのついている外線ボタンを押した。

「はい、秋山です」

「お疲れさまです、商品開発部の安藤です」

「お疲れさまです」

と箱理が言い終わらないうちに、ぐふっ、と、犬がくしゃみを失敗したような声が届いた。箱理が耳を澄ましていると、もう一度「ぐふっ」と聞こえた。それきりなんの音も聞こえてこない。

「どうかされたのですか。もしもし、安藤さん？」

少しの間のあと、ひーっと息を吸い込んだような音がして、

「どうもしないですう」

と返ってきた。

「なんだかおかしくなっちゃってぇ」

どうやら笑っていたらしかった。箱理は詰めていた息を長く吐いた。

「あれ？　もしかして怒った？」

「いいえ、怒っていません」

「ごめんごめん、ごめんなさいね、秋山さん」

向こう側の状況がつかめないので、箱理は受話器にじっと耳を押し当てて黙ってい

た。

「わたしね」

「はい」

「わたし、秋山さんとならできそうな気がするの」

箱理がそのまま押し黙っていると、もしもし、と早口できた。

「ちょっと、聞いてるの？　秋山さん」

「聞いています」

「『moon walk』のことよ」

箱理はふた呼吸ほどあけてから、はあ、と返した。

「わたし、なんだか秋山さんとならやれそうな気がするの。二人でやれば、すばらしい商品ができるんじゃないかって、今、突然そう思ったのよ」

箱理は黙って聞いていた。

「ねえ、がんばろっ！　絶対いい商品できるわよ。絶対売れる！」

箱理が唾を飲み込む間もなく、安藤さんが続ける。

「わたしね、これまでになかったものを作りたいの！　肌って基本でしょ、ファンデって基本でしょ！　ファンデがいいとポイントメイクの印象だってぜんぜん違ってくるのよ。あ、この人、きれいな肌してるな、輝いてるな、って道行く人が振り返るようなファンデを作りたいの！　すばらしいでしょ！　すんばらしいわよね！　ちょっと、ねえ、聞いてるの？　秋山さん」

「聞いています」

「今、まったくべつの案件をやっつけてたんだけどね。なんだか急に、まるで天啓みたいに『秋山さんとならできる！』って、なにかがこう、おりてきたわけ」

天啓、と箱理はつぶやいた。

「そうよ、天啓。天からの啓示、神様の思《おぼ》し召《め》し。モーゼの十戒よ」

箱理は少し考えてから、

「モーゼの十戒とは？」

と質問した。

「ええ？　やだ秋山さん、知らないのお？　ほら、海が裂けるあれよ」

「それは知っています。『葦《あし》の海の奇跡』のことですよね。でもそれと今の話とどういう……」

「あしのうみ？　なにそれ？　わたしが言いたいのは天啓ってこと。海が裂けて道ができるように、わたしたちの前にも道が広がっていくってことよ。そういうことを言いたかったわけ」

「はあ、そうですか。なるほど」

「ねえ、秋山さんってガム食べたことある?」

　それはガムを噛むという行為のことなのか、それとも噛んだあとのガムを飲み込むことを指しているのかがわからなかったので、すぐには答えられずにいると、

「秋山さんとガムって、全然合わない気がしたから」

と安藤さんは言って、豪快に笑った。それから、最近のガムは持ちがいいわよね、と続けた。

「姉がベリーダンスを習いはじめました」

これだけは安藤さんに伝えなければならないと思っていたので、忘れないうちに箱理は報告をした。

「どこで？」

「わかりません」

「お姉さん、きっと、うまく、なるわ」

安藤さんは、文節で区切るように言った。

「ま、とにかくそういうわけだから、『moon walk』どうぞよろしくです。それを伝

えたくて思わず電話しちゃったの。もうさ、どうしても今すぐ秋山さんに伝えたくなっちゃって。また近いうちにそっちに伺います。なにかが見えてきた気がするの。じゃあ、そういうことで。失礼しまーす」

電話はごくあっさりと切られた。箱理は受話器を持ったまま、つーつーというビジートーンを五回まで聞き、フックボタンを押した。

事務所の窓の外は、明るい色の薄曇りだった。クリーム色の薄い雲が空を覆《おお》っている。今週中には梅雨入りするだろうと、天気予報で言っていた。

箱理は、担当している五つの処方のうち、二つの開発をすでに終えていた。ひとつは『Lady Lady』で、もうひとつは以前から継続担当しているシリーズものだ。

今とりかかっているファンデもこれまでのシリーズものなので、大きなつまずきはないと思われる。次に控えているものは新しいブランドだが、美白効果をうたったものので成分指定されているので、難しい問題はないと予想している。

処方が完成するまでに、一つの商品に対して試作品を五十から、多いときには百ほど作る。最終決定した処方以外の試作品でも、今後べつの依頼内容に合うこともあるので、出来がいいものについては捨てずにとっておくこともある。

ここのところ、箱理は遅くまで残業していた。『moon walk』以外の処方開発を早急に進めて、残りの時間をすべて『moon walk』に使いたかった。

今の安藤さんからの電話の余韻が、箱理をおぼろげに包んでいた。安藤さんもなにかしら心に思うことがあるのだと、共感めいた、あるいは共犯めいた気分になった。

安藤さんとはあれから何度か打ち合わせをしたが、安藤さん自身、自分の理想を具体的に言葉にできないようだった。気を抜くと、いつのまにか魚が空を飛んでいるような風景のなかにいることが多い箱理だったが、他者から放たれる抽象的な言葉を、明確なビジョンに置き換えることは困難だった。よって『moon walk』の開発も中途半端になってしまい、ファンデの基本品質まで持っていけない状態が続いていた。

箱理は先日、二つ目の担当商品のスケールアップ試験のため工場に出向いた。カラオケ事件後初だったので、いろんな人に声をかけられた。沼田工場長は、静岡の営業所に行っており不在だった。

沼田工場長のことを考えると、箱理は自然と背筋が伸びた。トイレで用を足しているときや風呂場で洗髪している最中でさえ、みっともない真似はできないと、やけに真摯な気持ちで放尿したり、シャンプーを泡立てたりしてしまうのだった。やるべきことを正確に、いやそれ以上のプラスアルファをもってやり遂げなければならないと、妙な使命感が箱理を沸き立たせ、突き動かしていた。

「秋山さん、はりきってるねえ」

振り向いた瞬間、ぎょっとした。ファンデチームのリーダーである西小路さんがシートマスクを顔にのせている。白い顔というのは人を驚かせる。

「使用評価頼まれてるんだけど、これ結構いいよ。毛穴がきゅうっとなって、肌荒れが落ち着く。秋山さんもぜひどうぞ」

箱理がうなずくと、

「やりがいだね」

と、箱理の背中でなにやら手を動かした。

「なんでしょうか」

「ほら、やりがい、だよ。やりがい」

意味がわからずに呆けていると、通りかかった吹石部長が、

「古いんだよ」

と、ひとこと言って去って行った。

「ははは一。昔こういうコマーシャルがあったんだよ。やりがい、ヤリガイ、ヤリ貝ってね」

ヤリ貝という、ヤドカリのようなものを言っているらしかった。

箱理は以前、西小路さんに「やりがい」について言及されたときの、あのまっさらな感覚を思い出した。透明度の高い湖で、虹色の魚が高く跳ねた瞬間のような気持ち。あれ以来「やりがい」という言葉は、常に箱理の心にぶら下がってはいたけれど、ここにきてさらなる意気込みが箱理を押し上げていた。それは多分に、沼田工場長の存在が関係していると思われた。

「あ、今は『やる気スイッチ』っていうのかなー。って、それも古いか。まあ、いいや。秋山さんのスイッチはどこかなー」

西小路さんは、背伸びをして右手を額にかざすようなジェスチャーで、箱理の頭頂部あたりを眺めた。

「がんばりたいと思っています」

西小路さんがシートマスクをつけたままの顔で、「イエーイ」と親指を立てた。箱理は軽く会釈して見送った。

「やっぱりあたし、あの人好きだわー」

タコリが右肩でぴょんっと跳んだ。

最近、ゆきのさんのメイクが完璧になっている。完璧というのは、箱理から見ての完璧さであり、それは単純に、メイクに関するおおよその工程を行っているということだった。つまり、ファンデ、チーク、口紅、アイブロウ、アイシャドウ、アイライン、マスカラをつけているということだ。出来不出来は関係ない。と言っても、ゆきのさんはメイクがとても上手だ。

「ちゃんとしなくちゃいけないなあって、真剣に思いはじめてね」

ゆきのさんが、丸形の大きなおにぎりを頬張る。

「それにしても、ハコリちゃん。これとっても美味しいわ」

たくさんあるから持ってって、とお弁当箱とはべつのタッパーに母親が詰めてくれた筑前煮だった。

「味がしみてて、こんにゃくが最高。お母さんは本当にお料理がお上手ね。ハコリちゃんもお料理したりするの？」

箱理はしばし考えてから、しません、と答えた。野菜を刻んだりひき肉をこねたりすることは人並みにできる。そののち、炒めたり焼いたり煮たりすることもできる。が、そこに調味料を投入する段となると、まったくのお手上げなのだった。「適量」というのが厄介なのだった。

「わたしも誰かにごはん作ってもらいたいなあ。毎日毎日三食作るのってけっこうきついのよう」

　ゆきのさんは、高校生の長男さんのお弁当も作っている。仕事を持ちながらの家事の大変さは想像に難くないので、箱理は同情的にうなずいた。

　ゆきのさんは化粧をしてもしなくても、ゆきのさんそのものであった。「若く見える」「きれいになる」など、おそらく多くの化粧品愛用者がメイクに求めるそれらの点について、ゆきのさんははなから興味がないように、またはそういう観念をはなから放棄しているように見えた。

　香織ちゃんのメイク前メイク後は、歴然とした違いが見受けられるのに、ゆきのさんは、ゆきのさんという心棒が強すぎて、表面的な細工では太刀打ちできないものがあった。

「そろそろ梅雨ねえ」

　窓の外の雲に覆われた空を見て、ゆきのさんが言った。

　その週の土曜日、ファンデチームのリーダーである西小路さんの試作品、ＢＢクリーム『revive』の実用テストのため、箱理は工場へ向かった。

　実用テストというのはモニターテストのことで、社内から何人かの人を集めて試作品の使用評価及び官能評価をする。社外の一般の人に依頼することもあるけれど、今回は社内でモニターを募ってのテストだった。

日頃から使用評価については、研究部内や商品開発部内で行ってはいるけれど、もっと多くの人に試してもらいアンケートに答えてもらうことで、幅広い評価や感想を聞くことができる。既存の処方をなぞったような試作品に関しては、こうした実用テストをしないこともあるけれど、使用性が未知の処方品や会社が力を入れている商品に関しては、随時行うようにしている。

西小路さんの『revive』は大手医療機関との連携商品で、肌への負担を極力抑え、カバー力の高さ、薄づき、などをコンセプトとしている。実用テストでそのあたりをさらにじっくりと観察し、新たな発見を得られることも期待されるし、また逆にこれまで目につかなかった問題が浮き彫りにされる可能性もある。

箱理は西小路さんに頼まれて、実用テストに参加することを了承していた。研究部からは箱理だけだったが、工場に出向くことは、今の箱理にとって魅惑的なことでもある。

「沼田工場長がいるといいね」

工場へ向かう電車のなか、タコリが箱理の頬を肘《ひじ》（と思われる）でつついた。ばかにされているようで、まったくおもしろくなかった。

「ゆでダコ」

箱理はひと言放ち、目的の駅が近づくごとに牧歌的になってゆく車窓を眺めた。タコリはどうやら口元をとがらせているようだったけれど、日頃からそういう形状なので実際のところはわからなかった。


会議室には、社内から集められたモニターの十人の女性社員がそろっていた。営業部や総務部の社員もおり、なかには新垣さんの姿もあった。

「秋山さんがメンバーに入ってたから、あたしも思わず手をあげちゃった」

新垣さんは来週、結婚式を挙げる予定だ。

運動ができる恰好でということだったので、多くの人はTシャツとスウェット、またはハーフパンツなどにすでに着替えていた。

箱理は昨日、仕事帰りに量販店で購入したグレイのスウェットパンツをはいていた。Mサイズの在庫が切れていたので、Sサイズにしようか迷った末、結局Lサイズにしたところ、思いがけないほど大きく、スウェットのウエスト部分が、みぞおちあたりまで容易にあがるほどだった。筒の部分も、箱理の足が軽く三本は入るような太さだった。

箱理がうしろを向いて、Ｌサイズのウエスト部分のひもをぎゅうっとしぼり上げていたところに、沼田工場長が入室してきた。箱理は後頭部に目がついているような鋭さで、沼田工場長の登場に気が付いたが、どうしても手が離せなかった。

「ご苦労さん」

箱理がようやくひもを結び終わったところで、沼田工場長が本日の予定表を箱理に手渡した。ありがとうございます、と箱理は声を出そうとしたけれど、喉の奥で勝手に「声」がれろれろと行ったり来たりして、ついぞ出てこなかった。

「今日はよろしくお願いしますよ」

今度こそはと、箱理は大きく息を吸ってから、気合を入れて声帯を震わせた。

「あいっ！」

思わぬほど大きな声が出て、沼田工場長がびっくりしたようにあごをひいた。その様子を見ていた新垣さんが「秋山さん、はりきってるう」と笑った。

商品開発部の担当者と西小路さんが、本日の実用テストの流れを説明する。その横で沼田工場長は、耳を傾けながらときおり窓の外を見ている。今にも雨が降りそうな雲行きだ。

「予定表では午後からテニス活動となっていますが、午後は雨の予報なので、予定を入れ替えて、午前中にテニスをしてもらいたいと思います。みなさん、どうぞよろしくお願いいたします」

西小路さんはきびきびと頭を下げたあとで、

「僕もモニターに参加しますんで、よろしくです」

と言い添えた。何人かのモニターから、小さな笑い声と拍手が起こった。


実用テストの内容はいろいろあって、泊まり込みの場合もあり、サンスクリーンの実用テストでは、宮古島で一日十時間を四日間というスケジュールもある。

今日は工場内で夕方まで使用評価、官能評価のテストを行う。試作品をつけた状態でテニスなどをし、身体を動かしたあとのファンデの具合を観察する。汗や皮脂によって、どの程度よれたか、持ちはどうかなどを調べる。

工場内には、テニス部のテニスコートが二面ほどある。雪見堂工場の福利厚生施設は非常に整っている。敷地内の緑化運動にも積極的に取り組んでおり、緑化優良工場として表彰されたこともある。

「秋山さんって、テニスしたことある？」

新垣さんに聞かれ、「ありません」と箱理は答えた。

「あたしも得意じゃないの。一緒にやろうね」

言いながら新垣さんは、スウェットのひもをいつまでもいじっている箱理に気付いて、腰をかがめた。

「やってあげるよ」

膝を床につけた新垣さんが、箱理のウエスト部分のひもに手を伸ばす。先ほど沼田工場長の登場の際、どういうわけかきつくこぶに結んでしまったのだった。箱理は恐縮しながら直立不動の姿勢で、新垣さんが自分の股間付近で作業するのを見守った。

モニター十人の年齢は二十代から五十代までと幅広い。クレンジング洗顔後、化粧水で肌を整え、試作品の『revive』を顔にのばす。乾燥肌の人には乳液までの使用をすすめる予定だが、内容は化粧水だけで充分な成分となっている。

箱理たちは会議用の長机に一列に並んで座り、まずは髪につかないようにヘアバンドで額にかかる毛を持ち上げた。蛍光灯の昼光色は、十人の女性陣の顔を容赦なく隅々まで照らし出し、本来の顔以上の生顔《なまがお》を浮きあがらせる。

「モニターなんて絶対いやです。そんなの絶対できないです」

香織ちゃんはそう言っていた。

箱理は自分の顔をまじまじと眺めた。鏡のなかの箱理は、白日のもとにさらされた瀕死の鳩のようだった。

「恋をするときれいになるって言うよね、ふつう」

「黙って、ゆでダコ」

箱理の突然の発言に新垣さんがびっくりして、なあに急に、と笑った。眉毛のない新垣さんはある種のすごみがあり、いつもの新垣さんよりも新垣さん然として見えた。

箱理は改めて、「化粧」というものに思いを寄せていた。少しでも美しく見せたいというのは、女性にとって、いや、人間にとっての文化の第一歩なのではないかと、そんなことを柄にもなく考え、雪見堂の研究部の一員として働いている自分も、少なからず文化的なものにたずさわっているのではないかと、思ったりした。

「鏡見てると、なんだかへこむわー」

新垣さんが言う。それを聞いた何人かのモニターも、口々に鏡のなかの自分の顔に悪態をつく。

「うふふ、みんな理想には程遠いのねえ」

箱理はタコリをにらみつけた。どす赤色のゆでダコは、箱理の視線に気付かないふりをして、蒸すわねえと、手と思われるずんぐりした足をやわらかくしならせた。鼻につく動作だった。

机の上には試作品の『revive』が置いてある。商品開発部の担当者の指示どおりに、各自『revive』を肌にのせていく。

「みんな必死だよね」

新垣さんが箱理に耳打ちする。見ればみんな嬉々として試作品を顔に塗っている。一刻も早く生顔から脱出したいらしい。

「てか、あたしも必死。早くこの無防備な状態から抜け出したい」

新垣さんは慣れた手つきでBBクリームを肌にのばしていった。箱理も不器用ながら、なんとか体裁を整えた。

「西小路さーん。あたし、眉毛だけ描いてもいいですか。自分の顔が不気味過ぎて。江戸時代の年増みたいでしょ」

新垣さんの問いかけに「オッケー、いいよ、新垣ちゃん」と西小路さんが親指を立てる。新垣さんは慣れた手つきで、眉ペンシルでごりごりと眉毛を描いた。

試作品『revive』をつけ終わった鏡のなかの箱理は、首がぐらぐらと動くコケシ人形のようだった。が、そこにはまだ鳩らしさも充分に備わっていた。ろくろっくびはひとまず返上して、ピジョンコケシ、と箱理は自分に命名した。

それから十人のモニターはテニスコートに移動して準備体操をしたあと、軽くコート周りを走ってからラリーをはじめた。

箱理はラケットを持つのもはじめてで、持ち方すらわからなかった。とりあえず振り回してはみたものの、おもしろいくらいに球はかすりもしなかった。

「秋元さん、はじめてなの」

沼田工場長だった。

「そんな先っぽ持ってちゃダメだよ。グリップはこう」

聞けば、沼田工場長はテニス部ということだった。箱理は「秋元さん」と呼ばれることに関して、なんら問題はないと自分の内で結論づけた。

結局、箱理はコートに出ず、つきっきりで沼田工場長のテニス指導を受けることになった。沼田工場長はとても親切だった。初心者の箱理に、懇切丁寧にわかりやすくテニスのいろはを教えてくれた。筋がいいよ、とも言ってくれた。たとえ嘘でも、身体が宙に浮くくらいうれしかった。

沼田工場長が軽く放ったボールを、箱理がようやくガットに当てることができるようになった頃、テニスの時間は終了となった。

「工場長ってやさしいよね」

そう新垣さんに言われたとたん、先ほどまで至近距離で教えてもらっても、いつも通りだった鼓動が、胸を突き破るほどの勢いでばっくんばっくんと波打った。落ち着くまでにしばし時間がかかった。

テニス後、会議室に戻ったモニターたちの汗ばんだ肌を、商品開発部の担当者と西小路さんが仔細に観察してメモをとっていく。額、小鼻、目元、口元。どのくらいのよれがあるか、どの程度保てているか。色みとツヤ、カバー力、汗と皮脂への強さ。西小路さんがやって来て、ピジョンコケシ顔の箱理を観察する。西小路さんの鼻先が、箱理の頬につきそうなくらいの近さだ。

「秋山さんはあんまり汗かかないタイプ？」

箱理はうなずいた。西小路さんがすばやくメモをとっていく。

「ふつう、こんなに近くで肌を見られることってないよねえ。ちょっと恥ずかしいよね」

新垣さんが言うと、すかさず西小路さんが「山之内くんには見られてるでしょ」と返した。

「セクハラー」

西小路さんは、「めんごめんご」と頭をかいた。

まわりを見回すと、モニターの人たちは緊張した面持ちで、観念したようにマネキンに徹していた。

「鼻毛とかうぶ毛とか超気になる。西小路さん、そういうとこ見ないでよー」

新垣さんが言う。それを聞いたとたん、箱理は鼻の下のうぶ毛やら、手入れをしていない眉毛などが異様に気になった。次回、工場に来るまでに、なんらかの手立てをとらなければ、と強く思った。

みんなの顔を観察し終わった西小路さんは、最後、自分の顔をいろんな角度から鏡に映し、脂取り紙を顔に当て、その使用前使用後の様子をこまかにメモした。

西小路さんの顔は皮脂の分泌が多い肌質のせいか、かなりよれていたが、脂取り紙で押さえるとさらりとした感触が戻り、使用性は抜群と思われた。『revive』をつけた西小路さんは、使用前の夏ミカン肌が見事に隠れ、ちょっとしたいい男にすらなっていた。

お昼になり、配られたお弁当を食べはじめた頃、雨がぽつぽつと降ってきた。

午後からはワープロ入力をしたり、卓球（卓球部用の卓球台も完備してある）をしたり、昼寝（眠れない場合はただ横になっている）をしたりし、そのつど使用評価を行った。また重ね塗りをするチームとしないチームに分けて経過観察も行った。

運動が苦手な箱理は卓球もまったくできなかったが、新垣さんは中学時代卓球部だったということでかなりうまく、沼田工場長を相手に鋭いラリーを展開していた。沼田工場長は、どうやらスポーツ全般が得意なようだった。歌も上手だというのに、なんとすばらしいことだろうかと、箱理はひそかに感動した。

実用テストは、朝の九時から始まって十八時半で終了となった。

西小路さんの処方品、BBクリーム『revive』の使用評価は非常に高かった。なにより薄づきのわりにカバー力がすぐれていた。程度によるが、あざやシミなどに悩んでいる人たちへの朗報になるかもしれなかった。

「西小路さん、これから毎日ずっと『revive』つけるといいですよ。そのほうが男前」

洗顔し終わっていつもの荒れた肌にもどっている西小路さんに、新垣さんが声をかける。暗にからかわれた西小路さんだけど、まんざらでもないようだった。『revive』の出来栄えに、とても満足しているように見えた。

「やりがいだよ、やりがい」

西小路さんが背中に手をやり、ヤリ貝のジェスチャーをする。秋山さんとならできる、と言った安藤さんの興奮した声がふいによみがえった。

箱理は沼田工場長に目をやった。喫煙所から戻ってきた沼田工場長は、たばこのにおいを作業着にしみこませて、窓の外を眺めながら缶コーヒーを飲んでいた。禁煙はおあずけらしい。

箱理は、沼田工場長の姿を目にするたびに、これまでの自分がまっさらにリセットされ、さらにひとつ上の階段に足をかけるような、そんな気分を味わっていた。

その日、関東地方が梅雨入りしたことを、箱理は夜のテレビニュースで知った。

「山形のお土産があるから、いつでも都合のいいときにおいでよ」

と、今理に言われていたので、実用テストの翌日に箱理が寄ると、インターフォン越しにあきらかに男性と思われる声が届いて、驚いた。箱理が固まって立ちつくしていると、

「ごめんごめん」

と今理がドアを開けた。

「来客中？」

そうたずねた箱理の問いに答えたのは、目の前にいる今理ではなく、今理の後方に構えている男性だった。

「すいません、お邪魔しています」

男性は、今理の背中越しににゅうっと顔を出した。上半身が裸だった。とっさに目をそらすことができず、箱理の目は男性のあらわになっている素肌に釘づけとなった。うずを巻くように、胸毛及び腹毛及びへそ毛が生えていた。

「まあ、入ってよ」

今理に促されて、箱理はおずおずとなかに入った。今理はいつものロングTシャツを着ていた。男性はてろてろとしたハーフパンツだけを装着していた。箱理はやはりその男性の、胸毛及び腹毛及びへそ毛に目を奪われた。箱理の頭に、これはもしや彼本来の皮膚ではなく、なにか巧妙で特殊なTシャツではないだろうかという疑念が湧いた。

「こちら、巣鴨《すがも》さん」

今理に紹介された男性は「巣鴨です、よろしくお願いします」と頭を下げた。頭頂部の髪だけほとんどなく、先端部分がいやにぴかぴかと光っていた。年齢の見当がつかない。

「もしかして裸族なんですか」

箱理が口にすると、巣鴨さんは、わっは、とひと声笑った。それきり巣鴨さんも今理もなにも言わないので、はたして巣鴨さんが裸族であるか否かはわからなかった。

「裸族に決まってるでしょう。ハコちゃんはほんと鈍感なんだからさあ」

右肩から声がしたが、無視を決め込んだ。

「はい、山形のお土産。こないだ取材で行ってきたのよ」

手渡されたのは、箱理の好物のミルクケーキだった。加糖練乳を板状にした山形名物のお菓子である。

「ハコちゃんって乳フェチだもんね」

乳製品好きの箱理のなかでも、かなり上位にランキングされるお菓子だ。箱理は我慢できずに封を開けて一つ取り出し、ぽりかりと板状のバーをかじった。とたんに口のなかにぶわーっと乳くささが広がって、幸せのあまり泣きたくなったくらいだ。ひさしく食べていなかった。

キッチンカウンターでは巣鴨さんが水道水をコップに注いで、喉を鳴らして飲んでいる。

「今、お茶いれるから」

今理に引き留められたけれど、箱理はそのまま帰ることにした。

玄関先で、箱理は小さな声で「彼氏?」と今理にたずねてみたが、「違うわよう」

と大きな声で首を振られた。

「あの毛は本物?」

箱理がさらに小さな声で聞いてみると、今理はぎゃははーと笑って、

「あの毛が頭にいけばいいのにねえ」

と言った。巣鴨さんが気付いてこちらに来そうな気配だったので、箱理はすばやく会釈して、今理のマンションをあとにした。

外は霧雨だった。傘を差さなくともいいような気がしたがやっぱり差して、しばら
く歩いてからやっぱり閉じた。

「マイナスイオンっぽいね」

タコリが言う。タコリは顔を空に向けて目をつぶっている。それからおもむろに、

「巣鴨さんって、やっぱりイマちゃんの彼氏なんじゃやない?」

と確信めいた口調で言った。箱理が黙っていると、しつこく同意を求めてくるの
で、そうかもね、と返した。

しばらく歩くと大きな公園にぶつかったので、箱理はちょっと寄ることにして、屋

根のついているベンチに座った。ミルクケーキを、どうしてももう一枚食べたかった。歩きながら食べるという行為は、昔から箱理にはできなかった。行儀の問題ではなく技術の問題だ。傘を持っていればなおさらだ。

ベンチの前には木製のテーブルがあった。背後にあるもう一方のテーブルには一組のカップルが、つがいの小鳥のように身を寄せ合っている。

箱理は山形土産のミルクケーキをいつくしむようにしてかじり、続けざまに三枚のミルクケーキを食べた。口腔内にミルクの甘味が広がった。箱理は目を閉じて、ゆっくりと余韻をたのしんだ。

すっかり満足して、箱理が席を立って歩き出したとたん、タコリがベンチを振り返って、

「あのカップル、チュウしてる」

と耳元でささやいた。箱理は軽くあしらって、振り向かずに歩いて行った。

たまには買い物でもしようと、自宅の最寄り駅を二つほど越えた大きな駅で、箱理は降りた。夏に向けて、白くてつばの広い帽子が欲しかった。日傘は苦手だった。なるべく手はあけておきたかった。

箱理は駅から十分ほどの場所にある、帽子専門店に向かった。少し雨足が強くなっ

てきたので傘を差した。雨の景色のなか、なにも考えずに左右の足を順に繰り出していると、クラクションの音が大きく響いた。そのまま歩いていると、再度、プップー、と聞こえた。あきらかに箱理に対して、なんらかの意思のあるクラクション音だった。あたりを見回すと、箱理が歩いてきた後方に一台の車が、ハザードランプを点滅させて停まっていた。

箱理は五メートルほど戻った。助手席側の窓が開け放たれていて、見れば運転席から身を乗り出すようにして、見知った女性がこちらを見ていた。

「クキコさん」

「箱理さん、こんにちは」

クキコさんが、白い歯を見せて微笑んでいた。

「つい嬉しくなってクラクション鳴らしちゃいました。ごめんなさい」

いいえ、と箱理は答えた。と、そのときゆっくりと後部座席の窓が下りた。

「娘がいつもお世話になっております」

クキコさんのお母さんだった。

「どうぞ。どうぞどうぞご一緒に」

クキコさんのお母さんは逆方向に歩いていた箱理に対して、相乗りすることをおお

いに勧め、箱理が帽子屋（そういう店の名前だ）に行く旨を伝えて断ると、

「今日は『帽子屋』お休みですよ」

と、運転席のクキコさんが申し訳なさそうに教えてくれた。言われてから、「帽子屋」は日曜日が定休だったことを箱理は思い出した。

「どうぞ。どうぞどうぞ、ご一緒にどうぞ」

クキコさんのお母さんに再度熱心に勧められ、箱理はクキコさんの運転する車に乗り込んだ。プリザーブドフラワーを習いにいくお母さんを、クキコさんが駅まで送る途中らしかった。

「近いうちにご挨拶に伺わなければと思っていたんですよ。まさかこんなところでお会いできますなんてねえ」

クキコさんのお母さんの顔は、万理が言ったとおり白かった。いや、白いというよりはキミドリ色に近かった。

クキコさんのお母さんからは、きつい香水の匂いがした。学校などにある緑色の液体せっけんのような香りだった。液体せっけんの香りとベビーパウダーのような粉っぽい匂いが混ざって、車内はひと昔前の病院のような匂いだった。

箱理は雪見堂研究部の研究員の目で、クキコさんのお母さんの顔を盗み見た。グリ

ーン系の下地クリームを、厚く塗っていると思われた。その上に白粉をふんだんにはたいているようだった。アイラインは強く眉毛も太めで口紅は真紅だった。まつ毛に細工はしていなかったが、白粉がかかって白くなっていた。はっきり言ってしまえば雑なメイクだった。

服装はきわめて一般的で、グレイのパンツにクリーム色の無難なブラウス、その上に黒いカーディガンを羽織っていた。

「わたくしども、本当に秋山さんには心から感謝してるんですのよ。クキコと結婚してくださるなんて、ほんとにもう、なんとお礼を申し上げればいいのか」

クキコさんのお母さんが声をつまらせたので箱理は身構えたが、泣いているわけではなさそうだった。そういうしゃべり方なのだった。

「お母さん、着いたわよ」

クキコさんの声に、後部座席の二人は姿勢を正した。

「それではお先に失礼いたします。また改めましてご挨拶に伺いますので、今後ともどうぞよろしくお願いいたします。お父様、お母様にくれぐれもよろしくお伝えくださいまし」

クキコさんのお母さんは丁寧に頭を下げ、「どうもありがとう」とクキコさんに言って、ゆっくりと駅構内に向かって歩いていった。

しばし、ぼけっと後部座席に座っていた箱理だったけれど、自分も降りることに気付き、腰を浮かせたところで、

「箱理さん、お時間ありますか」

とクキコさんにたずねられた。時間はあったので、ありますと答えた。

「コーヒーでも飲みませんか」

クキコさんが上体をひねって、後部座席の箱理を見た。なんだか明るい表情だった。箱理はクキコさんの目を見つめてから、うなずいた。

車で少し走って、国道沿いにあるファミレスに入ることにした。クキコさんは手動運転装置が装備されている車を操作し、身体の向きを変え、慣れた手つきで両足を抱えて、先におろした車いすに速やかに移動した。その間、箱理は傘を広げて運転席側に立ち、しきりに感心しながらその様子を見ていた。

「行きましょう」

クキコさんは自分でどんどん車いすを操作して、店に入っていった。箱理のほうがもたついていた。

「すごいですね」

席に着いて箱理が言うと、

「車のことですか、母のことですか」

と返ってきた。

「今わたしが、すごいですねと言ったのは、クキコさんの車の運転と、降りる際の手際のよさについてです」

箱理は、自分は運転免許証を持っていないことを告げた。クキコさんは箱理の目を見てうなずいてから、通りかかった店員を呼びとめた。クキコさんはケーキセットを注文し、箱理はメニューを見たら急に食べたくなったサンドイッチセットを頼んだ。

「車の運転というのは慣れですよ」

クキコさんは言った。この世の中はすべて慣れです、と。

「わたし、箱理さんとこうしてお話ししたかったんです」

「そうですか」

「うちのなか、母が作ったプリザーブドフラワーでいっぱいなんですよ」

「はあ」

「わたしの足が動かないと知ったときから、母はあの化粧をはじめたんです」

クキコさんは続けてしゃべった。

「友達のお母さんたちとはまったく違うお化粧なので、子どもの頃、不思議に思って母に何度もたずねてみたのですが『このほうがきれいなのよ』と言って、まったく取り合ってくれませんでした。ただでさえ車いすが目立つのに、白い顔の母といると余計に目立ちました。まるでチンドン屋みたいでした」

そこでケーキセットとサンドイッチセットが運ばれて来て、クキコさんは話を一時中断した。クキコさんはポットからカップに丁寧に紅茶を注ぎ、ひと口飲んでからガトーショコラにとりかかった。箱理もカフェオレをひと口飲んでから、ローストビーフサンドにかぶりついた。

窓の外でさらに強くなった雨が、ザーザーと気持ちいい音を立てている。

「あ、バンちゃんは今日、出張だ」

箱理のつぶやきにクキコさんは笑顔を見せて、

「そうなんです、愛知県の工場に行っています」

と答えた。

それからクキコさんに問われるままに、箱理は昨日工場で行った実用テストのことなどを話した。クキコさんはたのしそうに相槌《あいづち》を打ちながら、箱理の話を聞いていた。ときおり例の慈悲深い微笑みを見せたけれど、おおよその場合は素の表情だった。

箱理は、沼田工場長の口の端だけを持ち上げる笑顔を思い浮かべる。瞬間、きゅいーんと掃除機で吸われたように胸がすぼんだ。いけないいけないと、箱理はすっと背筋をのばす。

「わたし、ヨシエさんが結婚に反対していることについては、それほど悲観していません。はっきり言って、どうでもいいことです」

クキコさんは落ち着いて見えた。

「むしろああいうふうに言ってもらえるほうが楽なんです。みなさんは驚いたかもしれませんが、わたしにとっては当たり前の反応です」

箱理はただ聞いていた。

「ヨシエさんはもうお年です。お孫さんである箱理さんの前でこんなことを言うのは、とても不謹慎で大変失礼なこととは重々承知しておりますが、わたし、ヨシエさんがこの先、何十年も生きられるとは思いません。これから生きてゆく人間のほうが大事です」

それから間を空けて、

「こういう考え方っていけないんでしょうか」

と言った。箱理の頭は混乱した。このような話は、箱理がもっとも苦手とするものだった。

「もしかして明日、いいえ、今日この帰りに、わたしが交通事故に遭って死ぬかもしれません。けれどそういう可能性を言ったらきりがないんです。わたしはこう見えても健康です。望めば子どもも産めると思います。

ヨシエさんは八十六歳です。年老いた人は先に死にます。死ぬ順序というのはとても重要です。老い先短いヨシエさんよりも、未来ある若いわたしたちのほうが大事だと思います。昔からわたしは大多数とか多数決というのが好きです。自分は多数に入れない人間ですが、そういう考え方は好きなんです。淘汰《とうた》されるという表現も好きです。当たり前の自然の摂理、時間の概念、そういう揺るがないものをわたしは好みます。昔から連綿《れんめん》と続いている単純なものこそが、真理だと思うのです」

箱理の頭のなかは、甚だ混濁《こんだく》した。にごりのあるうずに巻かれて、箱理はぐるぐると回っていた。

「万理さんは、どちらかというとマイノリティに重きを置いています。わたしたちはお互いの考え方が違うことをわかっています。愛情とはべつの問題です」

クキコさんがじっと箱理を見つめるので、箱理は、はあ、と返事を返した。

「秋山家のみなさんは、とてもいい人たちですね。聡明で汚れがなくて。わたしは秋山家の一員となれることを、誇りに思っています」

クキコさんはそれからひと呼吸おいて、それでも、と付け加えた。

「それでもわたしはやはり大多数が好きです。一般的であったり、ふつうであることを好もしく思うのです」

わたしが結婚したら、とクキコさんは続けた。

「母はあの白塗りの化粧をやめるかもしれません」

クキコさんは、氷の溶け出した水をぐいと飲んだ。健康的な喉元がつぶさに見えた。

「あの」

箱理は思わず口に出した。

「ヨシエさんの白塗りって、なんだと思いますか」

クキコさんは箱理の目をじっと見据えて、

「取るに足らないことだと思います」

と断じた。

「幸せなお嬢さんの、取るに足らないことですよ、きっと」

信ジタクナイ。信ジラレナイ。

夫ニ、女ノヒトガヰタナンテ。

他ニ好キナヒトガヰルナラバ、ナゼ、ワタシト結婚シタノカ。

アノ人ノ気持チガ、ワカラナイ。

心ガ悲鳴ヲアゲテヰル。

胸ガ今ニモ張リ裂ケサウダ。

助ケテ、助ケテ。愛シイ貴方。

夜毎、枕ヲヌラシテヰル。

涙ノアトヲ化粧デ隠シ、今日モ笑顔デ見送ツテヰル。


蒸した日が数日続いたと思ったら、翌日はいきなりつめたい空気が関東地方を包み込んだ。


「梅雨寒だね」

ヨシエさんが窓の外に目をやる。

「美味しいコーヒーだろ？」

箱理はうなずいた。実際のところよくわからなかったが、牛乳を入れるのがためられる芳香ではあった。

「頂き物のブレンドだけど、はて、なんといったかな、グァテマラとマンデリンとなんだかを合わせたものだって言ってたねえ」

箱理はヨシエさんの顔を見つめた。いつも通りの白い顔だった。ヨシエさんの目尻や口元のしわ、ほうれい線は、白い塗りものを突破してくっきりとした深い刻みをつくっていた。

ヨシエさんは、あの奇襲攻撃以来、めっきり影をひそめていた。父や母に対し、声高に万理とクキコさんの結婚について反対すると思いきや、そんなそぶりはいっこうに見せなかったし、万理やクキコさんと話したり会ったりすることもないようだった。あれ以来、ヨシエさんが会っているのは箱理だけだ。

「みんな元気かい」

「元気だよ」

「なによりだ」

ヨシエさんは満足そうにうなずいた。

「それって、エメラルド？」

ヨシエさんの、左手中指にはめられている大きな緑色の石に目がいった。

「いや、これはアレキサンドライトだと思ったけどねえ」

宝石の価値にはまったく無頓着な箱理であったが、かなり高価なものだと想像できた。

「おじいさんが買ってくれた指輪だ」

「へえ、すてき」

「罪滅ぼしのために買ってくれたんだろうよ。愚かだねえ」

もっと詳細な内容を聞きたかったけれど、ヨシエさんはそれきり口をつぐんだ。

先日クキコさんが言った「幸せなお嬢さんの、取るに足らないこと」という言葉は、箱理の頭に、まるで格言のように立派な額に入ってぴしっと貼りついたままだった。ヨシエさんのこれまでの人生すべてが、取るに足らないことのようにも思えたし、逆に取るに足ることだらけのようにも思えた。

「こないだクキコさんと、クキコさんのお母さんに偶然会ったんだよ」

箱理が言うと、ほうっ、とヨシエさんはあごを上げた。

「クキコさんのお母さん、白塗りのお化粧なの」

箱理の口からは、するりとそんな言葉が出てきた。自分でも驚いたけれど、それを悟られないように、箱理は続けた。

「白っていうより、キミドリ色かな。下地のグリーンが濃いんだと思う。クキコさんの足がいけなくなってから、そういうお化粧をはじめたらしいよ」

箱理は、自分が自分ではないような気分だった。言葉だけが上滑りしてゆき、本来の自分自身とおそろしく乖離《かいり》しているようだった。

「クキコさんが結婚したら、そのお化粧はやめるかもしれないって、そんなふうにクキコさんは言ってた」

ねじを巻かれた人形のようにしゃべる箱理を、本物の箱理は幽体離脱をしたかのごとく天井付近から眺めていた。

「もう一杯飲むかい？」

箱理が答える前に、ヨシエさんは大きな声でお手伝いさんの名前を呼んだ。

「熱いほうじ茶をいれておくれ。それと、あられをいくつか出しておくれよ」

お手伝いさんは迅速に動いて、すぐにほうじ茶と菓子鉢に入れたあられを持ってきてくれた。唇がしびれるほどの熱いほうじ茶は、とても香ばしくて美味しかった。喉元を熱く過ぎて、胃にたどりついた頃にもまだ熱さを残しているお茶のおかげで、箱理の気持ちはすうっと落ち着き、上空を浮遊していた意識も然るべき場所に戻ってきた。

「仕事はどうだい」

箱理は『moon walk』のことを話した。安藤さんとのこと。処方開発の進捗《しんちょく》具合のこと。西小路さんが言った「やりがい」という言葉。安藤さんが言うように、本当にできるんじゃないかという、根拠のない自信がむくむくと湧いてきた。

「そんな顔の箱理を、わたしははじめて見たよ。うれしいねえ」

ヨシエさんは、自慢の歯であられをぽりぽりと嚙み砕きながら微笑んだ。

「誰かの役に立ちたいって、ようやく思えるようになってきたみたい」

言葉はするすると出てきた。さっきの上滑り感はなく、地にしっかりと足を着けて、胸を張って、腕を大きく振って歩いているような心境だった。

「やっと人並みになったねえ。ほら、あられをお食べ。軽くて美味しいから」

箱理は、海苔がまぶしてある親指大のあられを一つ口に入れて、窓の外を眺めた。気持ちいいくらい正当な、直線の雨が降っている。花々は雨を受けて色濃く映り、バラのアーチは主人を待つ従順な生き物のように見えた。

「このあられ、万理が出張先から送ってきてくれたんだ」

いかにも万理らしいと思った。絶妙なしょうゆ風味で、あとをひく美味しさだった。

「あの娘、クキコさんって言ったね」

箱理は小さく首肯した。

「クキコさんのお母さん、そりゃあ切ないと思うよ。かわいい娘の足が不自由になっちまって。顔をちいっとくらい塗ったって、なんの罰《ばち》も当たらないさ」

箱理は仔細にヨシエさんの顔を眺めた。先日クキコさんのお母さんの顔を、雪見堂研究部の一員として観察したように、これまで避けるようにしていたシロシロクビハダの顔を、ヨシエさんの孫としてではなく、ファンデチームの秋山箱理として眺めた。

ベースはいわゆるドーランといわれるものに近い、クリーム状のファンデーション。おそらく鼻筋と額のTゾーンに白色、その他の部分については白に近いピンク系。白粉は、刷毛《はけ》で塗り込めるタイプの歌舞伎白粉のようながっちりとしたものではなく、ステージ用の粉白粉。それをたっぷりとはたいている。

当たり前のことだけど、それは作られた顔だった。シロシロクビハダというのはただのお面であって、今目の前に座っているのは、箱理の大好きな、一心に孝行したいと思う祖母であった。

「ヨシエさんは、なんで顔を白く塗ってるの」

箱理は自分の口から出た、あまりにも不意打ちの言葉に驚愕して、思わずすがるように当のヨシエさんを見た。

「せんないことさ」

ヨシエさんは、ふっと鼻から息を出した。箱理は驚いたようにヨシエさんを見た。答えが返ってくるとは思わなかった。

「わたしは意地っ張りだからねえ」

「意地っ張り？」

「ああ、意地だけでこの年までこうしてやってこれたんだ」

ヨシエさんはおかしそうに笑った。

「意地ってなんに対しての意地？　誰か特定の人に対しての意地？　それとも世間一般に対しての……」

「万理はやさしい子だよ」

箱理の言葉をさえぎるように、ヨシエさんが言う。

「確かにあの子は、クキコさんのことを本当に好きなんだろうよ。クキコさんの足がどうであろうと、そんなことは関係なく好きなんだろうよ」

箱理は黙って耳を傾けた。雨の音が聞こえている。

「あの子は自分が恵まれていることを知っている。生まれ、育ち、環境、容姿。そういうものを偶然の産物だと思ってるんだ。そして自分の置かれた境遇に、わずかばかりの居心地の悪さを感じている。世の中の些細なことに胸を痛めて、少しでも手助けしようと考えている」

ヨシエさんはゆっくりと頭を振った。

「ばかな。なにができる。すべて必然だろ。あの子は世の中の成り立ちを、なにもわかっちゃいないのさ。自分がしかけた罠《わな》にかかって遊んでるだけさ」

少しの間をあけて「ばかな」とヨシエさんは再度つぶやいた。ヨシエさんは、大きな声でお手伝いさんを呼び、ほうじ茶のおかわりをもらった。

今の話は箱理にはよくわからなかった。万理とクキコさんの結婚については、万理が決めたことだけが正しいように思えた。

「うまくいかないもんだねえ」

ずずず、とヨシエさんがほうじ茶をすする。

「運命かもしれないねえ」

「運命？」

聞き慣れない言葉だった。

「穏便に死にたいものだねえ。わたしはじきに死ぬから」

ヨシエさんは、旺盛にあられを口に放った。小気味よい音は、ヨシエさんの生命力の象徴みたいだった。

「わたしが死んだら、この指輪は箱理にあげるよ。遺言書に書いておこうじゃないか」

「ヨシエさんはまだまだ死なないよ」

箱理の言葉に、ヨシエさんは豪快に笑った。

「長く生き過ぎたのかねえ」

それから、くっとあごを引いて、箱理の右肩に視線を定めた。

「お前さんも、そろそろ消えるかもしれないね」

箱理はびっくりしてタコリを見た。タコリはぶるぶると震えて、いやいやするみたいに左右に首を振り続けた。

6

タコリは、秋山箱理の分身であった。そう、かつては。

二十一年前、タコリは誰かに呼ばれたような気がして、つ、と振り向いた。その瞬間、タコリは小学一年生の箱理の肩に座っていた。

箱理はいつでも、ぽかんと口を開けているかわいらしい女の子だった。タコリは一生懸命、箱理の世話を焼いた。箱理は従順で、未来へのすばらしい可能性を多分に秘めていた。タコリは片時も離れず、心血を注いで箱理に尽くした。

箱理が五年生になったある日、タコリはまた誰かに呼ばれたような気がした。振り向くと、自分はすでに茫洋《ぼうよう》とした時間の概念のない世界にいた。形状は違うが、そこには同じような仲間が大勢いた。

タコリたちは、目に見えない、けれど確かにそこに存在する大きな柱のようなもののまわりにつどって、然るべきときが来るのを待った。

どのくらいの時間が過ぎた頃だろう。

「タコリ」

と、懐かしい声がした。立ち上がった瞬間、タコリは箱理の右肩に座っていた。見れば、幼かったお嬢さんは立派な女性へと成長を遂げていた。タコリはうれしかった。わくわくした。

しかし、箱理と再会して早四ヵ月。タコリは最近、どうにも居心地が悪いのだった。


開発も山場を迎え、研究部内は慌ただしかった。箱理は先日、担当する三つ目の商品のスケールアップ試験のため工場に出向き、無事に実験を終了した。新垣さんと山之内さんは新婚旅行でトルコを周遊中であったが、一緒に作業を行った技術開発部の人たちが誘ってくれたので、帰りがけにイッパイ倶楽部に寄った。

例によって、アビコさんが一人、カウンターで飲んでいた。

「おう、あんた」

まさか声をかけられるとは思っていなかった箱理が、気付かずに一杯目の生ビールをちょこちょこと飲んでいると、

「あんただよ、ほら、カラオケの」

といきなり真上から声がした。アビコさんがジョッキを片手に横に立っていた。

「あんたおもしろいんだねえ。今度一緒にどうだい」

そう言ってマイクを持つ真似をして、大きな声で笑った。

「秋山さんです」

と言ったのは、技術開発部のメンバーだった。

「あんた、じゃなくて、秋山さんっていう名前ですよ」

アビコさんはふてくされたように、はんっと鼻を鳴らし、カウンター席に戻った。

「やさぐれてるなあ、アビコさん」

箱理の名前を教えてあげた人が、朗らかに言う。

「あの人、いつもああだから気にしないでね」

詳しくは知らないけど、と技術開発部の人は前置きしてから、

「奥さんに出て行かれてから、世界を敵にまわしてる」

と言った。箱理は、はあ、とうなずいてから、アビコさんはまるでウルトラマンに出てくる怪獣のようだと思った。幼い頃、万理がウルトラマンシリーズに夢中になっていて、箱理も少なからず影響を受けた。登場する怪獣たちはみな、どことなく愛嬌があって、それでいて哀しかった。

それから、新垣さんと山之内さんの披露宴の話となり、沼田工場長がウルフルズの『バンザイ』を歌ったという話題になった。意外な選曲とそのあまりの歌のうまさに、披露宴会場は大いに盛り上がったそうだ。

その曲は知っていたので、箱理の胸はいやが上にも高鳴った。箱理は、礼服を着た沼田工場長がネクタイを少しゆるめ、肩幅に足を広げて目を閉じて、マイクを近づけたり離したりしながら『バンザイ』を歌うさまを思い浮かべた。それは、しんしんと雪の降る夜に、暖かな部屋で膝を抱えて、ちかちかと光る大きなクリスマスツリーを眺めるような幸福な気分であった。

日本酒のようにビールをちびちびと飲みながら、ふと入口に目をやると、ドアがしずかに開いた。

「おう」

と手をあげて入ってきた人物を見て、箱理は思わず心臓が口から出てきそうになり、慌ててビールを勢いよく流し込んだ。沼田工場長だった。

このすばらしいタイミングに、自分はもしかしたら魔法使いかもしれないと箱理は思った。子どもの頃は毎日、自分が魔法使いのような気がしていたが、そんなふうに思うのもひさしぶりのことだった。

「やあ、秋元さん」

沼田工場長が箱理を見つけ、朗らかに声をかけた。

「秋山さんですよ」

技術開発部のメンバーが、即座にそろって声を発した。技術開発部は公明正大で、心根のいい人たちが集まっている。

「ああっ！　ややっ！　これは申し訳ないっ！　すまない秋山さん！　これは大変申し訳ないことをしてしまった」

見ているほうが気の毒になるくらいの慌てぶりで、沼田工場長が頭を下げる。

「以前にも一度聞いたんだ。これは本当に大変失礼なことを。いや、本当に申し訳ない、秋山さん」

沼田工場長が身体を折り曲げるようにして、再度頭を下げる。

「いえ、あの、わたし、秋元にしようと思ってたんです」

みんながぎょっとして箱理を見る。

「秋山より秋元のほうがいいかな、と思いまして。ですので、そのままでよかったんです」

しばしの沈黙のあと、はじけたようにみんなが笑った。

「本当におもしろいなあ、秋山さんは」

誰かが言い、沼田工場長は、伸ばしている小指の爪先でぽりぽりと鼻の頭をかいた。照れているようにも見えた。カウンターに座っていたアビコさんは笑い声に振り向いたあと、しずかに店を出て行った。どことなく、さびしそうだった。


週明け早々、商品開発部の安藤さんと打ち合わせがあった。『moon walk』シリーズには、箱理の担当するリキッドファンデの他にも数多くの商品がある。口紅やアイシャドウ、マスカラなどのポイントメイク商品。ベースメイク類も、リキッドファンデの他にコンシーラー、クリームファンデ、パウダーファンデなどがある。

しかし今回の『moon walk』のベースメイクで商品開発部がイチ押しするのが、箱理担当のリキッドファンデーションだった。リキッドファンデを肌にのせたあとに、仕上げ用のフィニッシュパウダーで軽く押さえるというメイク方法を、前面に押し出していく狙いだ。

「今回のメインはリキッドファンデ！　リキッドファンデとフィニッシュパウダーだけで充分なの。パウダーファンデで厚ぼったくみせたくないの。てりっとさせたいのよ、わかる？　フィニッシュパウダーのほうはさ、ほんとにちょっとだけでいいの。

光の粒さえ入れてもらえればＯＫよ」

　ということで、話し合いの場から早々にフィニッシュパウダーの担当者は席を外した。すでにほぼ完成に近づいているらしかった。箱理のリキッドファンデの処方待ちという塩梅《あんばい》であった。

　席に着いているのは、安藤さんと箱理と西小路さんだ。西小路さんが、僕も同席していいかなと言うので快諾したのだった。

「光をコントロールしたいんです。透明感のある明るさ」

　安藤さんが言う。

「テカってるんじゃなくて、輝きなんですよ。ツヤというよりもシャインなの。で、のびはいいけど引きずらないの。つけるとき、自分の思うところでピタッと止まってほしいのよねえ。で、触感はやっぱり体液が理想」

　体液というところで、西小路さんがぴくっと反応する。

「あ、もちろん凹凸を隠すのは前提です。それがまず基本ですから」

　ふうむ、と箱理はメモをとりながら鼻から息を出す。西小路さんは、真剣な顔つきで二人のやりとりを聞いている。

「とろっとした質感にすると、どうしてものびが良すぎてしまうんですけど」

安藤さんは人差し指を唇に当てて、うーんとうなった。

「新触感のリキッドファンデを作りたいのよね。お客様がリキッドファンデを手のひらに出したときの驚きがほしいの。最初のとっかかりって言うんですか。まずそこで、ぎゅっと女性のハートをつかみたいんですよ」

箱理は、頭のなかでめまぐるしく原材料を取捨選択しながら、

「レインドロップみたいな感じでしょうか」

と口に出した。

「レインドロップってなんだっけ？」

安藤さんが、幼なじみのような気安さで返す。

箱理は目をつぶって考えた。画は浮かぶのに、なぜかどうしてもレインドロップの日本語が思い出せなかった。

「雨のしずく」

と言ったのは、西小路さんとタコリ、同時だった。見事にハモっていた。タコリがうれしそうに西小路さんを見る。

「ああ、しずくねっ」

安藤さんが手を打って、箱理も合点する。

「うん、そうですね。イメージはしずくみたいに、とろっとひとつ落ちる感じかな」

「それって、容器の出し口の形状も関係するのではないでしょうか」

箱理の言葉に、安藤さんは目をみはった。前回の打ち合わせの際、容器グループの担当者も同席していたが、「しずく」という言葉は出ていなかった。

容器グループというのは、容器を設計開発するグループだ。階が違うので、箱理たちとは滅多に顔を合わせることはないが、箱理と同じ研究部に所属する。通常、化粧品を処方開発するほうを研究部①と呼び、容器の設計開発に携わるほうを研究部②と呼んでいる。

研究部①の化粧品の処方開発と並行して、研究部②で容器の形状や材質などの設計が行われ、デザイン部なども一緒に動いてゆく。

「容器グループのほうには、その旨すぐに連絡するわ。『しずく』ね。いいこと教えてくれてどうもありがと」

安藤さんは早口で言った。

「容器グループも大変だな」

西小路さんだった。普段の西小路さんらしからぬ言い方に、箱理と安藤さんは、西小路さんを凝視した。

「安藤さんはさ、ものすごくいいもの持ってるんだけどさ、伝える力が弱いのよ。商品開発部の依頼はさ、あいまいってのがいちばんよろしくないんだ。大事なのは商品のキャッチコピー力。十人いたら十人が同じイメージを持つように、研究部に具体的に伝えないと」

少しの沈黙と、大きな静寂があった。

「あとさ、自分が知らないことを誰かに聞いたりするのは、決して恥ずかしいことじゃないよ」

はじめて見る西小路さんだった。安藤さんが、目をしばしばとさせる。泣いているわけではなさそうだったが、安藤さんは瞬きを繰り返し、あげくマスカラが目にでも入ったのか、人差し指で目頭を押さえた。

「その通りです。出来上がりのイメージは、自分の頭にしっかりとあるんですけど、うまく伝えることができなくて……。ごめんね、秋山さん」

箱理は、条件反射的に顔をぶるんぶるんと振った。

「思い描いたものをちゃんと言葉にすることができなくてすみません。でも、簡単に言葉にしちゃうと、それもなんだか違うような気がして……。

あの、わたし、ずっと美容部員やってて、高卒で学歴もないし、他の人にばかにされないようにって、ちょっとあせっていた部分があるのかな、なんて。自分一人で全部やらなきゃとかへんに思っちゃって。

今回の『moon walk』は、はじめてのブランド商品だから、どうしても成功させたくて。だから、あの、なんか一人で突っ走っちゃってごめんなさいっ！　反省してます。気を付けます。もっともっと勉強します！」

小学校のホームルームで今学期の抱負を宣言する、おてんばなクラスメイトのようだった。

「なによ、かっこいいじゃないの、安藤さん。ふつう、こんなふうに言われたすぐあとに、反省して頭を下げるなんてできないよ。よしっ、がんばろうじゃないの。なっ、秋山さん！　安藤さん！」

こぶしをかかげた西小路さんの言葉に、安藤さんが威勢よく「はいっ！」と返事をした。箱理も慌てて返事を返した。

「これが、西小路マジックなのよ」

タコリが耳元でささやく。

「秋山さんなら、絶対にすばらしいものができる！　わたし本当にそう思うんです。西小路さん、どう思われますか！」

西小路さんは目をぱちくりさせたあと、

「うん、できると思うよ、僕も」

とうなずいた。それから、

「やりがいだねえ」

と、箱理を見据えてにやにやと笑った。


子どもの頃は、梅雨という時季が出口の見えない、長い苔《こけ》むしたトンネルのように思えていたが、大人になってからの梅雨というのは、ところどころワープするトンネルのように感じる。

雨が降ったり止んだりと、はっきりしない天気が二週間ほど続いていたけれど、今朝はさんさんと太陽が照っていた。

「ようやくお布団が干せるわー。リビングの敷物も洗っちゃおうっと」

母親は朝から精力的に動き回っている。

「ひさしぶりの晴れの日ってさ、なんかこう、青春時代のいちばんいいときを思い出さない？」

万理が言う。万理は晴れの日がよく似合う。

購入してからはじめての出番となった、「帽子屋」の白い帽子をかぶって、箱理は家を出た。大きなつばのついた白い帽子をつけた箱理を見て、五十嵐さんちのカナコちゃんは一瞬怪訝そうな目つきをしたけれど、すぐに、ばふんっぱふんっ、と箱理にかけ寄ってきた。

「暑いね、カナコちゃん」

カナコちゃんは先日トリミングをしてきたばかりで、ほとんどむき出しの肢体だった。長い毛のなかに、手や顔をうずめるのが好きだった箱理は多少残念だったけれど、カナコちゃん自身はすっきりしたと感じているようだった。たれ目だった目元や、垂れ下がっていた口元の肉が、きりっとして見える。

「太り過ぎなのよ」

五十嵐さんが言いながら、首にかけたタオルで汗を拭く。無防備なお腹の肉がアスファルトに流れ、だっぷんとしている。軽くたたくと、べちっと音がした。カナコちゃんが抗議するように箱理を見る。

「ダイエットよ、カナコちゃん。わたしと一緒にダイエットしましょ」

カナコちゃんは、ダイエットとは心外だとばかりに、非難がましい目つきで飼い主を見上げた。

「行ってきます」

箱理が立ち上がると、カナコちゃんは、くいーんと鳴き、前脚で空を掻《か》くような仕草をした。

「だめよカナコ。ハコリちゃんがお仕事に遅刻しちゃうでしょ」

五十嵐さんは、寝そべっているカナコちゃんの前脚の付け根に手を入れてマッサージを施し、

「ハコリちゃん！　その帽子、とってもステキよ。すごくよく似合うわ」

と、歩き出した箱理に向かって声をかけた。箱理は、ありがとうございますと会釈して、駅に向かった。

いきなりの夏の陽気なのだった。汗かきでない箱理だったが、帽子のなかからむあむあと湯気が立ち上りそうな熱気だった。梅雨明け後の本格的な夏を思い、目がくらむような感覚になる。

「こんなに暑いと、ゆで上がっちゃう」

すでにゆで上がっているタコリが言う。手と思われる、八本のうちの一本の足をうちわのようにして煽《あお》いでいる。箱理はタコリに目をやることなくそのまま歩いた。

「ねえ、ハコちゃん、最近なんだかつめたくない？　あたし、さみしいのよう」

タコリが目の前を浮遊して、箱理に訴える。

「そこにいると前が見えなくて危ないから、どいてくれる?」

箱理はひょいとタコリを押しやった。

「なんか変わっちゃったな、ハコちゃん。つまんない」

後方からタコリのつぶやきが聞こえたけれど、箱理は歩調を緩めることなく進んだ。

最近の箱理は、タコリの存在そのものを忘れていることが多かった。よって急に話しかけられたりするとひどく驚いて、うろたえてしまう自分がまた嫌なのだった。

そして、自分のほうでは意識していない間も、タコリのほうでは自分のことを観察し続けているのだと思うと、非常に不当な扱いを受けているような感覚になって、知らないうちに大事なものをかすめ取られているような気にすらなってしまうのだった。はっきり言ってしまえば、タコリの存在が憎たらしく、腹立たしい今日この頃だった。

箱理が担当する四つ目の処方も、ほぼ完成している。あとは品質管理部からのGOサインを待つのみだ。そのあと工場でのスケールアップ試験をして、完成となる。

箱理は、残りの時間は『moon walk』だけにじっくりと取り組みたいと思っていた。安藤さんが言わんとしているイメージを、箱理は自分なりに頭に描いた。リオンの『ダンデライオン』の基本ラインはパウダーファンデだけれど、少々厚ぼったく見え、それが原因で古くさく感じられるのが欠点だと言える。化粧直しの頻度も多いと思われる。

箱理は自分なりに『moon walk』のイメージを思い描いた。

桃。

箱理の『moon walk』のイメージは桃だった。

昨日、今年はじめての桃を食べた。父親の音頭で全員が東を向いて、にやにやと笑いながら咀嚼した。箱理を含め、家族全員固いものが好みだった。少し早すぎるというあたりの食感がいい。

父親の知人から送られてきたという桃は、まだほとんど色がついていない状態で、お尻のあたりがほんのりと紅をまぶしたように色づいているだけだった。

光の反射はなかったけれど、箱のなかでちんまりと並んでいる桃を見たとき、箱理は「これぞ！」と思った。その愛らしさ、思わず触ってみたくなる感じ。光を吸収してひかえめに発光するおくゆかしさ。

これまで箱理は、「ツヤ」にばかり気をとられていた。光の反射＝どちらかというとウエットなものという、自分で勝手につくり上げたイメージに縛られていた部分があった。だから必要以上にテカったり、べたついたりしたのかもしれなかった。

「未熟な桃ゆえの、ひかえめで美しい輝き」

箱理は目標をそのように定めた。父親は、箱理が思わず口に出したその言葉に反応して、

「いいねえ、なんだいそれは。なにかのキャッチコピー？」

と指を鳴らし、広告の裏にさらさらと書き取った。

食した桃は、理想通りの固さだった。


「立花インクルの佐古田《さこた》さんに聞いちゃう？」

と箱理に助言したのは、西小路さんだ。

「そういうこと、どんどんしてもいいんだよ」

歯並びのよい白い歯が、気持ちのいい笑顔だった。

処方や原材料選定に関することはなるべく社内で、という暗黙の了解があるが、西小路さんは、社外の人に教えを乞うてみては？　とアドバイスしてくれているのだっ

た。

　立花インクルは、全国にある化粧品原材料を幅広く取り扱っている商社だ。雪見堂が原材料を仕入れるとき、立花インクルのような商社を通す場合もあるし、原材料屋さんから直接購入する場合もある。

　箱理たち研究部員が化粧品の処方開発をする際、たいていはデータベースから、原材料やこれまでの処方をひっぱってきてビーカーワークをするわけだが、既存しないまったくの新しい原材料を、一から作ってもらうこともある。

　そういう場合は、原材料屋さんとの直接のやりとりになるが、もちろん新しい原材料の開発には時間がかかるので、今から『moon walk』のための、新たな原材料開発は望めない。

　箱理が今しなければならないことは、既存の材料のなかから、求めるものにいちばん近いものを選ぶということだった。

「お世話になっております。雪見堂研究部の秋山と申しますが、営業課の佐古田課長いらっしゃいますか」

　立花インクルの佐古田課長には、これまで何度かお世話になったことがあったが、こうして連絡をとるのはひさしぶりのことだった。

「これはこれは、秋山箱理さん！　ご無沙汰しておりました。お元気でいらっしゃいましたでしょうか」

もしもしもなく、佐古田課長は元気のいい声で、箱理に呼びかけた。その穏やかな口調は、親しみのなかにも画然《かくぜん》とした仕事上の線引きがあって、まるで幼いときから長年寄り添った執事のようであった。緊張気味だった箱理の心はやさしくほどけた。

「教えていただきたいことがあるんです」

「はい、どうぞどうぞ。わたくしにわかることならば、なんでもお答えいたします」

箱理は、ロールケーキのなかのフルーツみたいに、ぐるぐるとやわらかな生地で巻かれたような安心感に包まれた。

「リキッドファンデの処方なんですけど、光を調整したいんです。角度によって輝きを変えるように。もちろんこれまでも『光』を目標として、開発したものは数多くあるのですが、今回はこれまでにない『光』を生み出したいんです。テリじゃなくてやわらかな光です。未熟な桃ゆえの、ひかえめで美しい輝き、みたいな」

間髪をいれずに、ほうっほうと、佐古田課長はふくろうのような声を出した。

箱理の入社当時、佐古田課長はまだ三十代になったばかりだった。佐古田が知らない原材料はない、と言われるほどの博識者である。年若く課長になったのもうなずける。

「ございますよ」

と、佐古田課長は言った。

「未熟な桃ゆえの、ひかえめで美しい輝き。ございます」

頭のなかで大きな鐘がガラーン、ゴガーン、カーンと盛大に鳴り響く音を、箱理は聞いた。

佐古田課長は、箱理の胸のうちをくみ取るように話しはじめた。佐古田課長がしゃべること、いちいちが適切だった。

箱理がわざわざ立花インクルに問い合わせをするということは、まず第一に、雪見堂で処方した、これまでの商品には使われていない原材料を求めているということ。そして開発されてまだ日が浅い原材料＝手垢のついていない新しい原材料だということ。さらには、未熟な桃ゆえの、ひかえめで美しい輝き、というコンセプト。

「今パソコンのお近くにいらっしゃいますか」

「はいっ」

「立花インクルの、原料データベースのページを閲覧できますでしょうか」

すでにそのページは開いてあった。

「無機粉体の三ページ目。下から四番目です。製造会社は、昭光製粉工業さん。SW－TRK－2260Pというのがありますよね」

「はい」

「これならば、もしかして秋山さんが求めているものに近い効果が出せるかもしれません」

それから佐古田課長は、SW－TRK－2260Pの特徴について詳細に説明した。聞けば聞くほど思い描いたイメージに近く、すぐにでも使いたくなった。

「早急にサンプルをお送りいたします」

箱理は丁寧に礼を言い、電話口で頭を下げた。

「いつでも言ってください。お声をかけて頂き光栄でした」

佐古田課長の言葉に、思わず鼻の奥がつんときそうになるのをこらえ、箱理は電話を切った。


ゆきのさんが髪を切った。肩くらいまでの髪をいつもひとつに結んでいたけれど、あごのラインに沿ってふうわりとラウンド型のボブになっている。前髪を作ったせいか、前よりもだんぜん若く見えた。

「わたしも切りたくなっちゃいました」

今日は香織ちゃんも一緒に、事務所でお昼をとっている。ゆきのさんと香織ちゃんは、購入した店は違うけれど、偶然にも同じく「冷やし中華」だった。エアコンの設定温度が二十八度だと、冷やし中華はとても美味しい。

「心境の変化ですか」

香織ちゃんが笑顔でたずねる。ゆきのさんは、やだわあ、と言って「暑いからよう」と単純な理由を述べた。ゆきのさんは髪を切っても、やっぱりゆきのさん、その人だった。

箱理は、窓の外の大きな灰色の空に目をやる。雨は降っていない。湿気だけが空を覆っているようだ。箱理のお弁当の中身は、ミニ春巻きとスナップエンドウ、日の丸ご飯だ。

「こうじめじめしてると、いろんなことを放棄したくなっちゃうわね」

ゆきのさんにしては、めずらしいことを言うなあと箱理は思い、かける言葉をさがしたけれど、香織ちゃんがすかさず「わかります！」と首肯したので、思考はとぎれた。

「わたし、今いろいろと考えることがあって悩んでるんですけど、こうムシムシしてると、考えること自体がもう無理なんですよ。あー、南の島行きたい」

香織ちゃんはそう言ってから、

「やだー、『南の島』って言うの自体、頭悪そうですよね」

と、自嘲気味に笑った。

「彼氏とはうまくいってるの？」

「はい、そっち方面は大丈夫です！」

「いいわねえ、若いって」

そう言ったゆきのさんの顔を見て、箱理はまた、おやっと思ったが、香織ちゃんが勢いよく、

「ちょっと聞いてもらっていいですか」

と頬を上気させながら言ったので、関心は香織ちゃんへと戻った。

「わたし、会社辞めようと思うんです」

ええー!? と大きな声を出したのはゆきのさんで、箱理はそのゆきのさんの声に驚いて、肩がびくっと持ち上がった。タコリがよろけて滑り、吸盤で箱理の腕にへばりついた。

「辞めるって、なんでまた」

「わたし、化粧品の処方開発にたずさわりたくて雪見堂に就職したんです。自分が作ったもので、女性たちがきれいになってくれればいいなあって」

うんうん、とゆきのさんがうなずく。

「一から自分で、作ってみたかったんですよ」

箱理も、じっとりと耳を傾ける。

「でも、しょせん、わたしがやってることって、原材料を調合して処方しているに過ぎないじゃないですか」

「うん、まあねえ」

「一から作るってことは、原材料ってことじゃないですか」

あああ、とゆきのさんが、炭酸が抜けたコーラみたいな声を出す。

「元から作ってみたいんです。ベースとなる原材料から、自分で作ってみたいんです」

「それって、原材料屋さんに勤めたいってことだよね」

ゆきのさんの問いに、そうです、と香織ちゃんは答えた。

「そういう話があるの？」

香織ちゃんは、この段になって少しトーンダウンした。上司でもあるゆきのさんに、そんなことをうかつにしゃべってしまったことを苦く思い、反省しているらしかった。

「いいのよ、無理に言わなくても。でもきっと香織ちゃんがそう言うくらいなんだから、すでにそういう話があるんでしょうね」

香織ちゃんはアヒル口を保ったまま、視線を落としている。

「すごいね、香織ちゃん。わたし、そんなこと考えたこともなかった」

箱理は、ほとほと感心していた。

「でもそういうふうに考える人、けっこういるのよ。わたしの同期でも原材料屋さんに行っちゃった子がいるわ」

ゆきのさんの言葉に香織ちゃんが顔を上げる。

「その子も、今の香織ちゃんと同じようなことを言ってたわ。二十八歳くらいのときだったかなあ。やっぱり、根本の材料から作りたいって言ってね。優秀な子だったから残念だったけど、今でもバリバリよ。ほら、東南化学工業の天野《あまの》さん」

「えっ、そうだったんですか。全然知らなかった。天野さんにはよくお世話になっています」

香織ちゃんが、トーンを戻して明るく言った。

箱理は、海のなかから太陽の光をまぶしそうに見上げる、ウミガメにでもなったような気分だった。人の頭のなかというのは宇宙なのだった。

じー、というかすかな前触れのあと、チャイムが鳴った。

「誰にも言わないから安心してね」

ごまダレのゆきのさんが言い、しょうゆダレの香織ちゃんは殊勝に頭を下げた。箱理は慌てて残っていたご飯を口に入れ、梅干しを放りこんだ。梅干しは、こめかみからぴゅーっと水が飛び出してきそうなくらい酸っぱかった。

万理とクキコさんの結婚の準備は着々と進んでいた。

万理は目標に向かって着実に進んでいく。行く手に落ちているどんな小さな小石でも見つけ、事前に拾って然るべき場所に戻し、一歩ずつ前進する。万理がもっとも得意とする作業のひとつだ。

「バンちゃん、あれからヨシエさんには会ったの？」

「まだ。電話はしてる」

「そうなんだ」

「電話だとすごくやさしいんだよ、ヨシエさん。昔話とかするんだ」

「そうなんだ」

「近いうちに行ってみようと思ってる。一人で」

万理が平静を装って言うので、箱理はまた、そうなんだ、と返した。

以前、箱理が偶然クキコさん親子と会ったことは、万理には言っていなかった。クキコさんもどうやら話していないらしく、万理から聞かれることはなかった。

「前にイマちゃんちに行ったら、彼氏っぽい人がいたよ」

巣鴨さんの顔が突如頭に浮かんだので、箱理は万理にそう伝えた。

「へえ、どんな人？」

胸毛がいっぱいある人、と言いたかったが我慢して、

「年齢不詳の人」

とだけ答えた。

「ハコちゃんは、誰かそういう人いないの？」

箱理は、自分でも驚くほどうろたえた。首が三百六十度、回りっぱなしになったような感じだった。沼田工場長が、新垣さんと山之内さんの披露宴会場で『バンザイ』を歌う姿が、ぼわんっ、とマンガの吹き出しのように浮かんだ。見たわけではないのに、礼服姿でマイクを持つ沼田工場長が、ありありと浮かぶのが不思議だった。

「あ、顔が赤くなった」

箱理はごしごしと頬をこすった。

「うそうそ」

万理が笑い、箱理は今度こそ本当に顔が熱くなった。

立花インクルの佐古田課長が送ってくれたＳＷ－ＴＲＫ－２２６０Ｐのサンプルは、電話の翌日に届いた。箱理はさっそく、その原材料を使って処方開発をはじめた。

はっきり言って、とてもよかった。思った以上の好感触だった。派手にきらめく光ではなく、理知的な蛍光灯の光でもなく、やさしく穏やかな白熱灯の輝き。

「未熟な桃ゆえの、ひかえめで美しい輝き」にぴったりな、ひかえめでいて、そのくせ確固とした意思で、自ら発光するような光だった。

手ごたえを感じた箱理は、ファンデチームのリーダーである西小路さんにその旨を伝え、購入に踏み切りたいと伝えた。

雪見堂は、ＳＷ－ＴＲＫ－２２６０Ｐを持っている昭光製粉工業との取引は、ここ数年なかった。もちろん、佐古田課長の紹介なので、立花インクルを通しての購入にはなるのだが、頻繁にやりとりのない原材料屋さんからの購入に関しては、上から少々うるさく言われることもある。

「へえ。佐古田さん、やるなあ」

ひょっとこみたいな顔をして、西小路さんが言った。

「それって、うちのデータベースでは見つからないんだよね」

「はい」

「他に取引のある原材料屋さんの無機粉体にも、同じような効果のものはないんだよね」

「はい」

「なら、しょうがないよね」

西小路さんと連れ立って吹石部長のところへ行き、本格購入したい旨を話した。

「ふうん」

吹石部長は、ボールペンをくるくると回した。

「いいんじゃない？　申請書、書いといてよ。あとでハンコ押すからさ」

西小路さんが親指を突き出し、箱理は深々と頭を下げた。

関東地方の梅雨が明けた。親の仇のような太陽光が、朝から容赦なくアスファルトに照りつける。

先日会社帰りに、箱理はばったり五十嵐さんに会った。買い物の途中だったらしく、五十嵐さんだけだった。

「カナコちゃんのお散歩なんだけどね。夏の間だけ、朝の六時半くらいにしようと思うの。八時過ぎちゃうと暑さでへばっちゃって。だからね、朝しばらく会えないと思うの」

いくら毛を短く刈ったところで、カナコちゃんにこの暑さはたいそうきついだろうと思った。

「カナコちゃん、ハコリちゃんに会えなくてさみしいと思うんだけど、涼しくなったらまた遊んでやってね」

カナコちゃんのべたんとした熱いお腹やら、あごの下やらを思い出して、箱理はたまらなくいとおしくなった。

立花インクルから購入した昭光製粉工業のSW-TRK-2260Pで、箱理は十日ほどの間に七十を超す数の『moon walk』の試作品を作った。

粉体ベースを作りミキサーにかけ、油相と水相をはかり、加熱して混合し、ホモジナイザーで乳化させる。気になった点を詳細に検分して、パーセンテージを変えることを繰り返す。

夢中になりすぎて耳から煙が出そうだったが、箱理にとっては、すばらしくたのしい作業だった。箱理は処方開発の作業が好きだ。自分対原材料という一対一の関係が好きだった。そこには誰も介在しない。責任はすべて自分の内にある。

その日、ゆきのさんは有給休暇を取っていたので、箱理は一人、事務所で弁当を食べていた。今日の弁当は、から揚げの甘酢あんかけだった。あんにはピーマン、シイタケ、タマネギ、ヤングコーンが入っていた。昨夜の残った鶏のから揚げを、母がアレンジしてくれた。

「ハーイ！」

突然肩を叩かれた。

「やだー、秋山さんったら全然気が付かないんだものー。一緒にお昼いい？」

「ごほっ、ごほっ」

肩を叩かれた拍子に、から揚げを飲み込んでしまった。見れば安藤さんが、コンビニの袋をかかげて立っている。

「やだ、大丈夫？　ほら、お茶飲んで」

箱理の水筒から、勝手にとくとくと蓋《ふた》コップに注ぎ、安藤さんはハイッと差し出した。お茶をいくら飲んでも、鶏肉のかたまりが食道に停滞している気配はぬぐえなかった。

安藤さんはゆきのさんの席に座り、コンビニ袋から豆腐サラダとシーチキンおにぎりとホットドッグと、ペットボトルのウーロン茶を取り出した。

「なんだか無性に、秋山さんに会いたくなっちゃってえ」

箱理は食道に異物感を感じながら、はあ、と返した。

「わたしさあ、メイクも好きだけど、化粧品そのものも好きなの。いわゆるコスメフリークなのよ。エステもネイルも好きだし、美容院に行くのも好きなんだよね」

箱理は、そういえばここしばらく美容院に行っていなかったことに、はたと思い当たった。うしろ髪が襟首に届いて暑苦しかったし、前髪も目に入りそうで不愉快だった。そう思ったら、今すぐに前髪だけでも切りたくなった。箱理は箸を置いて、机の引き出しからハサミを取り出した。

「やだ、なに急に。どうしたの」

安藤さんが、立ち上がった箱理を見上げる。

「すみません。ちょっと前髪切ってきます」

「は？　なに？　なんで？　今なの？」

「今です」

「ちょ、ちょっと待ってよ。わかった、わかったからさ。とりあえず座ってよ」

安藤さんに腰をつかまれ、箱理は強引に椅子に戻された。

「まずは、先にご飯食べちゃおうよ。食べ終わったら、わたしが切ってあげるから。秋山さん、超不器用そうだもん」

確かに箱理が自分で髪を切れば、いくら前髪とはいえ、ひどい結果になるのは目に見えていた。おそらく前髪というレベルではないほど、短くなってしまうことだろう。

「わたし、そういうの得意だから安心して。ついでに眉毛も整えてあげるわ」

安藤さんの言葉にはっとした。先月、実用テストのモニターとして工場に出向いた際、眉毛について思うところがあったというのに、すっかり失念していたのだった。

「どう？『moon walk』の処方は進んでる？」

安藤さんに聞かれ、箱理は「進んでいます」と答えた。

「それはなにより！　容器グループのほうには、ちゃんと『しずく』のこと、説明してきました。難しいけどがんばってみます、って言ってくれたわ」

箱理は容器グループで『moon walk』担当の、眼鏡をかけた同期入社の男性を思い浮かべる。いつも怒ったような顔をしているけど決して怒っているわけではなく、それがふつうの顔らしいことが、去年の暮れくらいにようやくわかった。

困った顔をしているときはたのしいときで、泣きそうな顔をしているときは考え事をしているときだが、安藤さんとの打ち合わせ中はまったくの無表情で、その顔がなにを意味するのか、箱理にはまだつかめなかった。

「わたしね、女ってすごい生き物だと思うのよ。ものすごいバイタリティでしょ。生命力が強いと思うのよ」

「はあ」

「釣りだってね」

「釣り、ですか」

「そう。釣りよ、釣り。あの糸ぶらさげて魚釣るやつ」

箱理は目を泳がせて、はあ、と返す。

「釣りだって、やらせてみれば女のほうがうまいらしいわよ。こんだけ時間使ったんだから、それに見合う魚を釣るまではって、ねばり強くやるらしいわ」

「安藤さんって、釣りするんですか」

「しないわよ。たとえよ」

「はあ」

「ま、現代じゃ釣りしている時間を時給に換算すれば、スーパーで切り身買ってきたほうが断然得だから、そんなことする女はあんまりいないんだろうけど」

「はあ」

「とにかく、女性って強いと思うのよ。妊娠して子どもまで産めちゃうのって、女だけじゃない」

「それはそうです」

「強いのよ、根本元気なのよ。毎朝どんなに暑くたって寒くたってメイクしてさ。髪をきれいにセットして出勤よ。服だって、男みたいに毎日スーツってわけにいかないから、コーディネイトも悩むわよ。ふくらはぎを細くするクリームで夜な夜なマッサージして、鼻の頭の毛穴が気になったらオイルマッサージしてパックして、朝、まぶたがむくんでたらホットタオルで包んで、またマッサージしてさ。爪が伸びてきたらジェルネイル塗り直して、まつ毛エクステのために三週間に一度サロンに行ってさ。

それでもって、休みの日はベリーダンスの練習よ」

どうやら女性全般というよりも、安藤さん自身のことを言っているようだったが、箱理は黙って聞いていた。

「生命力にあふれている女は化粧してる。眉毛描いて、口紅つけているうちは大丈夫よ」

箱理は以前、香織ちゃんが同じようなことを言っていたのを思い出した。化粧をしてないと生に対して自信が持てないと。箱理はその話を、安藤さんに伝えた。

「香織ちゃんって誰だっけ？」

説明すると、「あー、わかった。カワイ子ちゃんね」と、うなずいた。

「確かに彼女も生きてるわね」

「はあ」

「つまりさ、わたしが言いたいのはメイクと化粧品って、生きる女にとっては、とっても重要だってこと。わたしが化粧品に興味を持たなくなってメイクをしなくなったときは、それはもう死ぬときだわ」

安藤さんはホットドッグを一気に半分くらい大きな口に投入し、顔の筋肉全部を使うようにして咀嚼《そしゃく》した。

ものすごく生きている！

抜かりのない化粧で、美しいジェルネイルの指でホットドッグをつかみ、おおいに食らっている安藤さんを見て、箱理は実に感慨深くそう思った。ものすごく生きている！　と。

それから、ふとヨシエさんに思いをはせた。ヨシエさんはきっと死ぬ間際まであの化粧をしているだろう。あの白塗りは、ヨシエさんにとっての生きる原動力なのだ。

「秋山さん、ゼリー食べる？　二個買ってきたからおひとつどうぞ。どっちがいい？　桃とマンゴー」

と言い終わらないうちに、安藤さんは、

「わたしマンゴーが食べたい」

と、桃のほうを箱理に差し出した。箱理は礼を言って、桃のゼリーを受け取った。

「未熟な桃ゆえの、ひかえめで美しい輝き」

「ん？　なにそれ」

「わたしが感じた『moon walk』のイメージなんですが、どうでしょうか」

もう一回言って、と安藤さんが言うので、箱理は呪文のように唱えた。

「具体的に言うと、どういう感じ？」

箱理は今年はじめて食べた桃のことから、白熱灯のやわらかな光のこと、自ら発光し、調整するかのようなイメージなどを伝えた。

安藤さんはぽいぽいとマンゴーゼリーを口に入れながら、ふむうむとうなずき、それから急に、

「いいっ！　いいわよ、それっ！」

と、小さなプラスティックのスプーンを振り回した。

「それって、わたしがイメージしていたのと同じよ。わたしはね、韓流アイドルの女の子たちみたいな肌を想像してたのよ。韓国の人って顔の産毛を剃らないらしいの。だから、なんていうのか、ちょっとこう、やわらかな印象があるじゃない？　秋山さんの言うように、自ら発光してる感じなのよ」

箱理は韓流スターにまるで疎かったが、彼女たちが歌っているのはテレビで何度か見たことがあった。そのときはなにも感じなかったけれど、今こうして安藤さんの話を聞いたあとで彼女たちを思い浮かべると、なぜだかはっきりとその肌の印象やメイクの仕方が、脳裏によみがえってくるから不思議だった。

「もちろん日本人に産毛を剃るなって言っても無理な話なんだけど、あのやわらかな質感には憧れるのよね。うん、そうね、そうよ、確かに桃だわ！　あの、ほわほわとした感じ！　すごい、秋山さん！　やっぱり期待しただけある。興奮しちゃう！」

箱理は桃のゼリーを頂きながら、立花インクル経由で理想の原材料を手に入れたことを話し、ここまでの進捗《しんちょく》状況を伝えた。

「たのしみっ！　絶対いいものができるはずよ！」

安藤さんは胸元で両手を組んで、乙女のように言ってから、

「前髪と眉毛やるから、早く食べちゃって」

と一転、真顔で箱理を促した。箱理は慌てて桃のゼリーを食べた。

安藤さんの腕は確かだった。前髪を切る際、まるで美容師のように髪を立てて毛先を整えたのには感激した。そもそも散髪用のハサミを持っていたことに驚いた。安藤さんが片時も離さずに持ち歩いている大きな化粧ポーチには、およそすべての化粧道具が入っているのだった。

「秋山さんて眉毛いじったこと、一度もないの？」

一度だけあります、と箱理は答えた。

「小学生の頃、高校生だった姉に練習台としてやられました。眉山と眉尻を剃られ

て、麻呂みたいな顔になって以来、いじってません」

　安藤さんは、ぎゃはは－、と笑い、眉毛って基本、上側はいじっちゃいけないんだよと言った。

　それから「あっ、そうだ」と手を打ち、

「こないだお姉さんに会ったよ」

　と言った。

「ベリーダンスの講習会があってね、わたしもお手伝いで行ったんだけど、その会場にお姉さんと恋人らしき人が一緒に来てたわ。いろいろ質問されたのよ。で、名前聞いたら秋山さんだって言うじゃない。そういえば見たことあるなあって思って。ほら、前にチュニジア料理店で会ったでしょ。お姉さんのほうはわたしのこと、すぐにわかったみたいよ。あ、秋山さんのことは言ってないわよ。個人情報だからね」

「恋人って、あの、髪が薄い人ですか」

「そうそう。すごく色気がある人よね。猛々しい感じで、お姉さんとお似合いだわ」

　箱理はここでまた安藤さんに、姉が裸族であることを打ち明けたくなったが、個人情報なので我慢した。

「ほら、すごくかわいくなったわよ」

安藤さんに手鏡を差し出された。

「今は、薄眉ＯＫの流れだから、秋山さんは基本、眉毛を描かなくていいわ。そのほうがガーリー。ファンデも薄付きで充分。チークはピンク系のを頬骨のところにまあるくね。口紅もリップ程度でいいわ。アイシャドウはピンク系、もしくはペパーミントグリーン的なものでもよし。今度時間があったらゆっくりやってあげる。アイラインは、秋山さんにはむずかしいだろうから無理しなくてもいいけど、マスカラはつけたほうがいいわね。まつ毛が短いなりにもやってみると全然違うから」

安藤さんは、まくし立てるようにそう言って、元気よく手を振り、チャイムが鳴る前に去っていった。

鏡のなかの箱理は、洗練されたピジョンコケシになっていた。だいぶあか抜けたようだった。

安藤さんに前髪を切ってもらい、眉毛を整えてもらって、メイク方法についてのアドバイスを受けてから、箱理は朝の化粧が以前よりもたのしくなった。

化粧というのは、女たちにとってある種の自信につながるんだということを、箱理はようやく実感できたし、化粧そのものを愉しみたいという欲求も、多くの女性に内包されている感情であることを、自らの感情によって知るに至った。

箱理はますます『moon walk』の処方開発にのめり込んだ。できあがった化粧品を購入してくれるお客さんのために、そして、その人に少しでも喜んでもらえるようにと、これまで以上に意欲的に取り組んだ。

香織ちゃんは原材料そのものの開発をしたいと言っていたけれど、箱理はやはり今の仕事が好きだった。化粧品作りそのものに関わりたいのだった。化粧をする人たちに、希望や可能性を与えられるよう、少しでもいいからその一端を担いたかった。

「んもうっ！　ハコちゃんってばっ！」

耳元で突然大きな声を出されて、箱理は思わず耳をふさいだ。事務所でデータ入力をして、椅子から立ち上がったところだった。

タコリが目の前に浮遊した状態で、とおせんぼするみたいに八本の足を、めくれあがったスカートみたいに広げて立ちはだかっている。

「邪魔」

箱理が言っても、どこうとしない。

「なにか用があるの？　今、忙しいんだけど」

「ひどいッ！」

元がどす赤色なのでほとんどわからないが、どす赤色がさらに黒っぽく変色していたので、タコリが怒っていることは推測できた。

「あたし、こないだからずうっとハコちゃんに話しかけてるのに、なんで無視し続けるのよ。あんまりだわ」

そう言って、手で顔を覆った。

「こないだっていつ？」

「二、三日前からずっとじゃない！　いくら邪魔だからってひどいわよう」

涙をぼろぼろ流しながらのタコリの発言に、箱理は心から驚いていた。そういえば最近、タコリの声を耳にしなかったと思い当たった。

「ぜんぜん聞こえなかったのよ」

箱理が言うと、タコリは声をあげて泣きはじめ、

「うそつき。ハコちゃんってほんとひどいわ」

と、箱理の肩に顔をうずめた。

「うそじゃなくて本当に聞こえなかったの。まったく気が付かなかった。ごめんね」

しばらく肩でしくしくやっていたタコリだったが、突然すっと顔を上げて、

「なんですって！」

と芝居がかった口調で、箱理の目の前に改めて飛び出した。

「本当に気付いてなかったっていうの？」

「うん」

「こないだの安藤さんとの昼休みなんて、あたし、ばかみたいにしゃべり倒してたんだけど、それも聞こえなかったっていうの？」

「うん」

タコリは目を見開いて、自身を包むように両手を交差させ、ぶるぶると震えた。

「信じられない……」

そう言ったきり絶句している。

「ごめんね」

「もうあたしたち、終わりかもしれない」

タコリは、恋人との別れのようなセリフを口にし、

「ハコちゃん！　ねえ、あたし、本当に消えちゃうかもしれない！　ヨシエさんが言ったみたいに！」

と、大きな声で叫んで箱理にしがみついた。

「大丈夫だよ」

箱理はタコリの頭をなでながらそう言ったけれど、心のなかでは、消える可能性が大きいだろうことも予感していた。箱理は、そのことについて特になんの感慨もなかった。自然の成り行きというか、タコリの存在自体、雨や雪や雷のような自然現象的なものに近い。よって、いつか消えていなくなることも、必然のような気がしていた。

「こわいよう」

タコリは、箱理の右肩に吸盤を吸いつかせるようにして座った。そのとき、箱理は自分でも思いがけず、ちっ、と舌打ちをしてしまい、慌ててそれを打ち消すように、舌でリズムを取る真似をした。タコリに気付かれなかったようで、安心した。

しずくのように手のひらに落としたいという、出したときの形状についての六割方は容器グループに任せるとして、箱理のほうでもなるべく触感の新しさを追求して処方開発を重ねた。

さらりとしすぎていると手のひらに出したときに流れてしまうし、固すぎるとのびが悪く、もたついた印象になってしまう。ある程度の弾力とコクを持つ、とろりとしたものが理想だった。さらに箱理は、膜のようなものでまわりを覆いたいと考えた。そうすればしずくの形状は保たれるし、指先ではじける瞬間の新鮮な驚きも消費者に与えられる。

箱理は無我夢中で改良を重ねた。「研究部員に必要なのは、根気と好奇心」と言ったのは吹石部長だったか。箱理は粘り強い根気を発揮し、未知の領域への好奇心に胸をふるわせた。処方数は軽く三ケタに達した。

ＳＷ－ＴＲＫ－２２６０Ｐを使用して処方開発した試作品のなかで、特に官能がよかったものを、ゆきのさんと香織ちゃんに使用評価してもらうことになった。

「ハコリちゃん、がんばってるもんね。きっと最高のものができるはずよ」

おおかたの人が持つ、おかあさんのイメージというものは、もしかしたらゆきのさんのような人かもしれないと、箱理は考えるともなく思った。包容力があって、何事にも動じないで、いつだって前を見て、みんなを励ましてくれる女性。ゆきのさんにとって化粧は自信とか希望ではなくて、たんなる手段なのかもしれない。

「入魂の『moon walk』ですね！」

事前に頼んでおいたので、香織ちゃんは快く引き受けてくれた。

二人は同じタイミングで洗面所で顔を洗い、化粧水と乳液をつけた状態で事務所に戻ってきた。試作品を肌にのせる瞬間の反応も見たかったので、そうしてもらった。プッシュ式の試作容器に、処方開発した『moon walk』を入れたものを渡した。

ゆきのさんと香織ちゃんが、手のひらにワンプッシュする。

「あらっ、形がくずれないわ」

「ほんとうだ。ふるふるしてる」

二人が、手のひらをゆする。

試作容器からワンプッシュで出てきた試作品の『moon walk』は流れることなく、そのまま一粒、まさにしずくのような形状を保っていた。

「指で軽く触ってみてください」

ゆきのさんと香織ちゃんは、右手指でやさしく触れた。

「わあっ」

香織ちゃんが歓声を上げ、ゆきのさんは大げさに目を丸くした。

「すごいわ。新感覚よ。触ったら、手のひらで小さくぷちっとはじけたような気がしたわ」

それから二人は、とろりとはじけ出たそれを頬にのせた。

「うん！　いいわよ、これ」

「ほんと、つけ心地が最高にいいです。余分なのびしろがないんです」

ゆきのさんと香織ちゃんが鏡に向かって『moon walk』の試作品を肌にのばしていく。

「いいわ、全然ぶれないわ」

「ピタッと肌に吸いつく感じです。もたつき感がまるでありません」

香織ちゃんが角度を変えながら、鏡を見る。

箱理は、塗り終わった二人の肌を仔細に観察した。

『moon walk』の試作品をのせたゆきのさんの肌は、程よいツヤが出ていた。特に高さのある頰骨は、灯りの角度によって光が変化しハリが出たように映った。今試した色みはオークルCだが、ゆきのさんには合っていたようで、くすみが消えて明るい印象になった。

香織ちゃんの、キメの整った手入れの行き届いた肌は、もうすでにこれだけで充分すぎるほどの輝きを放っている。

「SPF25だから、これ一本でも充分にいけるかもしれません」

思っていたことを香織ちゃんが言ってくれ、箱理はうれしかった。香織ちゃんの場合、色み的にはピンクオークルのほうが合うかもしれない。

「すみませんが、今日一日つけたままでお願いできますか。香織ちゃんはそのままで、ゆきのさんは、その上からフィニッシュパウダーを軽くのせてもらえますか」

箱理の言葉に二人はうなずき、ゆきのさんはさっそくパウダーをはたいた。むろん、試作品の『moon walk』のフィニッシュパウダーだ。

「わあ、きれい」

と言ったのは香織ちゃんだ。パウダーをはたいたことで余分なテリが抑えられ、代わりに光のきらめきが肌にのったようだった。

「三十代に見えるかしら」

ゆきのさんが鏡を見ながら言い、香織ちゃんが、二十代でもいけるかもしれません、と答えた。そのあと、

「二十九歳ぎりぎりってことで」

と香織ちゃんが付け足したので、ゆきのさんは愉快そうに笑った。

箱理の脳裏に、以前見たことのある湖の景色が広がった。あのとき大きく高く跳ねた虹色の魚は、空中で一瞬静止したあと、尾をびしっとひとつ振ってから、高跳びのベリーロールのような美しいフォームで、湖面に垂直に飛び込んだ。

透明度の高い湖では、水中での様子もよく見えた。七色のうろこを持つ美しい魚は、とても気持ちよさそうに腹や背びれを躍動させ、力強く目的地へ泳いでいった。

7

秋山泰造《たいぞう》はろくでなしであった。

困っている人を見ると放っておけなかったし、頼られると是が非でも助けてやらなければと、彼なりの信念を持って実行するタイプの人間だった。簡単に言うならば人情屋であった。

泰造の、そのおめでたくも心やさしい性質は、三番目の孫である万理に受け継がれたと言ってもよかったが、現代人である万理のほうが如才なく、またドライであった。

妻であるヨシエにとって、泰造のそれらの気質ははっきり言って、ろくでなし以外のなにものでもなかった。

泰造は生前、二番目の孫の行く末を気にかけていた。強気な姉と勝気な弟に挟まれて、いつでも首を傾げ口を半開きにしている孫娘。泰造は箱理を「弱きもの」に分類していた。守ってやらなければ、と強く感じていた。

そして、もう一人。泰造には生前、守ってやらなければと思っている人がいた。タエという芸妓《げいぎ》であった。

苦シイ、苦シイ。
今夜モ朝マデ眠レナイ。
夜ナ夜ナ、オ前サマハ何処《ドコ》ニ行ク。
人形ノヤウニ座ル、アノ女。
ワタシハ何度モ何度モ、鏡ヲ見ル。
白ク美シク、誰ニモ負ケナイヤウニ、白粉ヲハタク。
アノ人ニ、気付イテ欲シクテ、白粉ヲハタク。
嗚呼《アア》、ニクタラシイ。狂ホシイ。
苦シクテ、苦シクテ、堪《タマ》ラナイ。
コノ苦シミヲ誰モ知ラナイ。

日曜日、クキコさんとクキコさんのお母さんが秋山家を訪れた。聞けばクキコさんのご両親はクキコさんが小学生になったばかりの頃に離婚したとのことだったが、クキコさんはその後もひと月に一度は父親に会っているようで、金銭面での援助もずっと続けられているらしかった。

クキコさんはそのあたりの事情を包み隠さずざぶざぶと話し、その間クキコさんのお母さんは目盛りが振り切れそうなほどのハラハラ具合で、見ているほうが緊張した。

クキコさんのお母さんの化粧は、以前会ったときよりもかなり落ち着いていた。

「わたしが結婚したら、母はあの白塗りの化粧をやめるかもしれません」

と、クキコさんが言った通りだった。下地のグリーンは際立っていたけれど、目をみはるような、ぎょっとする感じは影をひそめていた。

ヨシエさんの白塗りに慣れている父母にとっては、クキコさんのお母さんの、濃いめの白塗り化粧など、つゆほども気にならないらしかった。

クキコさんのお母さんは、秋山家のみんなに感謝の言葉を延々と述べた。ときおり涙すら浮かべ、今回の結婚がどれだけ自分にとって喜ばしいことかを切々と訴えた。箱理の父親は、「ほう、ほう」を繰り返し、母は「あらまあ、まあ」を連呼した。

クキコさんのお母さんの訪問を嗅ぎ付け、嬉々としてやって来た今理は、巣鴨さんを同伴しており「こちら、友達の巣鴨さん」と紹介し、巣鴨さん本人も「今理さんの友達の巣鴨です」と、同じくお粗末な自己紹介をした。

今理ははじめて会うクキコさんのお母さんの顔を見て、なにか言いたげな表情だったけれど、万理の鋭いにらみで大人の対応を余儀なくされた。

巣鴨さんは腕を組んで座っていた。ポロシャツを着ていたが、第二ボタンまで開けていたので、成長旺盛な胸毛上部が見え隠れし、誰かに指摘されるのではないかと、箱理はひやひやした。

「新婚旅行はどこ行くの？」

今理の質問に、万理は「ドイツ」と簡潔に答え、クキコさんもうなずいて微笑んだ。

箱理は梅雨のあの日、クキコさんと偶然会った折にファミレスで聞いた話を思い出す。クキコさんの内包する宇宙。クキコさんの哲学。

大多数、多数決、淘汰、当たり前の自然の摂理。クキコさんの考えにはうなずけるところもあったけれど、箱理には実際のところよくわからなかった。とらわれ過ぎてはいけないような気がした。

箱理は、クキコさんのお母さんを見る。クキコさんのお母さんは、これまで白塗り化粧でなにかを守ろうとしていたのだろうか。心の内をけどられないように、武装していたのだろうか。

クキコさんのお母さんの気持ちは、箱理にはわからなかった。けれどクキコさんの結婚によって、クキコさんのお母さんは間違いなく良い方向に進んでいくような気はした。そうであったらいいと、小さな祈りのように思った。

それから箱理は、元祖白塗りであるヨシエさんを思った。クキコさんのお母さんに訪れたような転機は、これまでの人生になかったのだろうか。シロシロクビハダは永遠なのだろうか。

ヨシエさんは「意地」と言っていた。「意地」というのはなんだろう。誰かに対してのものだろうか。それとも世間に対してのものだろうか。そしてその「意地」とは、クキコさんが言ったように、取るに足らないようなことなのだろうか。

万理は先日、ヨシエさんの秋山家奇襲攻撃以来、はじめてヨシエさんの家に寄ったそうだ。

「どうだった」

と箱理がたずねると、

「ぜんっぜん、ふつうだった」

と返ってきた。

「結婚の話をしてもヨシエさん、ふんふんって聞いてるだけでなんにも言わないの。もう反対するの、あきらめてくれたのかなあ。それならいいんだけどさ。なんかいつものヨシエさんじゃないみたいで、ちょっと拍子抜けしたよ」

そんなふうに万理は言った。

「今度はくーちゃんを一緒に連れてって、もう一度ちゃんと話そうと思うんだ。やっぱりこの結婚、ヨシエさんにはどうしても賛成してもらいたい。結婚って、家族全員に祝福されないとうまくいかないっていうか、見過ごせない綻《ほころ》びがずっとあるように思うんだ」

頬を紅潮させて万理は言い、箱理は深くうなずいた。

そもそもヨシエさんが、万理とクキコさんの結婚について、どうしてそれほどまでに反対なのかは、依然として謎だった。

ヨシエさんは見た目で人を判断するような、狭量な人間ではない。むろん不美人よりは美人が好きだし、あぐらをかいている鼻よりも鼻の穴がヒマワリの種の形のように整っている方がいいと言うし、薄くて小さい口よりも唇がぼってりと厚く顔の半分くらいある大きな口が好みだ。さらには瞳に力があって、凜とした眉が好きだというような、細かい好みはあるにせよ。

ヨシエさんには世界中に肌の色の異なる友人がいるし、これまでの福祉への関わりも決して小さいものではない。大口寄付の常連で表彰されることもしばしばだ。なにより箱理の肩に鎮座する、どす赤色の珍妙なゆでダコの存在にだって鷹揚だ。

そのような御仁《ごじん》が、はたしてクキコさんの足が不自由だからと言って、結婚にあれほど反対するだろうか。

「おわっ！」

突然の大きな叫び声に、箱理の思考は中断された。見れば巣鴨さんが立ち上がっている。

「わわわ」

麦茶をこぼしたらしかった。母親が慌てて布巾を手渡した。今理は、巣鴨さんの隣で爆笑している。巣鴨さんの胸元から顔をのぞかせている胸毛が、水分をはじいてきらきらと光っていた。

「これ、すんごいわよっ！　秋山さんっ！　すんごいわっ！」

『moon walk』の試作品の使用評価を終えた安藤さんは、大興奮していた。

「これよっ！　こういうのを求めてたのよ！　うれしい！　すごいわっ、秋山さん！」

研究部の事務所に息せき切って現れた安藤さんは、箱理を見つけるなりそう言って抱きついた。背は高いほうだが細身の箱理は、肉感的な安藤さんに全体重をかけられ、思わずよろめいた。

「ぎゃっ」

と、短い悲鳴をあげたのはタコリだ。箱理は驚いて、浮遊したタコリを見た。今のタコリの声に気付くまで、箱理はまたすっかりタコリの存在を失念していたのだった。その思いが伝わったのか、タコリはもの悲しい顔をした。が、安藤さんが続けざまにすごい勢いで箱理に話しかけてきたので、タコリの存在はまた忘れ去られた。

「桃よっ！　韓流アイドルよっ！　これなのよっ！」

安藤さんは、箱理が処方開発した試作品の『moon walk』だけをつけていた。意志の強そうな眉は手を加えなくても充分アイブロウ的だったけれど、アイラインをひいていない目は、いつもよりひと回り小さくて清楚な印象だった。

「これはぜひ実用テストをやりましょうっ！　アンケート結果がたのしみよっ！　これから大至急、全力で手配するからっ！」

安藤さんは、再度箱理に抱きついた。その様子を見ていたゆきのさんは愉快そうに笑って、香織ちゃんはちょっとだけ顔をしかめた。

そこにちょうど西小路さんが通りかかり、安藤さんは俊敏な動きで、西小路さんに挑むように飛びついた。目を丸くした西小路さんだったけれど、まんざらでもない様子だった。

安藤さんは『moon walk』の処方がいかにすばらしく仕上がったかを告げ、何度も礼を言った。

「うちの秋山、すごいでしょう」

西小路さんが言うと、安藤さんは大きくうなずいて、

「最高です！」

と両手を高く伸ばして、空を受け止めるように大きく広げた。


八月に入ってすぐ『moon walk』の実用テストが工場で行われた。

実用テストには三十人が集まった。人事部、事業部、労務部、検査部、システム部など、普段研究部とはあまり接点のない人たちまで来てくれた。安藤さんの力によるところが大きかった。

「秋山さん」

沼田工場長だ。

「すばらしい商品になりそうですね」

箱理は深々と頭を下げた。沼田工場長の存在が、仕事への原動力になったことは、箱理自身、充分に自覚していた。沼田工場長だけではない。安藤さん、西小路さん、吹石部長、立花インクルの佐古田課長、ゆきのさん、香織ちゃん、新垣さんに山之内さん、今理、万理、クキコさんとクキコさんのお母さん、そしてヨシエさん。

いろんな人たちの言動がヒントとなって『moon walk』の処方開発につながったのだ。ひいては、アビコさんや五十嵐さんちのニューファンドランドのカナコちゃんだって、力を貸してくれたと言ってよかった。

「また今度、みんなでカラオケでも行きましょう」

沼田工場長の作業着からは、ふうわりと沼田工場長のたばこの匂いがした。

「今度『バンザイ』を歌ってください」

思いきって箱理が言うと、

「いいですよ」

と、沼田工場長は目を細めて微笑み、

「わたしはまた、秋山さんの『てんとう虫のサンバ』が聴きたいなあ」

と言った。沼田工場長のあまりにも邪気のないその笑顔に、箱理は胃のあたりを穿《うが》たれたような感覚になり、思わず胃をさすると、

「胃痛ですか」

とたずねられたので、「いいえ」と答えた。

今日はいなかったけれど、新垣さんと山之内さんから先日、新婚旅行のトルコ土産をもらったばかりだった。トルコ紅茶と、ガラスでできたナザール・ボンジューのブレスレットだった。ナザール・ボンジューというのはトルコの目玉のお守りで、身につけていると災いをはねかえすと言われている。

「きっといいことあるよ」

そう言って、山之内姓になった新垣さんが、箱理の腕に巻きつけてくれた。

「きれいなブルーだよね。秋山さんにすごく似合う」

箱理は、出来立ての気持ちのいい青空みたいな夫婦に、礼を言った。

実用テストの感触はすこぶるよかった。アンケート用紙には、箱理たちが期待していた言葉が次々と並んだ。充分な手ごたえだった。

「絶対に大ヒット商品にしてみせるわ」

安藤さんの表情にはまるで迷いがなく、憑《つ》き物が落ちたようにすっきりとしてい

た。

「わたし、いろんなことが変われる気がする」

そう言って、箱理の手をぎゅうっと握った。骨が折れるんじゃないかと思うくらいの力だったが、その力と熱はとてもやさしく強かった。


日曜日の朝、箱理は早起きをして、ひさしぶりに五十嵐さんちのカナコちゃんの散歩に付き合った。カナコちゃんは少しだけ毛が伸びて、やんちゃな小学校五年生の男の子みたいだった。

「ハコリちゃん、なんかいいことあった？　とてもいい顔してるわ」

五十嵐さんに言われ、悩んでいた仕事がうまくいったことを話そうと思った矢先、

「いい人でもできた？」

と聞かれたので、箱理は大慌てで手を振って否定した。びたびたとお腹を触っていた手を離したので、カナコちゃんは不機嫌そうなうなり声をあげ、足を広げたまま、ごろんごろんとアスファルトに脇腹を押し付けるように転がった。

「はしたないわねえ」

五十嵐さんが笑った。

早めの昼食を食べてうとうとしていた箱理は、電話の音で目が覚めた。家には誰もいないらしい。

箱理が受話器を取って、「もし……」と言ったところで、

「もしもしハコちゃん、おれ」

と万理の声が、かけ足で届いた。

「ヨシエさんが倒れた！」

少しの間を置いて、箱理は「はあ？」と声を出した。

「ヨシエさんが倒れたんだ」

言葉の意味がようやく頭に入ったとたん、恐怖感がせり上がってきた。受話器越しの万理は、大丈夫だから大丈夫だから、と繰り返す。

「ハコちゃん、電話の横にある鉛筆を手に取って」

箱理は、自分の手ではないような感覚のする手で鉛筆を握った。

「今から病院の名前と電話番号言うから、そこにあるメモ用紙に書いてね」

よどみなく明確に、ゆっくりと丁寧に告げる万理の声を頼りに、箱理は一字一句間違えずに書いた。

「父さんたちは出かけてるの？」

はあ、と箱理はあやふやに返事をした。二人で買い物にでも行ったのかもしれない。姿が見えなかった。

「了解。父さんたちにはこっちから連絡しとく。イマちゃんにもおれから連絡入れるから心配いらないよ」

なにかもっと重要なことを聞かなければならないと思いつつも、宇宙人に誘拐されて言葉を忘れてしまった地球人のように、箱理の喉からは声が出てこなかった。

「ヨシエさんの容体は？」

と聞いたのはタコリだった。タコリの声はそのまま箱理の声となって、箱理の口から躍り出た。右肩ではタコリが保護者のように箱理を見守っていたが、タコリを気にしている余裕はなかった。

「今のところ落ち着いてる、大丈夫だ」

「どこ」

「どこ？　あ、ああ、心臓。心筋梗塞《しんきんこうそく》かもしれない」

病名を聞いたとたん、箱理はへなへなと崩れ落ちそうになった。

電話口を押さえるような音がして、万理が受話器の向こうで誰かと話している様子が伝わってくる。

「ごめんハコちゃん、ちょっと看護師さんに呼ばれてるから」

あっけなく電話は切れた。

「ちょっとバンちゃん、バンちゃんてば！　ヨシエさんほんとに大丈夫なの⁉　心臓悪いなんて聞いてないよ。バンちゃん！」

電話が切れたのがわかった瞬間、箱理の口からは言葉がするすると流れ出た。箱理は受話器を片手に立ちすくみ、それから猛然と外に飛び出した。

八月。夏の午前中の光がカッと照りつける。箱理は白い帽子を目深にかぶった。誰かに突き飛ばされるように坂道をかけ下り、タクシーを拾って病院へ向かった。


「箱理さん、こっちです」

ナースステーションの前で、クキコさんが待ち構えていた。

「通路を右に曲がった５０６号室に万理さんがいます」

箱理は走って病室に向かった。

「バンちゃんっ」

大きな声が出た。丸椅子に座っていた万理が振り向いて、人差し指を唇に当てる。

「どうなの、いったいどうしたっていうの」

声のボリュームが調節できず、箱理は再度万理にたしなめられた。

「今、お隣さんは留守にしてるけど、すぐに戻ってくると思うからしずかにしてね。個室は今、満床でさ」

見ればドア寄りのベッドは、上掛けが乱れたまま置いてあった。箱理は、この病室が二人部屋だということにようやく気が付いた。思えば、こんなふうに病院をたずねるのは祖父が入院して以来だった。

「ヨシエさんは？」

奥のベッドはきれいに整えられたままで、それを見たとたん背筋につめたいものが走った。

「バンちゃん！」

悲鳴のような声をあげると、万理は小さく微笑んで、大丈夫だから、となだめた。

「今、手術中なんだ。初期だから大丈夫」

なんと言っていいかわからずに、箱理はエサ待ちの鯉のように口をぱくぱくとさせた。

「万理っ」

「バンちゃんっ」

　慌ただしく病室に入ってきたのは父と母だった。二人とも首にタオルを巻いている。Tシャツに、七分丈パンツにスニーカーという格好だった。

「悪かったな。ちょっとウォーキングに行ってたんだ」

「この暑さのなか？」

　万理が呆れた声を出す。

「いや、ほら、川沿いの公園に木陰があるでしょ。屋根があってベンチがあって。あそこでみんなで冷たいお茶を飲むんだよ」

「みんなで？」

「ウォーキング会ってのがあってさ……」

と父親が説明しはじめたところで、「そんな話は今いいわよ」と、母がさえぎった。

「で、ヨシエさんの容体は？」

　万理は、ヨシエさんが今手術を受けていることを告げた。

「発作から病院に着くまでの時間が短かったから大丈夫。一分でも早く手術したほうがいいって言うんで、連絡するのが遅くなってごめん。手術が終わったら、先生が詳しく説明してくれるから」

みんなが重いため息をついたあと、二人部屋のもう一人の患者さんが戻って来たので、四人は会釈して病室を出た。

「バンちゃんっ」

廊下を走ってきたのは今理だった。そのうしろでクキコさんが車いすをゆっくりと動かしている。

「ラウンジで話そう」

万理が言って、みんなで移動した。

聞けば万理とクキコさんは今日、ヨシエさんを訪ねたらしかった。事前に言ってあったし、ちゃんと約束してたんだと万理は話した。

「お昼を一緒に食べようって言われてて、十一時半くらいにヨシエさんちに着いたんだ。ほら、こないだ土用の丑《うし》の日だっただろ。ヨシエさんのひいきにしてる店は、土用の丑当日は鰻《うなぎ》の供養日にしてるってことで食べられなかったから、今日食べる予定にしてたんだ」

「そのときのヨシエさんの様子は？」

今理が、たずねる。

「うん、それがさ、ぜんぜんふつうだったの。なっ、くーちゃん」

クキコさんは、みんなの視線を一気に集め、恐縮しながら答えた。

「はい。わたしの姿を見ても怒ることなく顔色も変えずに、家のなかに案内してくれました。なんとなくですが、歓迎してくれたように感じました」

「そうなんだよ。おれもちょっとびっくりしたけど、ヨシエさん、本当に歓迎してくれたんだ」

「ほおうっ」

父親が感心したような声を出す。

「それで？」

今理が、かぶせるように先を急いだとき、

「あ、どうも」

と声がし、全員で振り返ると、そこには巣鴨さんが立っていた。

「すみません、今理さんを見失っちゃって。あ、どうぞどうぞ。続けてください」

巣鴨さんはそう言って、頭（地肌の部分だ）をかいた。

「それからどうしたの」

巣鴨さんを無視して、今理はたずねた。

「うん、それからヨシエさんとくーちゃんとおれでお茶して、いろいろ話して」

「ヨシエさんの様子は？」

「友好的だった」

ほおうっ、と再度父が声に出し、あらまああ、と母親が合いの手を入れた。

「結婚式のことや披露宴のことを話したよ。ヨシエさんも来てくれるって言ってた。おめでとう、って言われたよ」

「はあ？　ほんとにヨシエさんがそんなこと言ったのお？」

今理が頓狂な声で言い、クキコさんを見て、ごめんねと慌てて謝った。クキコさんは、いいえいいえ、と首を振った。

「なんで急に態度を改めたのかは、聞かなかったわけ？」

「聞かないよ。そんなこと聞いて、その場の空気が壊れたら嫌じゃん。せっかく気持ちよく話してるのにさ」

「まあねえ」

「で、なごやかにお茶飲んでるうちに、出前の人が来てさ。うん、鰻のね。お昼の用意して、さあ食べようってときになったら、急にヨシエさんが胸元をおさえたんだ。突然呻《うめ》き出して、椅子に座っていられないくらいになって……。心臓の持病があるなんて聞いてなかったから驚いたけど、これはヤバいと思って。お手伝いさんもパニックになっちゃって」

「それで救急に連絡したんです」

クキコさんが言った。

「苦しみはじめてから、十五分程度で救急車が到着した。お手伝いさんがメモを渡してくれて、そこに万が一のときの搬送先の病院が書いてあった。じいちゃんの友達がこの病院の院長らしい」

「さすがヨシエさん、ぬかりがないわね」

「病院までの搬送もスムーズで、ここに着くまでに最初の発作から三十分程度。その間ヨシエさん、ずっと苦しんでたからかわいそうだった」

ふうっ、というため息のような音が、それぞれの鼻からもれた。

「診断は急性心筋梗塞。血管造影して風船治療してステントを留置するらしい。今、それをやってるところだと思う」

万理の説明に、クキコさんが補足する。

「風船治療っていうのはバルーンのことです。血栓によって狭くなっている箇所をバルーンで膨らませるそうです。ステントというのは、筒形のステンレススチールの金網のようなものです。バルーンだけですと、再狭窄《さいきょうさく》の可能性があるため補強するそうなんです」

　ほおうっ、と父親がうなり、「ありがとう、クキコさん。今の説明でよくわかったわ」と、今理がうなずいた。

　箱理は風船という言葉がやけに印象深く頭に残ったせいか、風に乗るメリー・ポピンズみたいに、ヨシエさんが風船のひもを持って、空をぷかぷかと漂う姿が目に浮かんだ。その空想は、箱理を少し勇気づけた。ヨシエさんがたのしく遊んでいるように思えた。

「申し訳ありませんでした！」

　突然、クキコさんが頭を下げた。みんなが驚いてクキコさんを見る。

「わたしのせいだと思います。本当に申し訳ありませんでした」

「なに言ってんだよ、くーちゃん」

　万理がクキコさんの背中に手をやる。

「そうよ、なに言ってるのよう、クキコさん。誰のせいでもないわよ」

　母親が言い、父もおおいにうなずいて同調した。

「ヨシエさん、きっとご無理されたんだと思います。万理さんのために無理して、わたしによくしてくれたんだと思います。相当なストレスだったはずです。それで心臓に負荷がかかって……」

「ナンセンスだよ、クキコさん」

今理だった。

「気持ちはわかるけど、ヨシエさんの心筋梗塞とクキコさんとはなんの因果関係もないよ。居合わせちゃってタイミングが悪かったとは思うけど、こっちとしてはありがたいわよ。ヨシエさん一人のときだったら、それこそ大ごとになってたはずだもん」

箱理は雨の日のファミレスで、クキコさんが話したことを思い出した。老い先短いヨシエさんのこと。死ぬ順序は重要だということ。きっとクキコさんは、そのとき口にしたことを、今ひどく悔やんでいるのだろうと箱理は思った。

「これで死ぬんだったら、それがヨシエさんの寿命よ」

今理が続け、

「まあまあ、そんなこと言うもんじゃないのよう」

と、母がたしなめた。

「あたしさ、こないだよく当たるっていう占い師に言われたの。あなたの寿命は七十代前半です、って。それに比べたらヨシエさんなんてぜんぜんいいじゃない。だってもう八十六だもん」

しばしの沈黙のあと、

「わたしは六十代後半って言われました」

と巣鴨さんが言った。いきなりの発言だった。

箱理は巣鴨さんの胸元に目をやった。今日はアロハシャツだった。一人だけお祭りみたいだった。そしてやはり、第二ボタンのところから胸毛が垣間見えていた。

「やだわあ、六十代後半って言ったら、あと十年もないわ。どうしましょ」

母があせったように言い、

「いや、君の寿命のことじゃないから」

と、父が正した。緊迫していた空気が一気に弛緩《しかん》へと流れ出した。

「とりあえず待ってようよ」

説き伏せるようにそう言ったのは万理だったけれど、今、このなかでいちばん表情をこわばらせているのも、万理だった。

箱理は、ヨシエさんの発作の一部始終に立ち会って、搬送、手術の手続きまで一人でやり遂げた万理を不憫《ふびん》に思った。ヨシエさんのいちばんのお気に入りの万理。万理のヨシエさんへの思慕《しぼ》は、箱理のそれよりももっともっと大きいのではないかと、箱理は思った。

手術は二時間以上かかるとのことだった。搬送されてすぐに検査し、相応の医師を手配し手術してくれたのは、この病院の院長が亡き祖父と懇意にしていたからだろうと、父は言った。

「そういえば、子どもの頃に会ったことがあるなあ。ものすごく頭のいい人で、勉強を教えてくれたっけな」

父はめずらしく、眼鏡の下で感傷的に瞳を揺らした。それから、

「万事うまくいくでしょう」

と、いつもの調子で言った。

父を残して、みんなはいったん病院から引き上げることになった。万理と箱理は病院で待っていると言い張ったが、

「君たちはおそらく感情論だけでそう言っていると思うが、ここで待つことが重要だとは僕には思えない。自宅からここまで車で十五分だ。大きな問題はひとつもない。なにかあったらすぐに連絡する。ヨシエさんは大丈夫だ。身内から病人が出たときは、家族の健康がなによりの最優先課題となる」

などと、滅多にないりりしい口調で言い、さらに弁が続きそうだったので、しぶしぶと退散した。

母はヨシエさんの家に行き入院支度を整えるということで、今理、箱理、万理、クキコさんで、自宅に戻ることとなった。巣鴨さんは、用事があると言って帰宅した。

帰り際、箱理は巣鴨さんが着ているアロハシャツの裾に、値札がぶら下がっているのを見つけ息を呑んだが、この事実を直接本人に言うべきかどうか悩み、結局、あとで今理にこっそり伝えようと決めた。


「ったく、あのヨシエさんが倒れるなんてね」

秋山家のリビングで、箱理は今理の言葉に慎重にうなずく。万理は家に着いたとたんにクキコさんを抱きかかえ、さっさと二階の自室へ上がってしまった。

「あの子、きっと泣いてるのよ。あたしたちの前じゃ泣けないの。今頃クキコさんの胸に顔をうずめて泣いてるわ」

そう言って、今理が、かはっと笑う。

「大丈夫かな、ヨシエさん」

「お父さんも大丈夫って言ってたじゃない。ヨシエさんが死ぬわけないじゃん」

父親の「大丈夫」ほど当てにならないものはないと思いながらも、確かにヨシエさんがそう簡単に死ぬわけがないような気がした。

「ねえ、ハコちゃん。入院中にヨシエさんの素顔が見られるかもよ」

今理が舌を出して言う。

「だってしばらくは安静でしょ。化粧なんてしてられないじゃない。顔色だって大事なサインだと思うしさ、病院側だって許さないでしょ」

今理はそう言って立ち上がり、

「ハコちゃん、ちょっと見てよ」

と、腰を小刻みに揺さぶりはじめた。

「上達したでしょう」

ベリーダンスらしかった。上手だね、とほめた。

ねろねろと踊っている今理を尻目に、箱理は病院の手術台で横たわっているヨシエさんを思った。苦しみの表情のまま寝ているのだとしたら、それはすごく悲しかった。

ヨシエさんの白塗り化粧のことは、箱理も気になっていた。あれほど白塗りに固執していたヨシエさんだ。箱理たちの父、ヨシエさんにとっての息子にだって見せなかった素顔を、まさかこんな形で家族にさらしてしまうのは、心底不本意だろうと思う。

「あ、そうだ、イマちゃん。巣鴨さんのシャツに値札がついたままだったよ」

「ああ、値札でしょ。知ってる知ってる。巣鴨さん、いつになったら気が付くかなあと思ってたけど、やっぱり気付かなかったね」

おかしそうに笑う。

「あの人、帰り際にね『鰻もったいなかったな』って言ったのよ。それで今、一人で鰻屋さんに行ってる。どうしても食べたくなったんだって」

ったくねえ、と言いながらも、今理はどことなくうれしそうだった。やっぱり恋人同士なんだろうと、箱理は推測した。そして、裸族仲間であるに違いないとも思った。

しばらくして母親が帰ってきた。

「お父さんから連絡あった？」

「ないよ」

「そう。入院支度だけど、ほら、なんて名前だっけ。あのやさしいお手伝いさんが、すっかり全部用意して、もう病室に運んでくれてたのよう。ヨシエさんちのことはわたしぜんぜんわからないから、ほんと助かるわー」

母は、箱理が差し出した冷たいお茶を、喉を鳴らして飲んだ。

「でもま、大丈夫でしょ。ヨシエさんはそう簡単には死なないものね」

「だよねー」

と、今理が笑う。箱理も少し笑うことができた。

それから箱理は、二階にいる万理を思った。ヨシエさんが死ぬわけないと思っているとは思うけど、クキコさんと共にヨシエさんの苦しむ姿を見ていたのだと思うと、やっぱり切ないのだった。


その頃、ヨシエさんは、悠長にふわふわと宙を浮いていた。

明るくやわらかな黄色い光の粒のなかを、やさしい誰かにそっと手を引かれるように漂っていた。すばらしく気持ちよかった。

しばらくして地に足が着き、あたりを見回すと、そこはきれいなお花畑だった。印象派の画家が描くような世界が、どこまでも広がっていた。

「ベタだねえ」

と、ヨシエさんは舌打ちをした。

「これじゃあ、すっかり死んだみたいじゃないの。そのうち、うちの死んだ泰造が出てくるんじゃないだろうね」

ヨシエさんはいい香りに包まれながら、しずかに腰をおろした。そこには時間という概念がなかった。純粋な穏やかさと、心地よさだけが世界を掌握《しょうあく》していた。

「ヨシエ」

見れば、ひさかたぶりの顔がそこにあった。

「ほら見ろ、やっぱりあんたじゃないか。ほんと、ベタだねえ」

くしゃっとした笑顔で笑う、禿げ頭の泰造だった。

「おひとり？」

「ひとりに決まってるだろう。なにを言うんだ」

「てっきり、どなたかとご一緒かと思ったけどねえ」

「そんなわけないだろう」

泰造は少々不満げに眉根を寄せた。

「なあ、あんたがいるってことは、わたしゃ死んだのかい。お迎えに来てくれたってわけかい」

泰造はゆっくりと首を振って、

「お前がそう簡単に死ぬものか」

と言った。

「でもあそこに見えるのは三途の川だろ」

ヨシエさんは、すぐ近くにもはるか彼方にあるようにも見える、巨大な川を指さした。遠近感がどうにもつかめなかった。

泰造は、「まあ、そうだ」と、もごもごと答えた。

「いいから早く戻れ。みんな心配してるぞ」

「余計なお世話さま。それにしても、ねえ、あんた。本当にひとりなのかい」

「当たり前だ」

ヨシエさんが意地の悪い目で、泰造をねめつける。

「タエさんはどうしたんだい」

泰造は思わずしわぶいた。

「おや、死んでからも咳き込むものなのか」

ヨシエさんは、はんっ、と鼻を鳴らした。

「お前はずいぶんと勘違いしている」

「ふん、どうだか。あんたは天下のうそつきだからね」

「ヨシエ」

懇願するように泰造は言った。

「わしが死んでから、タエは一度だけ挨拶に来た。生前はお世話になりましたってな。それだけだ。なんの思い入れもない。わしは秋山家の人間だ。お前たちのことだけに心を砕いている」

はんっ、とヨシエさんは再度鼻を鳴らした。

「万理の結婚のことはわしに免じて許してやってくれ。この通りだ」

「何様のつもりよ。あんたにゃ関係ないこと」

「ヨシエ、わしはちゃんと見ていたよ。万理とクキコさんが訪ねてきたときの、お前の対応は立派だった。もう気が済んだろう。クキコさんはいい娘だ。頭もいいし器量もまあまあだ。なにより万理と好き合ってる。わしとヨシエのように」

わしとヨシエのように、と泰造が言ったところで、ばかをお言いでないよっ、とヨシエさんは泰造の禿げ頭をすこーんとはたいた。

「死んだわりにいい音がするねえ」

ヨシエさんは、かかっと笑った。泰造は頭をさすりながら、

「もういい。早く戻れ。まあ、いつかそのうち会えるから心配するな」

た。

「べつに戻る必要はないよ。これといって思い残すこともないしね」

泰造はじっとヨシエさんを見つめた。先に目をそらしたのはヨシエさんの方だっ
と、シッシッとやった。

「お前だって承知しているはずだ。今は孫たちにとって大事な時期だ。お前がいなく
てどうする。孫たちの結婚を見届けるのがお前の夢だろう」

二人はしばし見つめ合った。にらみ合ったというほうがいいかもしれない。

「お前のことは、わしがいちばんよくわかってる。タエのことで傷つけたなら謝る。

ヨシエがタエを模して白塗りするようになって……」

「うるさいっ。余計なことをお言いでないよっ」

泰造は小さく微笑んで、

「わしはずっと、ヨシエだけを思ってるよ」

と、目を細めて言った。

「ふんっ」

「わしはもう行く。ヨシエ、あとは頼んだぞ」

泰造はそう言うや否や、あっという間に、すーっと遠くへ退いた。

「ちょ、ちょっと、あんたっ！」

ヨシエさんが伸ばした手は、宙で空振りした。

米粒ほどに小さくなってゆく泰造を見て、こんなのは不当だ！　とヨシエさんは思った。飴玉をもらって、騙《だま》されたような気分だった。もっと話したかった。もっと顔を見ていたかった。もっとちゃんと気持ちを伝えたかった。

「ずるいじゃないかっ」

ヨシエさんは怒鳴った。

「こんちくしょー！」

声の限りに叫んだと同時に、ヨシエさんの瞳に、見慣れない白い天井がぼんやりと映った。

ヨシエさんはあやふやな視界のなかで、瞬時にして明晰《めいせき》に今の状況を判断した。そしてまず第一に、なによりも気になったのは、他でもない自分の顔だった。

「むうっ」

ヨシエさんは軽く声帯を震わせた。ＩＣＵのなかで、担当看護師は驚いて腕時計を見た。挿管《そうかん》チューブを外したばかりだったので、慌ててモニターでバイタルサインの確認をする。数字は安定していた。

「あんた」

ヨシエさんがそう言って手を動かそうとしたのを、看護師は慌てて制した。

「動いちゃだめです。絶対安静です。今、先生を呼んできますから」

「待て」

さっきよりもボリュームが上がった。

「今からわたしが言うことを、よく聞いてくれ」

看護師が「安静ですよ」と言って、話を止めようとする。

「よく聞けって言ってんだろっ」

決して大きな声ではなかったけれど、ヨシエさんの声は、地下でふつふつと煮えたぎっているマグマのような凄みがあった。

担当看護師は、ＩＣＵのベッドに横たわっている老女をつぶさに眺めた。その顔には、人間の力では到底及ばないような、なんというか、よく言えば神秘的な、逆に言えば不吉かつ不気味な、ある種の霊力のようなものがみなぎっていて、気軽に踏み込んではいけない結界《けっかい》のようなものが張りめぐらされているように感じた。

三十代の担当看護師は、ここはひとまず患者の話を聞くべきだと賢明に判断した。大声で叫ばれて心臓に負担をかけてはならないし、暴れられでもしたら、即、命にかかわる。

「今の状況は自分でよくわかってる。心筋梗塞だろ。あの痛みは尋常じゃなかったからね」

看護師は、モニターをチェックしながらうなずいた。

「まず、今すぐにわたしに鏡を見せてくれ。ここにないなら、大至急持ってきておくれ」

看護師はポケットに入っていた小さな鏡を取り出した。コンタクトレンズがずれやすいため、常時携帯しているのだった。

「わたしの顔を映してくれ」

看護師は言われた通りにした。そうしないと今にも起き上がって、鏡をぶん取りそうな勢いだった。

「ちっ！」

ヨシエさんは大きな舌打ちをした。

「わたしの入院道具のなかに、赤いポーチがある。家政婦が用意しているはずだ。それをすぐさま持ってきてくれ」

ヨシエさんはそう言って、看護師の顔を見た。

「ああ、よしわかった。あんたの立場は理解できる。じゃあこうしよう。あんたはまず自分の仕事をやっつけておくれ。それからでいい。それとあと、あれか？　家族は来てるのか？　おお、そうか、息子だけか。ならいい。あんたの手が空いたところで赤いポーチを持ってきておくれ。そのなかにコンパクトが入ってる。おお、そうだ。化粧道具だ。そのコンパクトの粉を、わたしの顔に塗っておくれ。たとえわたしがそのときに寝ていたとしても、そんなのはかまわなくていいから、どんどん塗っておくれよ。でなけりゃ、わたしは自分で洗面所に行って、化粧をする羽目になる。そうなると命の危険があるんだろ？」

有無を言わせない口調だった。看護師は覚悟してうなずき、これはＱＯＬだと自分に言い聞かせた。クオリティ・オブ・ライフ。精神面を含めた生活全体の豊かさのことだ。今、目の前にいる患者がなによりも最優先したいのが化粧なのだ、ＱＯＬは生きる気力につながるのだ、そう結論づけた。

「わかりました。必ずそうしますので、どうか安静にしていてください」

ヨシエさんは満足そうに礼を言って目を閉じ、あっという間に深い眠りへと落ちていった。

父親からの連絡があったのは、夜の九時を回ったときだった。電話を取ったのは母だったが、近くには箱理と万理もいた。今理は夕飯を食べたあと、自分の家に戻っていた。

「ああ、そうですか。まあねえ。あら、まあまあ。へえ、そうなのお、あらまあ。お疲れ様でしたね。はいはい。あらあ、まあ。へえ。あ、そうそう、ウォーキング会の会長から電話があってね、うん、そうそう、そう言ってたのよう。へえ、あらそう。まあああ」

話題がウォーキング会へうつっていきそうだったので、万理が電話を替わった。

「手術は成功したらしい」

終話ボタンを押したあと、万理が言った。

「病状も安定してるって。二、三日は集中治療室で経過を見るけど、先生の話によると、やっぱり発作が起こってから最短時間で手術できたのがよかったみたい。壊死《えし》もほとんどなくて、急性心筋梗塞の症状としては軽度だって」

万理は、どことなくすっきりしたような顔をしていた。ヨシエさんの無事を聞いて、不安の種が飛んでいったのだろう。発作から手術までの時間が短かったことも、万理を元気づけているようだった。万理とクキコさんがいなかったら、どうなっていたかわからない。

「とにかくよかったよ」

箱理は何度もうなずいた。


翌日、箱理は『moon walk』リキッドファンデーションのスケールアップ試験のために、工場へ向かった。ヨシエさんのところに行くべきか悩んだが、昨夜帰宅した父が、

「君たちは、いつも通りに元気に仕事に行ってください」

と胸を張って言うので、万理も箱理も従うことにした。本当は父の言葉を無視してでも、すぐにヨシエさんのもとへ向かいたかったが、手術が終わったばかりで体力も落ちているだろうし、仕事が終わってからかけつけたとしても、大きな差異があるようには思えなかった。

箱理が技術開発部に行くと、旧姓新垣さんである現山之内さんが、ものすごく喜んで迎えてくれた。

「やったね、秋山さん！　実用テストには参加できなかったけど、あたしも試作品の『moon walk』使ってみたよ。すっごくよかった！　だってぜんぶが新しいもん！

絶対売れるよ！　来期の雪見堂の目玉商品になるよ！」

旧姓新垣さんは、箱理の手をつかんで上下に振った。

「あの、山之内さんは？」

「ああ、あの人はね、今月から部署変わったんだよ。検査室のほうに行ってるよ。ほら、夫婦で同じ部署っていけないらしいんだよね。あたしも、朝から晩まで一日中同じ顔見てるのもいやだしさー」

はあ、と箱理はあいまいに答えた。そんな規程があるなんて知らなかった。

「あいつがさ、今度自分の友達を秋山さんに紹介したいって言ってたよ。秋山さんって、付き合ってる人とかっているの？」

箱理は、ぶるんぶるんと首がちぎれるほど否定した。少し目が回った。

「また今度飲もうね」

「沼田工場長も誘ってぜひ」

と言いたかったが、むろん言えるわけがなく、「そうですね」と耳を赤くしながら答えた。

箱理はスケールアップ試験の処方を確認しながら、これが商品化されたら『moon

walk』を、ヨシエさんにプレゼントしようと考えていた。これまで、自分が作ったものをあげたことは一度もなかった。もちろん贈りたいとは思っていた。けれど、あっさり拒否されるのがこわかったし、不安だった。シロシロクビハダに対して失礼かもしれない、という思いもあった。けれど今回は違う。

安藤さんとの打ち合わせがうまくいかなかった頃、ヨシエさんがタコリの気配にいち早く気付き、そしてタコリは現実のものとなった。タコリの助言のおかげで、いろんなことがスムーズに運んだのだった。

「あれ、そういえばタコリは？」

箱理が思い出したように右肩に目をやると、

「……ここにいるよ」

と、タコリが低い声で返事をした。

「ああ、いたんだね」

「ああ、いたんだね、とはなによっ！」

すごい剣幕だったので、箱理は思わず、ごめんと謝った。

「ねえ、ハコちゃん！　あたしの声、本当に聞こえないの？　何度も何度も呼びかけてたんだよ」

タコリは大きな声で訴えた。

「ぜんぜん聞こえなかったよ。姿も見えなかったし」

「昨日のヨシエさんの入院騒動のとき、いろんな助言をしてあげたじゃない」

病院にかけつけて以降、タコリの声などまったく聞こえなかった。

「ひどいっ」

タコリは、芝居がかった泣き真似をした。

「あーあ、つまんないなあ。もう、ここにいる意味ないなあ」

そう言ってタコリは、うしろで手を組んで、足で小石を蹴るようなそぶりを空中でした。どうにもわざとらしくて辟易《へきえき》した。

「もうあたしなんて必要ないいんだよねえ。いなくなってもいいんだよねえ。ハコちゃんはあたしのこと邪魔なんでしょ。うっとうしいって思ってるでしょう。ねえ、そうだよねえ」

「そうかもね」

箱理は面倒になってそう返し、さっさと仕事に戻った。

タコリは、その返答に激しく心を打ち砕かれ、声すら出せずにいたけれど、箱理はタコリに見向きもしなかったので、タコリの世にもさみしげな表情を目にすることはなかった。

「超超超たのしみぃ！」

病院の最寄り駅で、箱理と万理は、妙に浮かれ立っている今理を呆れたように見つめた。

「まだ絶対安静なんだから、ヨシエさんをあんまり興奮させるなよ。わかってるよな、イマちゃん」

「わかってるわよっ！　でもさ、超たのしみじゃない？　あたしはこの日が来るのをずっと待ってたのよ！　夢にまで見た、白塗り仮面が取れる日を！」

箱理はそのことを思うと気が重かった。そんな無防備な姿を、孫たちにさらけ出してしまうヨシエさんの心情を慮《おもんぱか》ると、胸に重石《おもし》をのせられたような気分になった。

「ほんと、頼んだからな、イマちゃん。絶対騒ぐなよ」

ナースステーションの前で、万理が最後の念押しをした。今理はにやにやしながら、わかってるって、とうなずいた。

集中治療室の前で、看護師から注意事項を聞く。ガウン、マスクの着用。靴の履き替え。手指の消毒。時間は十分程度。とにかく絶対安静なので決して患者さんを興奮させないこと。箱理と万理は今理を見据え、今理は指で◯を作って「オーケー」と答えた。

三人はそろそろとＩＣＵに入室した。モニターの機械音だけが聞こえる。ベッドに寝ているヨシエさんの姿が見えた。目をつぶっているようだ。

「エエッ⁉」

と、大きな声を出したのは今理だ。看護師がにらみ、万理が頭を下げて今理を制する。しかし内心、箱理だって「エエッ⁉」と声を出したいくらいに驚いていた。今理と顔を見合わせる。

素顔だと思っていたヨシエさんの顔は、いつも通りに白かった。

「うそお？　なんで？　どういうこと、これ？　まさかこれが、ヨシエさんの地の皮膚の色じゃないわよね」

今理が小声で言う。箱理もまじまじとヨシエさんを眺める。いつもの見慣れたヨシエさんの顔だった。

「やつれちゃったね」

そうつぶやいたのは万理だ。万理にとっては、ヨシエさんの顔が白くても白くなくても、そんなのぜんぜん関係ないのだ。

ヨシエさんは眠っていた。薄い胸がしずかに上下している。いつもきれいに染め上げてまとめている髪が、無造作に枕に広がっているのが哀しかった。根本数ミリほどに白いものが目立った。尿道カテーテルを留置しているらしく、ベッドサイドにはヨシエさんの体内から絞り出されたにごった液体が、採尿バッグにたまっていた。

しばらく三人で、のぞきこむようにヨシエさんの顔を見守った。こんなふうに上からヨシエさんを見下ろすのは、とんでもない間違いのような気がした。早く元気になって、自分を見下ろしてほしいと箱理は願った。

と、そのとき突然バチッと、ヨシエさんが目を開けた。

「わっ！」

思わず三人で声をあげて、のけぞる。

ヨシエさんは目玉だけで孫たちを見回して、

「ああ」

と、言った。いつものなにかを企んでいるような目つきだった。とっくに目を覚まして、孫たちの存在に気が付いていていたらしかった。

「ヨシエさん、どう調子は？」

万理が聞いた。

「まあまあだ」

声に張りはなかったけれど、これまで通りのヨシエさんの声だった。箱理の胸に大きな安堵《あんど》が広がった。よかった。本当によかった。

万理にいたっては、すでに目尻をぬぐっている。

「心配いらない」

それだけ言うと、ヨシエさんはまた目を閉じた。それきり目を開ける気も、話す気もないようだった。少し疲れさせたのかもしれないと、箱理たちは「また来るね」と小さく声をかけ、ＩＣＵをあとにした。

たった数分間の面会だったけれど、箱理の胸にあった不安は霧散していた。少しやつれたかもしれないけれど、そんなことはまったく気にならないほど、ヨシエさんは燦然《さんぜん》と輝いていた。生の威力がむんむんとみなぎって、ヨシエさんの輪郭をふちどり、生きることを応援しているように思えた。

手術から二日後、ヨシエさんは驚異的な回復力で一人部屋へと移った。完全看護だったけれど、ヨシエさんはお手伝いさんを付き添いとして呼んで、身の回りの世話を頼んだ。病院側もいろいろと気を遣ってくれ、要望を快くのんでくれた。

バリバリ完璧、フルスロットルの、シロシロクビハダのカムバックだった。

『moon walk』のスケールアップ試験の結果は良好で、まったく問題はなかった。容器グループに依頼していた容器も、無事に完成した。しずくのように落とすという目標通りのものが出来上がり、安藤さんはもちろん、箱理もおおいに感激した。あとは来年の三月発売に向けて、幅広い広告宣伝を打っていく。

八月も半ばを過ぎ、箱理の今期の仕事はこれで一応終了となった。来月九月からは、また新たな開発期間へと突入する。来月末に、箱理は二十八歳の誕生日を迎える。その前に、山之内夫妻と沼田工場長とカラオケに行く約束があった。手帳にはその日に二重丸がつけてある。

大きな窓の向こうには、広々とした夏の青空がどこまでも広がっていた。

「わたし、離婚したのよ」

昼休み、今日のお弁当はラム肉のローストだった。箱理は三秒ほど間をあけたあと、

「はっ!?」

と、頓狂な声を出した。

「そうなの。つい昨日なんだけどね」

ゆきのさんは、コンビニの焼肉重弁当を食べながらそう言った。箱理はなんと言っていいのかわからずに、眉根を寄せた。

「やだあ、そんな顔しないでよ。ハコリちゃん」

箱理はさらに眉間にしわを寄せた。

「総務には言ってあるわ。すぐに話が広まると思うから、部内の人には先に言っておこうと思って。あ、でも苗字はそのまま『吉田』を使うから」

あっけらかんと言うゆきのさんを見ると、そういえばもう化粧をしていないのだった。

箱理は、ゆきのさんから借りた傘のことを思い出した。パパさんの、重たくて黒い大きな傘。それから、以前ゆきのさんから聞いた言葉が、ふいによみがえった。

「浮気するぞって言われちゃったわ」

「パパは奥さんにはいつでもきれいでいてほしいんだって」

箱理ははじけたように、ゆきのさんを見た。パパさんのずるさが今頃になって、ひしひしと伝播《でんぱ》してきた。怒りがしずかに湧き上がり、ほどなくして哀しみに変わったが、ゆきのさんの顔はすでにそういうものを乗り越えているそれだった。

そばかすが浮いた、ゆきのさんの顔はきれいだった。ゆきのさんは、やっぱり素顔が似合う。箱理はそう思った。

ヨシエさんはすばらしい順応力で、五感を総動員させて入院生活をたのしんでいた。心電図も安定しており、リハビリにも意欲的で、筋力の衰えもあっという間に克服し、今となっては倒れる前よりふくらはぎに張りがあるほどだ。

仕事帰りに箱理は病院へ寄った。アレンジメントの夏の花を、ヨシエさんはとても喜んでくれた。

「特別待遇だよ。院長のはからいでね」

部屋はきれいな花であふれていて、ＣＤプレーヤーからはブラームスが流れていた。

「今は、見舞いに花を持ってっちゃいけないんだってねえ。ばかなご時世だねえ。心が華やがないじゃないか。治るもんも治らないいさ」

「そろそろ退院じゃない？」

「ああ、そうらしいけど、まだもう少し居させてもらおうかと思ってねえ。なかなか居心地がいいんだよ。髪を染められないことだけが嫌だけどねえ」

ヨシエさんは、薄紫色の上品でかわいらしい、レースをふんだんにあしらったパジャマを着ていた。

「ああ、これは今理が持ってきてくれたんだ。ほんとは病院指定のみすぼらしいガウンみたいなのを着なくちゃいけないらしいんだけど、そんなもん着たらすぐにおっ死《ち》んじまうって、院長に言ったら許してくれたよ」

「院長先生は、おじいちゃんの友達なんでしょ」

「ああ、そうだ。仲いい同士ってのは、禿げもうつるもんかねえ」

どうやら院長先生も、祖父と同じく頭髪が薄いらしかった。

「来年はおじいさんの二十三回忌だねえ」

箱理は少々たじろいだ。祖父には悪いが、そういう話は今ここでしたくなかった。

ヨシエさんが、あちら側の世界にからめとられそうな気がしたからだ。

「おじいさんに会ったよ」

ふいにヨシエさんが言った。

「人は死んだら『無』になると思っていたけど、そうでもないらしいね」

箱理はなんとも答えようがなかった。自分をとてもかわいがってくれた祖父の丸い顔が、かすかに思い出された。

「箱理」

鋭く名前を呼ばれ、箱理はびくっとヨシエさんを見た。

「おじいさんは、お前のことをずっと心配していた。いつでもぼんやりしている箱理のことが心配でならなかったんだよ」

やさしく尾をひくような口調だった。

「昔、タエさんていう芸妓がいてね」

箱理はそれこそぽかんと、ヨシエさんの白い顔を見つめた。

「置屋に身売りされた娘でね。芸は確かで顔もきれいだったけど、いかんせん足が悪かったのさ」

足が悪かったと聞いて、言いようのない繊細な緊張が、箱理の身体を走った。

「白粉をはたいた顔に、赤い紅がきれいでねえ。おじいさんはタエさんに入れこんでたよ。一時は養女にしたいなんて言い出してさ。あの子は人魚姫だから、よくしてやらなきゃ罰が当たるだなんて、ふざけたことも言ってたねえ」

ヨシエさんは、上掛けのカバーをぎゅっときつくつかんでいた。そのくせ、懐かしいものを慈しむような遠い目をしていた。

「わたしと結婚する前からだよ」

まったくいやんなっちゃうねえ、とヨシエさんは頭を振った。

「憎らしかったねえ。こんちくしょーと思ったねえ。おじいさんはわたしの初恋の人だったからね、盗《と》られてたまるかって思ったよ」

箱理の胸のうちに、切ない魂の咆哮のような、漠然としたさみしさがにわかに広がった。こないだヨシエさんから聞いた祖父の好きな人というのは、そのタエさんという人に違いなかった。

「せんないねえ」

口調とは裏腹にヨシエさんの瞳には、なにかを吹っ切ったような確固とした生の輝きがあった。白い顔は、新しい命を吹き込まれたかのように、底知れぬ自信に満ちていた。

ヨシエさんは今、とてもきらきらと輝いているのだった。ヨシエさん自身が発光しているかのように、はちきれんばかりの生命の躍動ともいうべき光の粒子が、身体中からあふれ出ていた。

「ヨシエさんの初恋の人が、おじいちゃんだったなんて、すごく意外」

箱理はおかしみを含めてそう言った。なのに最後のほうで、思いがけず言葉がふるえた。

「初恋の人と結婚できるなんて、とってもすてき」

箱理は、そうも言ってみた。でもやはり声はふるえた。油断すると涙が出そうだった。ヨシエさんはやさしい顔で、微笑んでいるように見えた。

白い顔のヨシエさんが、いとおしかった。クキコさんが言ったとおり、それはまさに他人から見れば「取るに足らないこと」かもしれない。しかしヨシエさんにとっては、世界をひっくり返すくらいのエネルギーを持つ、シロシロクビハダに変身するほどの「意地」でもあったのだ。

「箱理や。今からわたしの言うことをよくお聞き」

箱理は唇を嚙んで、うなずいた。

「わたしは日記をつけている。昔からずうっとだ。いろんなことが書いてある。むろん、おじいさんと夕エさんのことも。と言っても、わたしの気持ちがずらずらと書いてあるだけだけどね」

そこでヨシエさんは、ふふふ、とおかしそうに笑った。

「今回のことがあって、わたしは遺言書をきれいに書き直した。日記の始末はお前に任せる。わたしが死んでからのことだ。なにをしたっていい。今理と万理に読ませてもいいし、燃やしてしまってもかまわない」

ヨシエさんは、なんとも言えない晴れやかな表情をしていた。

「わたしが言いたいのはそれだけだ。わかったかい、箱理」

口を真一文字に閉じたまま、箱理はしっかとうなずいた。

「ああ、そうだ。ほら、あのアレキサンドライトの指輪はお前さんにあげるから。遺言書にそう書いておいたからね。かわいい箱理や」

箱理はこらえきれなくなって、鼻の付け根をつまんで白い天井を見上げた。


小一時間ほど経ってから、箱理は病室をあとにした。ヨシエさんと過ごした一時間は貴重だった。箱理の胸のうちで、シロシロクビハダの魔術はすっかりとけていた。そこにいるのはこの世でたった一人の、大好きな大好きな祖母であった。

リハビリがてらにと言って、エレベーターのところまで見送りに出てくれたヨシエさんは帰り際に、

「おや」

と不思議そうな顔で箱理を見て、それから、はーんとうなずいた。

「タコリちゃん、どうやら戻ったみたいだね」

「戻った？」

「おじいさんのところへ戻ったんだろ」

「え？」

箱理が問いかけようとしたところで、エレベーターのドアが閉まった。見れば、右肩にタコリの姿はもうなかった。


タコリは、茫洋とした世界にいた。

誰かに呼ばれたと思ったら、ここにいたのだった。まわりを見回すと、そこにはかつての仲間たちがいた。大きな柱のまわりでたのしそうに遊んでいる。

タコリのようなゆでダコはいなかったけれど、ここに集っているのは、タコリの仲間たちだった。くまのぬいぐるみや市松人形、お手玉や野球ボール。ウルトラマンに仮面ライダー。古ぼけた本にオルゴール。犬に猫にハムスター。

「タコリや」

穏やかな声に振り向くと、大きな柱からすうっと人影が抜け出てきた。禿げ頭で丸顔のおじいさんだった。

「さあ、行こうか」

タコリにはこの人が誰なのか、すぐにわかった。思えば二十一年前、この人が命をなくしたのと入れ替えに、タコリは新しい命をもらったのだ。あれは卒哭忌《そっこくき》を迎えた頃だっただろうか。

「わしたちの役目も、ようやく終わったようだよ。箱理はもう大丈夫だ」

泰造に言われ、タコリはこくんとうなずいた。

「それに、どうやら、恋もしているようだしな」

タコリはおかしくなって、笑った。

「タコリや、どうもありがとう」

手を差し出され、タコリはあたたかい腕に包まれた。

泰造とタコリはゆっくりと天に向かって進んでゆき、その姿は徐々に小さくなって、天に抱かれるように消えていった。

夏の暑さはいまだ猛威をふるっていたけれど、事務所の窓から見える空はほんの少し秋の気配をまとっていた。

ゆきのさんの離婚に驚いたのもつかの間、箱理は、今度は香織ちゃんからびっくりするような報告を受けた。

「ニンシン？」

妊娠と変換されるまでに、箱理のなかで間があった。

「妊娠したんです、わたし」

香織ちゃんは、決して嬉しそうとは言えない顔で告げた。

「なんか、ちょっとショックなんです」

そう言って、しくしくと泣き出した香織ちゃんを、ゆきのさんが抱き寄せる。

この若さで母親になること、結婚の段取りを早急に決めなければならないこと、披露宴で好きな衣装が着られないこと、ガラパゴス諸島への新婚旅行の夢はあきらめなければならないこと、旦那になる予定の彼氏が、最近よそよそしいこと、原材料屋さんへの転職は見送ること。そういうもろもろの気がかりなことを、堰《せき》を切ったように話した。

「産むって決めたんでしょ」

「……はい」

「じゃあ、しっかりしなさい。人生は自分が思った通りにいかないものよ。人が絡めば特にね」

ゆきのさんは、香織ちゃんの肩を抱いてそう言い、

「だけど、人と絡まない人生なんてこの世にひとつもないのよ」

と、言い添えた。

箱理は、人生の岐路に立つ対照的な二人を見ながら、不思議な感覚に陥っていた。同じ職場の研究部で働いている三人だけど、ぜんぜん違う。人はそれぞれ個としてすっくと立っており、この世を動かしている大きな力は、決して誰かと誰かを間違えたりしない。役割は然るべく決まっているのだ。

箱理は大きく深呼吸をした。そしてクキコさんを思った。ヨシエさんを思った。祖父を思った。それぞれが影響を与え合って、自分の役目を全うするようにできている。

箱理の脳裏を、すうっと虹色の魚が横切った。七色のうろこを持つ魚は、ゆきのさんであり香織ちゃんであり、箱理であった。魚はきらきらと光る虹色のうろこをひるがえし、確固たる意思を持って、自分の進むべき方向へと勢いを持って泳いでいき、あっという間に見えなくなった。

箱理は、窓から入ってくる残暑の西日に手をかざす。明日からはちょっと遅れた夏休みだ。ひさしぶりに、祖父のお墓参りに行こうと思っている。

解説

齋藤薫（美容ジャーナリスト／エッセイスト）

そういう統計があるわけではないけれど、日本はおそらく世界中でいちばん〝コスメフリーク〟が多い国である。でもそれ、なぜなのだろうと考えた。女性誌における美容記事のページ数は間違いなく世界一。その過剰な情報量自体が女性たちの美容熱を煽《あお》り、やらなきゃやらなきゃという強迫観念を植えつけたとも言えるが、でもそれもタマゴが先か、ニワトリが先かという話に行きついてしまう。

ふと浮かんだのが、日本は〝自分に自信がない〟と答える若者が、主要国の中でいちばん多い国であるというアンケート結果だった。何となくそんな気はしていたが、ハッキリ数字で示されると、簡単にやり過ごしてはいけない気がしてしまう。

たとえば、意見を聞かれて「ノー」を言えない、曖昧な笑顔を浮かべてしまう、という国民性もそこから来ているのだろうし、ひょっとすると〝自殺がとても多い国〟

であるのも無関係ではないのだろう。もちろん、ネガティブ要素ばかりじゃなく〝自信がないこと〟は、〝自信過剰でないこと〟でもあり、だから〝謙虚〟であったり、〝遠慮深かったり〟、またルールをちゃんと守ることもそこから来ているなら、そっくり日本人の美徳のもとでもあるわけだ。だから日本女性の化粧意識の高さは、良くも悪くも〝自信のなさ〟の裏返しなのではないかと思ってみたのだ。

以前、自ら〝美容オタク〟を名のる女性たちにインタビューをしたことがあったが、典型的なコスメフリークは、「美容にいい」と言われること、「キレイになれる」と言われることは、何でも片っ端からやっていて、だからとりあえず全身ピカピカな印象だったが、逆にスッピンにメガネ、少々ぺったりとした髪で、見た目には〝美容〟と無縁、どこから見てもコスメフリークには見えないのに、美容に対する知識や新製品情報は半端じゃなく、化粧品サンプルの収集にかけては誰にも負けないのに、それを使っている気配はまったくない、といったタイプもじつは少なくなかった。

その時気づいたのは、彼女たちにとって化粧品は〝心のスキ間〟や〝心の割れ目〟を埋めるパテのようなものではないかということ。もし集めた化粧品サンプルを使いまくって、ちゃんとキレイになり、キラキラと幸せそうに見えるならば、その人たちにとって化粧品は、心のキズ口を癒《いや》す〝立派な薬〟となったのだろうが、使われない化粧品はやっぱり薬じゃなく、単なるパテ。それでも、その人にとっては〝不安〟を埋め、大なり小なり〝自分への自信〟の代用品となっているはずで、化粧品が人を美しくする以上の役割を与えられているのを、その時ひしひし感じたのだ。

日本女性が美容好きである理由は、もちろんそれだけではない。〝身だしなみ〟へのこだわりが人一倍強いこともしかり。そもそもが清潔好きであることもしかり。また日本の和服ほど露出度が少ない装いもないように、〝床《ゆか》しさ〟という日本人だけの精神性も、素顔のままで人前に出ない、出たくないという意識をもたらしたはず。

美しくなりたいという向上心の前に、〝恥じらい〟が美容行動の基盤となってきたのは間違いないのだ。特にベースメイク。ファンデーションの消費量は紛れもなく日本が世界一。長らく日本女性には〝ファンデーションの厚塗り〟イメージがつきまとってきたはずだが、それも致し方ないことで、自分たちにとっては当たり前のベースメイクも、ファンデーション嫌いの欧米人の目にはひどく厚塗りに見える。だから日本に初めて〝薄づきファンデ〟のブームを作ったのは、ニューヨークで長く活躍してきたメイクアップアーティスト・ＲＵＭＩＫＯさんが「日本女性は厚塗りしすぎて美しくない」という提言と共に発表したナチュラルな仕上がりのファンデーションだった。

やがて粉体技術の進化で、膜薄と欠点カバー力が見事に両立し、日本女性もいつの間にか厚塗りから足を洗っていたが、言ってみればファンデーションのほうが自ら薄くなっただけで、塗り方はあまり変わっていないのかもしれない。ちなみに、日本には花粉の時期以外もマスクをする人が異様に多く、外国人を驚かせるというが、それも厚塗り傾向と同じ。一種の〝仮面〟の意味があるのだろう。

いずれにしても、〝厚塗り〟はあくまで日本人の国民性の一部であり、日本女性のメンタリティが築きあげた習性と言うべきものなのだ。だから少々バランスの悪い人は、今なお〝薄づきファンデ〟では我慢できず、わざわざ進化する前の〝厚づきファンデ〟を取り寄せたりして、お面のような厚塗りをしないと安心できないという化粧行動に逆戻りするのだ。

まさにこうした精神性とベースメイクの抜き差しならない関係を、何ともドラマチックに描いてくれたのが『メイクアップ デイズ』だった。意外なことに小説という形によって、改めて女の化粧意識に潜んだ謎があぶり出されたのだ。物語の中で〝白首肌〟は、ある種トラウマの一症状として捉えられているわけだが、その設定は、〝白塗り〟が不安や劣等感を覆い隠す仮面であると同時に、自尊心を守るための支えでもあるという、じつに複雑な感情から来ていることを教えてくれている。ちなみに

「白首」には、〝売春婦〟の意味があるように、文字通り襟白粉《えりおしろい》を塗りたくった職業の総称にも使われ、そこには歴史的に見ても娼婦にしかわからない哀しみと、そして男に媚《こび》を売る女の自己顕示欲が綯《な》い交《ま》ぜになった複雑な感情が湧きあがる。

プッチーニのオペラ「蝶々夫人」では、しばしば外国人歌手が日本の芸者であるヒロインを演じてきたわけだが、そういう時はまるで能のお面のように、顔だけ真っ白にした典型的な〝白首〟メイクが施される。舞台演出でのデフォルメによって、それはより異様な化粧に見えるのだが、そこにアメリカの海軍士官である〝夫〟の心を取り戻そうとするけな気な女心と、愛する人に裏切られて自ら命を絶つ女の哀しみが露骨に表現され、尚さら涙を誘うのだ。この傑作オペラの影響力が、日本女性と言えば〝ゲイシャ〟と〝白塗り〟というイメージを作ってしまったのかもしれないが、ともかく〝白首〟にはそうした日本女性の愛憎が凝縮していると言っていいと思う。

『メイクアップ デイズ』には、そういう〝白首〟的職業に対する、一般女性のコンプレックスと自尊心までが描かれるわけで、尚さら複雑怪奇。しかもそれを単なる化粧として毎日落とすのではなく、〝ヨシエさん〟は誰にも素顔を見せず〝白首肌〟だけで生きていくという、ある種〝壮絶な決意〟をしてしまうのだ。さらにそこには、足の障害というデリケートな問題が介在してきて、単純に〝女の嫉妬〟をぶつけられなくなったジレンマが、〝白首〟人生への執着をより強いものにしてしまったのだろう。どちらにせよ、女に生涯レベルのエネルギーを与えてしまうのが、化粧の不思議。誰も誉《ほ》めてくれない奇怪な白塗りですら、生命力に等しい〝特別な力〟をくれるのだ。本人にとってそれが〝自分を堂々とさせ、自信をくれる鎧《よろい》のようなもの〟なら、誰もその化粧を否定することはできないのである。

もちろん、化粧にも〝社会性〟が必要だ。社会にすんなりなじんでいくためにこそ、濃すぎない、でもスッピンすぎない、程よい化粧があると言ってもいい。毎日スッピンだと、彼女はなぜ化粧をしないのだろうと心の中までのぞき見されたりするから、かえって面倒。日常的なナチュラルメイクは、当たり前の常識と良識と人間的なバランスの、きわめて手近な証拠となるわけで、〝白塗り〟はもちろん、〝毎日スッピン〟もじつはけっこうリスキーなのだ。

でも「箱理」がスッピンである理由は、むしろとてもシンプルで、その箱理が化粧をし始める理由もまた明快。彼女の存在そのものが〝スッピンもまた美しい個性〟であることを語るうえで、とても重要なファクターとなっている。だからこの作品は、登場人物の女性ひとりひとりの生き方と化粧の相関関係を見事に書ききっていて、誰のメイクからも目が離せなくなる。そのくらい化粧は、女にとって〝自分自身〟になっていくのだ。

さらに言えば、化粧も時代と共に生きているから、どの時代に化粧を始めたかが、ほぼ一生その人の化粧に影響を与えていく。にもかかわらず、ナチュラルメイクが歯を磨くくらい日常的なものになった平成生まれでも、箱理は化粧をしていなかった。女としてあまりにも無欲すぎたから。しかしそういうことも含め、化粧には何の興味もなかった箱理が、なぜ化粧品メーカーに就職したのか？　どうしても考えてしまう。ここで思うのは、大好きな人を〝白首肌〟の呪縛から解放してあげたいという無意識の使命感みたいなものがあったのではないかということ。いや、ひょっとしたら肩の上の「タコリ」が、箱理を幼い時からそちらのほうへ何となく仕向けていったのかもしれないとまで思いたくなっていた。

最後の数ページで、何だか涙が止まらなくなった。まさかの展開で、タコリの存在に涙したのだ。化粧を主題に、かくもユニークで、かくも素晴らしい物語が生まれるなんて、そういう意味でも化粧は、とてつもなく奥深い。

本書は、二〇一二年十一月に小社より刊行された『シロシロクビハダ』を
加筆修正し、改題して文庫化したものです。

|著者|椰月美智子　1970年神奈川県生まれ。2002年、『十二歳』で第42回講談社児童文学新人賞を受賞しデビュー。'07年に『しずかな日々』で第45回野間児童文芸賞、'08年第23回坪田譲治文学賞を受賞。『14歳の水平線』(双葉社)、『伶也と』(文藝春秋)、『消えてなくなっても』(KADOKAWA)、『チョコちゃん』(そうえん社)、『その青の、その先の、』(幻冬舎)、『かっこうの親　もずの子ども』(実業之日本社文庫)、『恋愛小説』『枝付き干し葡萄とワイングラス』(ともに講談社文庫)、『るり姉』(双葉文庫)、『フリン』(角川文庫)、『どんまいっ!』(幻冬舎文庫)など、著書多数。

メイクアップ デイズ
椰月美智子《やづきみちこ》

講談社文庫
定価はカバーに
表示してあります

2016年4月15日第1刷発行

発行者——鈴木　哲
発行所——株式会社　講談社
東京都文京区音羽2-12-21　〒112-8001
電話　出版　(03)　5395-3510
　　　販売　(03)　5395-5817
　　　業務　(03)　5395-3615
Printed in Japan

デザイン—菊地信義
本文データ制作—講談社デジタル製作部
印刷———豊国印刷株式会社
製本———株式会社国宝社

ISBN978-4-06-293367-4

講談社文庫刊行の辞

二十一世紀の到来を目睫に望みながら、われわれはいま、人類史上かつて例を見ない巨大な転換期をむかえようとしている。

世界も、日本も、激動の予兆に対する期待とおののきを内に蔵して、未知の時代に歩み入ろうとしている。このときにあたり、創業の人野間清治の「ナショナル・エデュケイター」への志を現代に甦らせようと意図して、われわれはここに古今の文芸作品はいうまでもなく、ひろく人文・社会・自然の諸科学から東西の名著を網羅する、新しい綜合文庫の発刊を決意した。

激動の転換期はまた断絶の時代である。われわれは戦後二十五年間の出版文化のありかたへの深い反省をこめて、この断絶の時代にあえて人間的な持続を求めようとする。いたずらに浮薄な商業主義のあだ花を追い求めることなく、長期にわたって良書に生命をあたえようとつとめるところにしか、今後の出版文化の真の繁栄はあり得ないと信じるからである。

同時にわれわれはこの綜合文庫の刊行を通じて、人文・社会・自然の諸科学が、結局人間の学にほかならないことを立証しようと願っている。かつて知識とは、「汝自身を知る」ことにつきていた。現代社会の瑣末な情報の氾濫のなかから、力強い知識の源泉を掘り起し、技術文明のただなかに、生きた人間の姿を復活させること。それこそわれわれの切なる希求である。

われわれは権威に盲従せず、俗流に媚びることなく、渾然一体となって日本の「草の根」をかたちづくる若く新しい世代の人々に、心をこめてこの新しい綜合文庫をおくり届けたい。それは知識の泉であるとともに感受性のふるさとであり、もっとも有機的に組織され、社会に開かれた万人のための大学をめざしている。大方の支援と協力を衷心より切望してやまない。

一九七一年七月

野間省一

講談社文芸文庫

安藤礼二
光の曼陀羅 日本文学論
折口信夫の謎めく作品『死者の書』を起点に浮かび上がる特異な表現者たちの系譜。埴谷雄高、南方熊楠、江戸川乱歩、中井英夫……。大江健三郎賞、伊藤整賞受賞作。
解説=大江健三郎賞選評　年譜=著者
あV1
978-4-06-290308-0

太宰　治
30代作家が選ぶ太宰治
青木淳悟・朝吹真理子・佐藤友哉・滝口悠生・津村記久子・西加奈子・村田沙耶香。30代で歿した太宰の短篇を、現代の七人の30代作家が同世代の眼で選んだ選集。
年譜=編集部
たAK3
978-4-06-290306-6

十返　肇
「文壇」の崩壊 坪内祐三編
昭和という激動の時代の文学の現場に、生き証人として立ち会い続けた希有なる評論家、十返肇――。今なお先駆的かつ本質的な、知られざる豊饒の文芸批評群。
解説=坪内祐三　年譜=編集部
とJ1
978-4-06-290307-3

講談社
文芸文庫
ワイド

不朽の名作を
一回り大きい
活字と判型で

遠藤周作
哀歌
遠藤文学の限りない弱さと優しさ。『沈黙』の前奏曲的な短篇集。
解説=上総英郎　作家案内=高山鉄男
(ワ)えA1
978-4-06-295503-4

山口雅也　垂里冴子のお見合いと推理vol.3
山口雅也　マニアックス
山口雅也　13人目の探偵士
山口雅也　奇偶(上)(下)
山口雅也　PLAYプレイ
山口雅也　モンスターズ
山口雅也　古城駅の奥の奥
山本ふみこ　元気がでるふだんのごはん
山本一力　深川黄表紙掛取り帖
山本一力　牡丹酒〈深川黄表紙掛取り帖(二)〉
山本一力　ワシントンハイツの旋風《かぜ》
山本一力　ジョン・マン1　波濤編
山本一力　ジョン・マン2　大洋編
山本一力　ジョン・マン3　望郷編
山根基世　ことばで「私」を育てる
山崎光夫　東京検死官〈三千の変死体と語った男〉
椰月美智子　十二歳
椰月美智子　しずかな日々
椰月美智子　みきわめ検定
椰月美智子　枝付き干し葡萄とワイングラス
椰月美智子　坂道の向こう
椰月美智子　ガミガミ女とスーダラ男
椰月美智子　市立第二中学校2年C組〈10月19日月曜日〉
椰月美智子　恋愛小説
八幡和郎・八幡衣代　『篤姫』と島津・徳川の五百年　日本でいちばん長く成功した二つの家の物語
柳広司　ザビエルの首
柳広司　キング&クイーン
柳広司　怪談
柳広司　ナイト&シャドウ
薬丸岳　天使のナイフ
薬丸岳　闇の底
薬丸岳　虚夢
薬丸岳　刑事のまなざし
薬丸岳　逃走
薬丸岳　ハードラック
薬丸岳　その鏡は嘘をつく
矢野龍王　極限推理コロシアム
矢野龍王　箱の中の天国と地獄
山本優　京都黄金池殺人事件
山下和美　天才柳沢教授の生活　ベスト盤〈The Blue Side〉〈The Red Side〉
山下和美　天才柳沢教授の生活　ベスト盤〈The Green Side〉〈The Orange Side〉
矢作俊彦　傷だらけの天使〈魔都に天使のハンマーを〉
山崎ナオコーラ　論理と感性は相反しない
山崎ナオコーラ　長い終わりが始まる
山崎ナオコーラ　昼田とハッコウ(上)(下)
山田芳裕　へうげもの　一服
山田芳裕　へうげもの　二服
山田芳裕　へうげもの　三服
山田芳裕　へうげもの　四服
山田芳裕　へうげもの　五服
山田芳裕　へうげもの　六服
山田芳裕　へうげもの　七服
山田芳裕　へうげもの　八服
山田芳裕　へうげもの　九服
山田芳裕　へうげもの　十服
山本兼一　狂い咲き正宗〈刀剣商ちょうじ屋光三郎〉
山本兼一　黄金の太刀〈刀剣商ちょうじ屋光三郎〉

- 矢口敦子　傷　痕
- 山形優子フットマン　なんでもアリの国イギリス　なんでもダメの国ニッポン
- 柳内たくみ　戦国スナイパー〈信長との遭遇篇〉
- 柳内たくみ　戦国スナイパー〈謀略・本能寺篇〉
- 柳内たくみ　戦国スナイパー〈信玄暗殺指令篇〉
- 柳内たくみ　戦国スナイパー〈慶一郎絶体絶命篇〉
- 山口正介　正太郎の粋　瞳の洒脱
- 山本文緒・文　伊藤理佐・漫画　ひとり上手な結婚
- 矢月秀作　A《ア》C《ク》T《ト》〈警視庁特別潜入捜査班〉
- 矢野　隆　清正を破った男
- 夢枕　獏　大江戸釣客伝(上)(下)
- 柳　美里　家族シネマ
- 柳　美里　オンエア(上)(下)
- 柳　美里　ファミリー・シークレット
- 唯川　恵　雨　心　中
- 由良秀之　司法記者
- 吉村　昭　新装版　日本医家伝
- 吉村　昭　私の好きな悪い癖
- 吉村　昭　吉村昭の平家物語
- 吉村　昭　暁の旅人
- 吉村　昭　新装版　白い航跡(上)(下)
- 吉村　昭　新装版　海も暮れきる
- 吉村　昭　新装版　間宮林蔵
- 吉村　昭　新装版　赤い人
- 吉村　昭　新装版　落日の宴(上)(下)
- 吉村　昭　白い遠景
- 吉田ルイ子　ハーレムの熱い日々
- 吉川英明　新装版　父　吉川英治
- 淀川長治　淀川長治映画塾
- 吉村達也　ランプの秘湯殺人事件
- 吉村達也　有馬温泉殺人事件
- 吉村達也　回転寿司殺人事件
- 吉村達也　黒白の十字架〈完全リメイク版〉
- 吉村達也　[会社を休みましょう]殺人事件
- 吉村達也　富士山殺人事件
- 吉村達也　蛇《じゃ》の湯《ゆ》温泉殺人事件
- 吉村達也　十津川温泉殺人事件
- 吉村達也　霧積温泉殺人事件
- 吉村達也　ダイヤモンド殺人事件
- 吉村達也　クリスタル殺人事件
- 吉村達也　大江戸温泉殺人事件
- 吉村達也　「初恋の湯」殺人事件
- 横田濱夫　お金の基礎教育〈12歳までに身につけたい〉
- 青木雄二　横田濱夫　ゼニで死ぬ奴　生きる奴
- 吉村葉子　お金がなくても平気なフランス人　お金があっても不安な日本人
- 吉村葉子　激しく家庭的なフランス人　愛し足りない日本人
- 吉村葉子　お金をかけずに食を楽しむフランス人　お金をかけても満足できない日本人
- 吉村葉子　宇田川悟　パリ20区物語
- 米山公啓　沈　黙　野
- 米原万里　ロシアは今日も荒れ模様
- 横山秀夫　半　落　ち
- 横山秀夫　出口のない海
- 横森理香　横森流キレイ道場
- 吉田戦車　吉田自転車
- 吉田戦車　吉田電車
- 吉田戦車　なめこインサマー
- 吉田戦車　吉田観覧車

吉田修一　日曜日たち
吉田修一　ランドマーク
Yoshi　Dear Friends
吉井妙子　頭脳のスタジアム〈一球一球に意思が宿る〉
吉橋通夫　な　ま　く　ら
吉橋通夫　京のほたる火〈京都犯科帳〉
吉本隆明　真　贋
吉本隆明　フランシス子へ
横関　大　再　会
横関　大　グッバイ・ヒーロー
横関　大　チェインギャングは忘れない
横関　大　沈黙のエール
有限会社養老研究所 写真・関 由香　まる文庫
吉川永青　戯史三國志 我が糸は誰を操る
吉川永青　戯史三國志 我が槍は覇道の翼
吉川永青　戯史三國志 我が土は何を育む
好村兼一　兜割源三郎〈玄治店密命始末〉
吉村龍一　光　る　牙
長坂秀佳／真保裕一／川田弥一郎／新野剛志／高野和明　乱歩賞作家 赤の謎
鳥羽亮／中嶋博行／福井晴敏／首藤瓜於　乱歩賞作家 白の謎
鳴海章／桐野夏生／野沢尚／三浦明博／赤井三尋　乱歩賞作家 黒の謎
阿部陽一／藤原伊織／渡辺容子／池井戸潤／不知火京介　乱歩賞作家 青の謎
薬丸岳／竹吉優輔／高野文緒／横関大／遠藤武文／翔田寛　デッド・オア・アライヴ
ラズウェル細木　う　松の巻
ラズウェル細木　う　竹の巻
ラズウェル細木　う　梅の巻
隆　慶一郎　花と火の帝(上)(下)
隆　慶一郎　時代小説の愉しみ
隆　慶一郎　新装版 柳生非情剣
隆　慶一郎　新装版 柳生刺客状
隆　慶一郎　新装版 捨て童子・松平忠輝(上)(中)(下)
隆　慶一郎　見知らぬ海へ〈レジェンド歴史時代小説〉
リービ英雄　千々にくだけて
連城三紀彦　戻り川心中
連城三紀彦　花　　塵
連城三紀彦 著 綾辻行人／伊坂幸太郎／小野不由美／米澤穂信 編　連城三紀彦 レジェンド〈傑作ミステリー集〉
令丈ヒロ子　ダブル・ハート
渡辺淳一　秋の終りの旅
渡辺淳一　解剖学的女性論
渡辺淳一　氷　紋
渡辺淳一　神々の夕映え
渡辺淳一　長崎ロシア遊女館
渡辺淳一　長く暑い夏の一日
渡辺淳一　風の岬(上)(下)
渡辺淳一　わたしの京都
渡辺淳一　うたかた(上)(下)
渡辺淳一　化　身(上)(下)
渡辺淳一　麻　酔
渡辺淳一　失楽園(上)(下)
渡辺淳一　いま脳死をどう考えるか
渡辺淳一　風のように・みんな大変
渡辺淳一　風のように・母のたより
渡辺淳一　風のように・忘れてばかり
渡辺淳一　風のように・返事のない電話
渡辺淳一　風のように・嘘さまざま
渡辺淳一　風のように・不況にきく薬
渡辺淳一　風のように・別れた理由

渡辺淳一　風のように・贅を尽くす
渡辺淳一　風のように・女がわからない
渡辺淳一　手書き作家の本音　風のように
渡辺淳一　ものの見かた感じかた〈渡辺淳一エッセンス〉
渡辺淳一　男と女
渡辺淳一　泪《なみだ》壺《つぼ》
渡辺淳一　秘すれば花
渡辺淳一　化粧(上)(下)
渡辺淳一　男《お》時《どき》・女《め》時《どき》　風のように
渡辺淳一　みんな大変
渡辺淳一　あじさい日記(上)(下)
渡辺淳一　熟年革命
渡辺淳一　幸せ上手
渡辺淳一　新装版　雲の階段(上)(下)
渡辺淳一　麻酔〈渡辺淳一セレクション〉
渡辺淳一　阿寒に果つ〈渡辺淳一セレクション〉
渡辺淳一　何処《いずこ》へ〈渡辺淳一セレクション〉
渡辺淳一　光と影〈渡辺淳一セレクション〉
渡辺淳一　花《はな》埋《うず》み〈渡辺淳一セレクション〉

渡辺淳一　氷紋〈渡辺淳一セレクション〉
渡辺淳一　長崎ロシア遊女館〈渡辺淳一セレクション〉
渡辺淳一　遠き落日(上)(下)〈渡辺淳一セレクション〉
和久峻三　午前三時の訪問者〈赤かぶ検事奮戦記〉
和久峻三　片目の蠅〈赤かぶ検事奮戦記〉
和久峻三　京都釘《くぎ》ぬき地蔵殺人事件〈赤かぶ検事シリーズ〉
和久峻三　大原・貴船街道殺人事件〈赤かぶ検事シリーズ〉
和久峻三　大和路　鬼の雪隠殺人事件〈赤かぶ検事シリーズ〉
和久峻三　京都東山「哲学の道」殺人事件〈赤かぶ検事シリーズ〉
和久峻三　熊野路安珍清姫殺人事件〈赤かぶ検事シリーズ〉
和久峻三　京都冬の旅殺人事件〈赤かぶ検事シリーズ〉
和久峻三　京都・鎌倉・大和　あじさい古都の寺殺人ライン〈赤かぶ検事シリーズ〉
和久峻三　飛驒高山からくり人形殺人事件〈赤かぶ検事シリーズ〉
和久峻三　遠野・京都　橋姫鬼女伝説の旅殺人事件〈赤かぶ検事シリーズ〉
和久峻三　悪女の玉手箱〈告発弁護士シリーズ〉
和久峻三　危険な依頼人〈告発弁護士・猪狩文助〉
和久峻三　証拠崩し〈告発弁護士・猪狩文助〉
和久峻三　Zの悲劇〈告発弁護士・猪狩文助〉
和久峻三　日本三大水仙郷殺人ライン〈赤かぶ検事シリーズ〉

和久峻三　伊豆死刑台の吊り橋〈赤かぶ検事シリーズ〉
若竹七海　閉ざされた夏
若竹七海　船上にて
渡辺容子　左手に告げるなかれ
渡辺容子　ターニング・ポイント〈ボディガード八木薔《しょう》子《こ》〉
渡辺容子　無制限
渡辺容子　薔薇恋
渡辺容子　流さるる石のごとく
渡辺容子　要人警護
渡辺容子　ボディガード　二ノ宮舜
和田はつ子　猫始末〈お医者同心　中原龍之介〉
和田はつ子　なみだ菖《しょう》蒲《ぶ》〈お医者同心　中原龍之介〉
和田はつ子　走り火〈お医者同心　中原龍之介〉
和田はつ子　冬亀〈お医者同心　中原龍之介〉
和田はつ子　花《はな》御《み》堂《どう》〈お医者同心　中原龍之介〉
和田はつ子　お十夜恋〈お医者同心　中原龍之介〉
和田はつ子　金魚心〈お医者同心　中原龍之介〉
和田はつ子　師走うさぎ〈お医者同心　中原龍之介〉
渡辺篤史　渡辺篤史のこんな家を建てたい

講談社文庫　目録

わかぎゑふ　大阪弁の詰め合わせ
渡辺　球　俺たちの宝島
渡辺精一　三國志人物事典 (上)(中)(下)
輪《わ》渡《たり》颯介　掘割で笑う女〈浪人左門あやかし指南〉
輪渡颯介　百物語〈浪人左門あやかし指南〉
輪渡颯介　無縁塚〈浪人左門あやかし指南〉
輪渡颯介　狐憑きの娘〈浪人左門あやかし指南〉
輪渡颯介　古道具屋 皆塵堂
輪渡颯介　猫除け 古道具屋 皆塵堂
輪渡颯介　蔵盗み 古道具屋 皆塵堂
輪渡颯介　迎え猫 古道具屋 皆塵堂
若杉　冽　原発ホワイトアウト

2016年3月15日現在